风从敦煌来

瞿方业 ◎ 著

文化丝路 / 政经走笔 / 民生思考 / 科教观察 / 法治视角

甘肃人民出版社

甘肃 · 兰州

图书在版编目（CIP）数据

风从敦煌来 / 瞿方业著. -- 兰州 : 甘肃人民出版
社，2024. 10. -- ISBN 978-7-226-06138-1

Ⅰ. Ⅰ253

中国国家版本馆CIP数据核字第2024WT8497号

责任编辑：张　菁

封面设计：张金玲

风从敦煌来

FENGCONG DUNHUANGLAI

瞿方业　著

甘肃人民出版社出版发行

（730030　兰州市读者大道 568 号）

兰州鑫泰印刷有限公司印刷

开本 710 毫米×1020 毫米　1 / 16　印张 19.75　插页 1　字数 290 千
2024 年 10 月第 1 版　2024 年 10 月第 1 次印刷
印数：1~1 000

ISBN 978－7－226－06138－1　　　定价：57.00 元

我写评论这些年

——自序

"风从敦煌来，随着意思吹。"

这是《敦煌风》评论开栏语的第一句。

如果时间回溯，"敦煌风"吹向过往，以数十年的纬度观照人生，就会清晰地看到我人生最重要的"意思"大致是和新闻评论联系在一起的。

从写下第一篇评论，到今天印一本集子以为纪念，俯仰之间，岁月已悄然逝去了20年。余生大约仍将与新闻评论纠缠不休，这或许是一种宿命吧。

一

二十多年前，正值报纸等传统媒体的阳春三月，各大报纸竞相创办新闻评论版，作为克服内容同质化、获取读者青睐、赢得市场份额的重要法宝。我所在的西部商报创办了《黄河评论》，亟须组建评论团队，我以"文笔尚可"而获举荐。

当初进入新闻行业算是半路出家，这一次竟有点像赶鸭子上架——从部门主任到编辑、评论员，几乎没人做过新闻评论，一切全靠自己摸索。但接到任务的那一刻，我丝毫都不担心，反倒认为舍我其谁。

那时候年轻，认为世上没有自己做不了的事，因此在瞬间的意外和慌乱后，就慨然领命了。

从领导办公室出来，立马打开几家重要网站的评论频道，一口气看了几百篇，大致明白了时下评论文章的格式，当日下午就被安排写了篇《归去来兮侠客精神》的稿子。时值月末，不几日，这稿子竟入围报社月度最佳评论和最佳标题，令我精神为之一振。

从那时起，我的工作和人生就彻底与新闻评论拴在一起了。

每天清晨，起床后就打开电脑看新闻、找热点、写评论，交稿后就在各大网站看评论。网站评论频道几乎汇集了国内所有报刊那些年的评论文章，通过阅读各路作者的文章，尤其对比自己写过的同类题材，渐渐对作者的学问、境界、立场、情怀、价值取向等有了一些体悟，能看出哪家报刊的文章好，哪些作者的水平高。大量的阅读、照猫画虎式的写作，让我很快进入角色，从周一到周五每天至少写一篇，鲜有间断。

我那时做事狂热而专注，每天除了看新闻、写稿子，就是研究评论的写法、标题的做法，还大量阅读文史哲经济学书籍，尽力提升眼界见识学养。

和单位同事的关系也颇为融洽，每天一起讨论选题、观点、标题，共赏各类奇文，臧否时评江湖，心情颇为畅快。更令人欣慰的是单位对我工作的认可，几乎每月都能入围最佳评论或最佳标题，有时还得"双黄蛋"。

《黄河评论》茁壮成长，很快得到广大读者的认可，在当时西部商报和高校联合举办的阅读率调查中始终位居前列，不久还获得"新闻名专栏"称号，成为报社的品牌栏目。

这一阶段令我记忆深刻的是《黄河评论》与央视二套《马斌读报》栏目的合作，《黄河评论》几乎每周都有二三篇稿件入选《马斌读报》。每当清晨打开央视二套，听到马斌读出"对于这起事件西部商报是这样说的……"一种自豪感油然而生，如果所读的是自己的文章，自豪感就会爆棚，一整天都心情愉悦。

我的稿件几乎每周都能上《马斌读报》，印象中有一年竟上了80次之多，自己都颇感意外。其实也难怪，那时报社将《马斌读报》作为考核评论工作的最主要指标，要求每周必须上两到三次，为此大家都很拼，每天都绞尽脑汁，要想出新鲜的观点和角度，做出犀利亮眼的标题。

经过央视《马斌读报》的再传播，《黄河评论》得到了更多人的关注。后来央视读报栏目几经改版，风格变化很大，双方不再合作，但这段经历至今仍留在一些业界同仁和读者的心中。

二

做评论工作两年多后，单位领导号召要打造名评论员，鼓励我们给各大报纸投稿。虽然那时每年为单位撰写几百篇评论稿，还经常在《马斌读报》露面，却从未给外报投过稿。我曾分析过各大刊的评论文章，感觉大多不过如此，因此有一天上午，我抓紧写完一篇稿子就匆匆投了出去。第二天一早，我心情忐忑地将自己的名字输入百度，发现这篇文章发表在东方早报上，被各大网站转载得到处都是。

这篇文章的发表极大地鼓舞了我投稿的热情，从此，每天早晨8点多将女儿送到幼儿园后，我就抓紧时间找题材写稿子。通常一篇稿子从找题材到完成必须在三四个小时内完成，下午两点半前要完成投稿，最迟不能超过下午四点半。

为何要搞得如此紧张呢？

因为各报的评论版都有截稿时间，有些是下午两点半前，多数是下午四点半前，少数在晚六点或七八点，还有一些晚报是早晨6点至7点前。只有在截稿前将稿子投过去，发表的机会才会大一些。

市场化让各大媒体都特别重视时效性，要想尽办法让读者看到最新的报道和评论。强调截稿时间和时效性，意味着评论题材必须是最新发生的事，往往是"当日新闻当日评"，隔天再评就感觉不新鲜了，就像隔夜的饭菜，难以吸引人。从那时起，"当日新闻当日评"几乎成为我的"思想钢印"，至今难以改变。

开始投稿后的很长一段时间里，每天打开电脑的第一件事就是搜索稿子发没发，这几乎成为一种病态的习惯。好在多数时间百度都不会让人失望，我的稿子逐步登上各大报刊，东方早报、广州日报、羊城晚报、中国青年报、新华每日电讯、南方都市报、新京报、香港大公报、扬子晚报、长江日报、长江商报、长沙晚报、武汉晚报、北京青年报、北京晚报、潇湘晨报、燕赵都市报、齐鲁晚报、济南日报、西安日报、西安晚报、山西晚报、郑州晚报……这个名单越来越长，几乎国内主要报刊都成为我的表达阵地，包括很多央媒。

每发表一家，就有攻城略地、再下一城之感。如果没搜出来，就感觉若有所失，影响写稿的积极性，尤其在投稿之初。但没发表的情况非常少，有时早上没搜出来，下午或晚上就搜出来了，有时过了好些天还有报纸登出来。

再后来，百度里我名下的信息越来越多，竟有数十页之多，搜索新稿成为一件相当麻烦的事，同时发表的兴奋感越来越淡，就不愿意再搜索，只等着收稿费了。我深深地认识到，只要勤于思考，快速表达，就一定劳有所获。

三

投稿久了，一些编辑开始向我约稿，还被拉进各种约稿群。有些报纸工作日每天约一稿，持续了好些年；有些每周约一稿，有些不定期约稿。每天从早到晚，接到约稿就开始忙碌，通常四五个小时就得交稿，有时两三个小时就得交稿。这样的工作节奏劳累而充实，尤其接到一些知名媒体的约稿，就有能力得到认可的快意。

但写稿的过程从来就不是轻松快乐的，偶尔遇到合胃口的题材，简直倚马可待，但多数时候新闻都平淡无奇，有时四五个小时也找不到一个可评的题材，尤其是写稿久了，感觉很多题材都写过了，很难引起评论的欲望。选无可选的情况下，只好挑一个相对较热的题材写起来，往往也并不顺手，有时简直一个字都写不出来。眼看着时间一点点流逝，内心难免焦急，生怕错过了交稿时间。这几乎成为我日常工作的常态。

为了尽快完成任务，我也总结了一些方法。

——先将事实要点复制到记事本里，继续搜索相关资料，看尽所能找到的各种资料，包括网友对此事的议论。研究得久了，思路慢慢厘清，观点慢慢形成，大有拨云见日、豁然开朗之感，不知不觉竟码了一千多字。

——快快写完草稿，反反复复修改。刚写完的稿子就像刚出生的孩子，很丑，但改上几遍就可能脱胎换骨。而改稿的前提是先将草稿写完。只有稿子写完了，才有修改的基础；只有稿子修改完成了，才能真正确定自己要表达的是什么。

改稿的过程就是思想深入的过程。改着改着，就可能有灵感，找到新的角度；有时一些亮点被突出，居然剑走偏锋；一些词句变得铿锵有力，具备了警句的特征；一些格言、名句、俗语不时从脑海里冒出，为文章生色；在扭来扭去的反复修改中，稿件渐渐焕然一新。正如同匠人雕刻作品的过程，最初只是模糊的石块，经过反复的雕琢和打磨，终究眉目清晰起来。

有一个经验主义的说法深得我心："没有任何东西比写下来更清晰了，以至于人们可以说，一个人只有写下来，他才知道他想的是什么。更进一步，当他读到他写下来的东西，他才第一次发现他自己的想法真正是什么。"

有时我感觉文字会自动前进，在敲下一个词语之后，词意会引领着思路继续向前，终究成为一篇有理有据的文章。这大约正是写作的魅力所在，也是思想探索的规律所在吧。

当然无论怎样写作，是想好提纲再写，还是信马由缰地由词语引导出一个思路，归根结底都"本乎一心"，表达着作者的立场、观点、看法，体现其价值观和世界观，无论怎样恣肆地发挥也跳不出这些去，就如同孙猴子跳不出如来佛的手掌心。只要发乎本心，忠于良知，清楚明白地表达出自己的想法，就一定会写出有价值的稿件，并且逻辑自洽，不至于自相矛盾。

四

新闻评论所讨论和表达的，从来都是公共利益，而非个人私利，即使它通过个人之口讲出来，也理应如此。

我在汶川地震后写过一篇文章，批评了一些写作者"作鬼也幸福"的荒诞论调，其主旨可以视作我写作的一个基本态度，那就是要说良心话、真心话、大实话。

我总是想起20多岁时在工厂上班的岁月，那时我的工作是保养机器设备，上班之余我和同事们都喜欢阅读书报，热衷于讨论国家大事，有时还争得不可开交。后来我在媒体撰写评论，从某种意义上来讲只是这种讨论的延续，我们总会为国家的发展进步欢呼雀跃，为社会上发生的不平之事拍案而起。而说出自己的观点，表达自己的想法，是每个人的权利，更是人的天性和本能。每个人真诚的发言，对于社会的健康发展必不可少。

作为新闻人，宣传党和国家的大政方针、评论各种热点事件，是职责和使命。宣传是为了统一思想，凝聚共识。而众人七嘴八舌地讨论，有利于探寻事实真相，让道理越辩越明，不仅有利于事件的解决，还能聚众人之智，完善政策措施，鞭挞阴暗丑恶，歌颂善良美好，维护公平正义。

五

不得不说，经常有一些热点事件令人堵心，令人愤怒，令人拍案而起。但作为新闻评论人，需要抑制情绪，客观理性、有理有据地言说，用事实和逻辑表达，用常识和学理说话。

很早的时候我就明白，愤怒地叫骂，不仅于事无补，还容易让讨论走偏。只有平心静气地讨论，才有助于分析利弊得失，弥合分歧，凝聚共识。

我永远记得多年前的一个中午，我和几位同学在宿舍里讨论一个文化问题，起初只是轻松的闲谈，大家各抒己见，但其间有两位叫起板来，放大声量激烈地争论，此后竟发展为相互问候对方的母亲，终至怒发冲冠，啤酒瓶相向，一位同学头破血流，一位同学受保卫科接见。

这个场景寓意深刻，说明表达观点、讨论问题从来就不是一件简单的事，不仅需要有善意的出发点，更需遵循一定的规则。无论是朋友间的闲聊还是陌生人之间的讨论，都要尽可能客观理性，有礼有节，即使讨论不涉及双方具体的利益，只是角度和价值观不同就可能产生分歧；如果争论涉及具体的利益，则可能屁股决定脑袋，让简单的问题变复杂。

而且很多问题从来就不是非此即彼，只要立场和角度不同，就可能有不同的声音和见解。这就需要大家尽可能放弃成见，以逻辑和事实说话，有理有据地表达，求同存异，尽可能扩大共识的同心圆。

这样的表达态度，在网络时代尤为必要。当下网络上充斥着"喷子"和非理性表达，让社群撕裂，使观点极端化，非常需要客观理性的声音。为此，评论人更要担起责任，以逻辑和事实说话，用常识和学识说话，本着善意和良知说话。

六

回首过往的那些岁月，每天对着电脑屏幕，从早晨忙到深夜，有时感觉自己竟像一个"面壁者"，只是高僧大德面对的是名山崖壁，我面对的是电脑屏幕。在局外人看来，这个人每天在激扬文字，臧否人物，仿佛思想和人生有多么超迈，但只有自己知道，这不过是一份辛苦而寂寞的劳作。

但我始终认为这样的"面壁"是值得的。每天和众多新闻同行一道思考重大事件，围观热点新闻，积极参与其中，报道它们，评论它们，然后看到自己辛苦劳作的成果登载于报章，转载于网络，被无数人阅读，其间也许影响了一些人的观念，影响到一些事件的进程，推动了一些问题的解决，甚至发挥了舆论监督的功能，对于探寻事实真相、维护社会公平正义发挥了些许作用，那么这样的"面壁"就是有价值的。这种想法，恐怕是很多评论人长期坚持写作的一个动因。

七

随着科技进步，报纸式微，互联网成为主流媒体，我开始了艰难的转型之路。先是于所在报纸停办前夕，应一所高校之邀讲授新闻评论，有机会从理论上思考评论写作；接着转岗到新媒体继续新闻评论生涯，先后参与编辑每日甘肃网《丝路话语》、新甘肃客户端《敦煌风》等栏目，如今这些栏目都成长为省内知名栏目，得到业界一定程度的认可。

我人生的大半时光都与新闻联系在一起，每每思之，都感觉命运对自己的眷顾，虽然在这个领域里我没有取得多么耀眼的成果，写出多少令人自豪的作品，但大半生都在做自己愿意做的事，这本身就足慰平生。

新闻人常说的一句话是"新闻作品的生命只有一天"。多年来，我的工作就是紧张地思考、匆匆忙忙地生产这些"只有一天"的"易碎品"，它们在完成传播使命后就应当安静地躺在旧报纸的版面里，作为史料保存在资料室里。现在将其中的一小部分稿件遴选出来，编辑成册，也许于社会并无多少意义，但于我个人而言，却是对人生的一个回顾、总结和纪念。

需要说明的是，收录到书里的稿件，并非什么精品力作，只是将过去各个阶段的稿子顺手挑了些，力求平淡妥帖。将它们结集成书，就如同在岁月的河流里标注了一些记号，翻开书的页码，就仿佛看到曾经走过的一段路，经历过的一段时光，想起当时的一些心情与思考。

八

黄河远上，敦煌盛大。

黄河是我们的母亲河，丝路是中外文化经贸交流的重要象征，敦煌则是闻名世界的文化坐标。

我生有幸，在人生的一段岁月里，参与编辑了《黄河评论》《丝路话语》《敦煌风》等评论栏目，以黄河、丝路、敦煌之名，表达了对社会和世界的一点看法，这是一份相当巨大的荣耀。

这段肇始于黄河之滨的思考，最终以"敦煌"名之，凝结为一册小书，借着盛大、辉煌的敦煌，希望能为我平淡的人生浸染上一层华丽的色彩吧。

2024年5月2日上午

目　录 | CONTENTS

文化丝路

政经走笔

民生思考

科教观察

法治视角

附 录

文化丝路

风从敦煌来

风从敦煌来。

今天，新甘肃客户端评论栏目《敦煌风》正式上线。

敦者，大也；煌者，盛也。敦煌，中外文明交流融合的果实，辉煌盛大的文化高地。

《敦煌风》，借敦煌之精神，乘媒体融合之大势，打造舆论引导的灯塔。

移动互联时代，人人皆是传播者，众声喧哗，难辨真伪。

而由于技术的飞速发展，传播媒介、阅读方式随之发生变化，媒体融合成为大势所趋。

现实的呼唤与传媒实践都证明，已经走到舞台中央的新兴党媒，必须担起风向标、瞭望塔、定盘星的职责，明辨方向。

《敦煌风》，即是新甘肃客户端勇担"灯塔"之责的努力。

新甘肃客户端自2018年10月底上线以来，努力践行媒体融合理念，探索新媒体传播规律，推动"主力军转战主战场"，以原创为王，以内容为王，努力锻造一个"最懂甘肃"的主流传播平台。

一年多来，在做好原创报道的同时，不断强化评论内容建设，悉心打造《新观点》频道，已先期推出短评《微言》等栏目。

我们深知，原创报道和原创评论从来都是新闻传播的两翼，社会不但需要忠实的记录者，还需要目光高远的思考者。

　　《敦煌风》，将充分整合甘肃日报社、甘肃日报报业集团的优质评论资源，约请知名评论员积极发言；还将约请国内知名专家学者就各类问题发表看法；也欢迎读者来稿参与，表达意见和建议。

　　《敦煌风》，将吹响不平凡的声音，吹往未来的方向；吹出理性的舆论环境，成为信息大海里的"敦煌"，为夜行者指路，为奋进者领航。

　　　　　　　　　　原载2020年8月24日新甘肃客户端《敦煌风·开栏语》

思想即力量

风从敦煌来。

随着意思吹。

从金色的秋天，吹到金色的秋天；

从收获的季节，吹到收获的季节；

吹过一年四季，吹过秋冬春夏；

吹过陇原大地，吹过金色麦浪的中国。

从2020年8月24日，到2021年8月24日，

在温暖与关爱中，新甘肃的原创评论专栏《敦煌风》1岁了。

虽然只有1岁，却站在敦煌千年文脉之上。《敦煌风》自打一出生，就立足于历史的巍峨高度，以敦煌的博大辉煌为底色，表达着时代的微言大义。虽不能至，然心向往之。

一年来，《敦煌风》立足大局大势，秉承深度、高度、温度的理念，为国家的发展鼓劲，为陇原的进步发声。

——在脱贫攻坚的不同阶段，总要适时解读；在全面建设小康的关键时刻，积极助威鼓劲；在疫情防控的每个时段，执着为社会守望。

——为祁连山生态保护理性发声，为绿色发展贡献智慧，为"放管服"改革建言献策，表达群众心声，记录时代脚步，为建设幸福美好新甘肃贡献思想的力量。

——在历史的洪流中，更加坚定立党为公的初心；在红色的足迹里，深入思考执政为民的使命；从中国共产党百年历程中，再次解读只有社会主义才能发展中国的历史密码，说出这个时代最需要说出的那些话……

思考与说话，是我们理性的表达；监督与建言，是我们履行职责的方式。凝聚思想共识，是我们存在的价值；汇聚发展力量，是我们表达的意义。我们需要有价值的思考，正如社会需要正能量。

风从敦煌来。

随着意思吹。

在社会各界殷殷的关爱下，在国内优秀评论员的参与下，1岁的《敦煌风》将继续如风般生长，健康茁壮。

我们的志向，像敦煌一样博大辉煌——面对变幻的世界，以国家发展为坐标，以甘肃发展为己任，认真思考和表达。

我们如风的表达，不光有直率的声音，还有理性的建议。

风从敦煌来，不是短笛无腔，不是信口而吹，我们发出的每个声音，都是严肃认识的寻求与探索，都是有格局有态度的思想。

而思想，即力量。

这力量，正是建设幸福美好新甘肃的力量。

原载2021年8月24日新甘肃客户端《敦煌风》

把握新媒体　记录新时代

第十九个中国记者节到了。

记者节既是权利日，也是自省日。在传统媒体日渐式微、移动互联一日千里、自媒体让人人都成为"记者"的当下，职业新闻人群体更当自省和总结。

不容否认的是，传统媒体眼下的境遇有点悲催，读者流失，经营下滑，一些媒体甚至难以为继、关门大吉，新闻媒体和新闻人的前景似乎不容乐观。在这种情势下，作为社会守望者和记录者的职业新闻人，作为社会舆论引导的主力军，更当擦亮眼睛，清醒头脑，认清前路。

诗人说：如果陆地注定要上升，就让人类选择新的巅峰。

哲人说：变则通，通则久。

其实新闻人已然明白，把握新媒体、转型融合、找回读者，才是重拾价值和尊严的唯一出路。

8月20日中国互联网络信息中心发布的《中国互联网络发展状况统计报告》显示，截至2018年6月，中国网民规模达到8.02亿人。

读者在哪里，传播的目标就在哪里，媒体人的生存空间就在哪里。正如习近平总书记所指出的，宣传思想工作是做人的工作的，人在哪儿重点就应该在哪儿。

既然移动互联、大数据传播已成新闻传播的主流形态，媒体人就该适应时代之变，选择新的生存巅峰。

如何做到呢？解决"本领恐慌"，让媒体真正"融"起来。

新的传播格局和传播形态，要求新闻工作者变革自身，传播渠道变了，传播思维得变，操作新闻的方式得变——只能以变应万变，而不能抱残守缺、以不变应万变。只有适应了传播渠道变化这个大趋势，新闻人才能重新找到大众的痛点，满足党和人民的需要，才能占领舆论主阵地，有效地引导舆论；才能以读者喜闻乐见的方式和渠道制作新闻、传播新闻，才能以互联网思维调整操作新闻的架构和节奏，从而找到舆论引导的着力点和契合点，更好地记录新时代。

新闻人要改变不足，还应认清自身优势。

尽管传播的渠道和方式变了，但读者对真相和服务的需求没有改变。而且移动互联网的众声喧哗中，更需要权威的声音一锤定音，这正是职业媒体人的优势所在，也是职业新闻人的价值和意义所在。尽管人人都有麦克风，但唯有职业人更专业；尽管人人都能发声，但唯有记者的声音更加客观公正，具有权威和说服力。因为新闻工作者正是社会价值分工链中重要的一环，拥有特殊的职业训练、经验积累，还有上百年来形成的职业伦理，保障其发出的声音更权威，更公正，也更加可信。为此，媒体和媒体人所要坚持的，是在适应新媒体传播的前提下，让报道更专业、更深刻、更真实，更迅捷，真正做到"人无我有，人有我快，人快我深，人深我优"。

新时代，新媒体，新传播。在媒体融合发展的今天，媒体人要勇于自我变革，勇于融合，勇于创新，勇于掌握新传播手段，勇于成为新媒体人。只要媒体人能因势而谋、应势而动、顺势而为，找准工作切入点和着力点，必然把握新媒体时代舆论传播的节奏，继续占据新闻传播的制高点，传播真相，引导舆论，为历史真实记录，为社会忠实守望。

原载2018年11月8日每日甘肃网

踏实勤勉就是与幸福无限接近

此刻的太阳，已然照临2020年的天空。时序轮替，又一年远去。当此之时，依例又要回顾、总结、展望。大道昭彰，常识常新，在回顾和总结时，笔者想谈一个常识或道理：踏实勤勉，就是与幸福无限接近。

这个常识，散发出经验主义的意味。

有一天，女儿颇有感触地说："扎扎实实地学上一天，我感觉心里特别踏实。"这是一个初中生的人生感悟，也是笔者多年来的人生体会，近来感觉尤甚——只有每天勤勉做事，弄出点滴成果，夜晚才睡得踏实，否则就会空虚万丈、惶恐莫名。

这个朴素的常识，似乎适用于每一个人：勤勉踏实让人心灵丰盈，让人生幸运。

一个快递小哥从清晨忙至深夜，不停地接单送货，这一天一定口袋充实、内心踏实；一位专家学者，每天不间断地研究创新，没有让光阴虚度一分，定会成果累累，获得各种敬意和荣誉；一名种地的农民，将更多精力投入土地里，庄稼就会茂盛，收成就会丰硕。只要踏实勤勉，不惜力气，每个人都可能实现人生的一个个小目标，最终实现人生的大目标。

这是一个一再被实践的常识，被无数的果实所证实。

踏踏实实做事，不仅让土地里长满庄稼，还让曾经的荒野变成美丽的城市，让无数曲折蜿蜒的山路变成通衢大道，让贫困村变成小康村，让曾经贫穷落后的国度变成世界经济体量第二，并且不断上升、走向复兴、实现梦想。

踏实勤勉，就是一件接着一件地干事，一步一步地向前迈进，不虚妄、不气馁、不菲薄；踏实勤勉，就是立足现实，从实际出发，让今天成为新的出发点；踏实勤勉，就是不断地变革与改进，不断追求完善与合理。

功崇惟志，业广惟勤。此刻，在全面建成小康社会的门槛上，在迈向"两个一百年"奋斗目标的复兴之路上，每一个人都一如既往地把手头的活干好，世界将在每一位奋斗者的手中，变得越来越美好。

原载2020年1月1日新湖南－《湖南日报》

告别是为了更好地出发

寒暑经年，四季轮替，又到了一年结束与新一年开始的时刻。结束与开始，相生相依，互为因果，如同过去和未来，历史与现实。

年末时刻，结束之时与开始之日，让我们暂且放下"粮食和蔬菜"，思考一下真理和道路，为了更好地出发。

2020，庚子之年，惊心动魄。危机是挑战和机遇，更是对国家能力的检验。

年初，新冠疫情不期而至，湖北告急、武汉告急。广大白衣天使驰援武汉，举全国之力，给予生命最大的尊重。

艰难时刻的决策，体现大国的担当，彰显高瞻远瞩的智慧，展示华夏民族强大的凝聚力和国家强大的向心力和执行力。

艰难时刻的决策，更让无数中国人真正明白，什么叫"人民至上，生命至上"，什么叫"一切以人民为中心"，什么叫负责任的政府。

到了年末，这种感觉更加强烈，尤其是一些国家疫情持续，拥有雄厚经济实力和领先医疗水平的国家，却成为世界上确诊病例最多、死亡病例最多的国家，政府仍然自称应对有方，还要理直气壮地高谈人权。

无数中国人更加确信，我们可爱的祖国就是世界上最安全的地方，我们自己的家是如此温馨温暖。对比之下，不由感慨万端，思绪万千。

这应当是2020年很多中国人最大的体验和收获，大家不由得从内心深处产生无比强烈的自信心与自豪感，《我和我的祖国》重新流行，人们高唱"这是美丽的祖国，是我生长的地方……"背后是真心、信心、民心。

这种发自内心的自豪感不仅缘于国家近年来取得的巨大经济成就，更是对国家治理体系和治理能力的充分认同。

无数的事实，也都有着同样的逻辑，证明着同样的道理。

当抗疫告一段落，长江、淮河、陇南白龙江洪灾又至。如同1998年书写可歌可泣的抗洪精神，2020年我们再次体悟到"初心和使命"。

经过8年的精准扶贫、5年的脱贫攻坚战，2020年底，包括甘肃镇原县、通渭县、岷县、宕昌县、西和县、礼县、临夏县、东乡县8县在内的全国最后一批贫困县全部脱贫摘帽，神州大地历史性地第一次消除了绝对贫困和区域性整体贫困，近1亿贫困人口实现脱贫，令世界刮目相看。

抗疫、抗洪、"六稳""六保"、脱贫攻坚，每个关键词的背后，都有一种逻辑叫作为人民谋幸福。

当然，2020年的世界，不光有众志成城、命运与共，还有寒冬与冷风。贸易摩擦、科技战、芯片断供、贸易保护主义，这些关键词也让人们明白，世界上不光有阳光和温暖，还有风雨和阴影。在百年未有之大变局的背景下，我们重新认识了自由贸易的含义，认识了科学技术的边界。

告别2020年，让事实拨开迷雾，让真相得到彰显，让理性的光芒照耀前方，让我们守护内心的信念，在阳光与阴影之间，重新出发。

我们深知，未来不会一路平坦，仍会面临各种风险与挑战，但只要坚定地走在自己选定的道路上，路的前方，一定有山花烂漫，有温暖的春天。

2021年，我们将出发于崭新的起点。

嫦娥已经带回月壤，万米深海已被探测，量子九章已登世界之巅，全面小康、第一个百年奋斗目标即将实现。

"十四五"迈开脚步，向2035远景目标进发，让我们用中华民族五千年所形成的独特奋斗精神，创新创造，追赶尖端科技的脚步，实现高质量发展，为全面建设社会主义现代化国家而奔跑。为了中华民族的伟大复兴，每一个奋斗者都勇敢地自今日出发。

2020，再见；

2021，你好；

希望与梦想，你好。

新的目标如启明星般冉冉升起，只要我们循着它的指引一步步向前，就一定会实现每个心愿。

就像坚冰挡不住春天的脚步，就像高山挡不住河流对大海的向往。

原载2021年1月1日新甘肃客户端《敦煌风·新年社评》

2022 让我们沿着大道继续奔跑

太阳，在北回归线和南回归线之间位移，2021就这样结束了。

2022，像极了小朋友水彩画笔下的一队鹅，向我们游来。

大河奔流，不舍昼夜，让人感叹时光如梭。

在岁月更迭的河流之畔，在结束或开始之时，让我们回望和展望，思考和盘点，升华经验，强化信念，让伟大的思想指引明天，沿着大道继续奔跑。

2021，平安显得那么珍贵。

2021，平安中国令人骄傲、令世界瞩目。

科学有效的抗疫举措，与中国速度、中国效率相呼应；各行各业的奉献者，是华夏大地上最动人，也最常见的风景，更是中国品质、中国精神的独特表征；14亿人众志成城、守望相助，一再彰显着中国强大的国家治理体系和治理能力。

2021，我们豪情万丈。

中国共产党百年华诞，中华大地全面建成小康社会，迈向第二个百年征程。从一百年前的风雨飘摇，到世界第二大经济体、第二大消费市场、制造业第一大国……中国人民从历史的逻辑中更加坚定了未来之路。中国人民的欢喜与感动、热爱与赤诚，是对党、对国家最真实的表达。

2021，那许多的瞬间令人振奋。

2021，我们建成中国空间站，航天事业进入新的时代；中国科学家十多次探索万米海沟，看到了深海的风景。

2021年9月25日，平安归来的孟晚舟，面对五星红旗说："如果信念有颜色，那一定是中国红！"

每个中国人，因祖国而无上荣光。

2021年，拼搏是成功的底色。

奥运会上，我们践行更快更高更强，中国健儿以金牌报之以奋斗，"苏神"的速度、跳水队的完美、乒乓队的包圆，蓬勃向上的体育事业，体现着中国人的精气神。冰雪冬奥，就像一个洁白的梦想，承载着中国人拥抱世界的追求和向往。冰雪奥运将和中国年一起到来，成为世界相互交融的独特象征，现代与传统，古老与当下，在这一刻完美结合，交映生辉，为古老而年轻的中国注入新内涵，为世界交流融合探索新路径。

奋斗从来都是中国社会的底色，创新创造是正在流行的主题。即使未来存在不确定性，中国仍是世界最重要的增长极和驱动力。

2022，新的开始，虽然内外部环境仍然严峻复杂，但是，有中国共产党的坚强领导，中国必将跨越千难万险，继续繁荣昌盛。所有中国人都相信，只要我们做好自己的事情，任何力量都难以阻挡我们前行的脚步。

2022，让我们继续奔跑。

我们将立足新发展阶段，贯彻新发展理念，构建新发展格局，做好我们该做的每一件事情，继续沿着历史为我们选择的道路，努力补足短板，实现乡村振兴，促进共同富裕，全面建设社会主义现代化国家。我们相信，通过我们这一代人的努力，中华文化将重新焕发光辉，中华民族将迎来伟大复兴。

2022，我们将沿着大道逐梦奔跑，在生命的河水中搏击风浪，唱出奔流大海的向往。尽管生活不是唱歌，但我们仍然尽情为生活歌唱；尽管生活不尽是诗与远方，但奋斗本身就是一次诗意的远航。

我们坚信，只要追逐光，就会成为光。我们坚信，千千万万人逐梦的信念，就能汇成滚滚潮流，凝聚起伟大复兴的力量。

原载2022年1月1日新甘肃客户端《敦煌风·新年社评》

欢喜中国年　势如奔腾牛

大清早，喜鹊就在小区里"嘎嘎"，充当起春天使者的角色，以自然的鸣声，传递春的喜庆；院子里，吉祥牛灯立起来；家家户户的大门上，大红的福"倒"了，大红的对联贴上了。

红灯笼高挂于单元门和小区门，高挂于车水马龙的街道，一直挂过黄河铁桥，挂满了城市的大街小巷；挂满了国内所有的城市街道、村庄集市、河流渡口、桥梁码头，挂进每一位华夏儿女的心里头——春天到了，春天的节日到了！

大哉乾元，万物资始。

春风拂过处，带走了寒冷，送来了暖意，万物从冬眠中苏醒，以"年"的仪式，让牛顺应时序，为春天加冕。

这盛大的仪式，传承千年，让人心心念念。那祝福的话语，从历史的深处传来，令人温暖感动。

春节好！春天好！

家家户户，焕然一新，亲人团聚，喜气洋洋。归乡的出门人，行色匆匆，或飞驶于高速，或奔驰于高铁，或穿越于蓝天，要在天黑前，踏进家门。

云拜年、群直播的，是响应号召就地过年的人，问候了双亲，问候弟兄；问候了亲戚，问候朋友。疫情给人间以麻烦，我还世界以柔软：就地过年是为了世界更安宁，不回家也是为社会作贡献。

这是新年俗，彰显新精神。

苏子说，但愿人长久，千里共婵娟。苏子还说，此心安处即吾乡。

新冠肆虐，挡不住春天来临的脚步；即使每个人捂着严实的口罩，挡不住满脸的欢乐幸福；亲人相隔千里万里，挡不住一声声暖心的祝福。

春节快乐，牛年大吉！

在华夏传统里，牛象征着吃苦耐劳、任劳任怨、坚韧不拔、开拓奋进。"牛也，力大无穷，俯首孺子而不逞强。终生劳瘁，事人而安不居功。"鲁迅先生自勉甘为孺子牛，礼赞"吃进去的是草，挤出来的是奶"的牛精神。

借牛年喜气，抒人生豪情。

请端起酒杯，互祝新年大吉，愿生活如奔腾的红牛，一团火红、一股牛劲、一往无前。

愿每个家庭，奔向牛日子，奔出新日月。

看华夏大地，"十四五"开局，新征程开篇，奋斗者的原野，锦绣如画。鼓动牛精神，使劲往前冲。紧盯科技创新，攻克关键难点；巩固脱贫成果，全面振兴乡村；推动高质量发展，全面建设社会主义现代化国家；共庆建党百年，祈愿中华复兴。

百舸争流，千帆竞渡。立足新起点，再接再厉，重新出发。

愿未来像奔牛气势如虹。

愿国家繁荣昌盛，百姓顺意安康，日子红红火火；愿大家在春天的节日，吉祥如意，幸福快乐！

原载2021年2月11日新甘肃客户端《敦煌风·新春贺词》

为中国年献上最美的祝福

斗柄回寅，大地迎春。

金牛去远，寅虎来奔。

今天是腊月二十九，也是除夕日。

尽管疫情还在零星散发，但团圆，不惧山高，不怕路远。

神州大地，城市乡村，处处张灯结彩，喜气洋洋，年的气息氤氲在大街小巷。红红的对联贴起来，大大的"福"字在中间；丰盛的酒宴开席了，团圆的饺子端上桌；笑意绽放在脸上，幸福洋溢在心头。江南塞北，万户千家，只有一个主题，那就是团圆；只有一个氛围，那就是欢乐。

咱们过大年了！

欢乐幸福的时刻，总有说不完的祝福。

先祝身体健康，吉祥如意。欢乐中国年，也是健康年。德尔塔还在"游荡"，奥密克戎"攻城略地"，但华夏大地仍是最安全的地方，这也是大家安心过年的底气。要想彻底安心安稳，还得保持警惕，遵守规则，小心防护。每个人从小处着手做好防控，从大处着眼互相理解，以公共利益为先，在保障安全的前提下，共庆团圆。健康年才有团圆年，健康年才是幸福年。

再祝五谷丰登，年年有余。"十四五"开局之年仓廪充实，全国各地粮食喜获丰收，产量达到13657亿斤，中国碗盛满中国粮。整体经济也节节攀升，稳步增长——2021年，国内生产总值超114万亿元，比上年增长

8.1%；甘肃历史性地突破万亿关口，达10243.3亿元。辛丑牛年，国家摆脱了绝对贫困，甘肃撕去"苦瘠甲于天下"的历史标签。壬寅虎年，是全面建成小康社会后的第一个春节，群众日子越过越红火，迈上新台阶，有了新起点。丰收年才是欢乐年，腰包鼓才有好年月。

三祝亲朋好友相聚欢，天下更太平。年年新春，都是亲朋欢聚日：除夕初一，家人团聚；初二开始，走亲访友。今年咱们国家的客人可不一般——大年初四，冬奥开幕，全球宾朋齐聚北京，冰上起舞、欢乐融融。新春冬奥，为幸福团圆的中国年锦上添花；冬奥迎春，因中国元素的注入焕发别样风采。古老的春节，现代的奥运，在虎年珠联璧合，浪漫而美好。

四海笙歌迎虎岁，千家万户虎精神。

愿五洲四海风调雨顺，和平安宁；愿华夏神州虎虎生威，繁荣昌盛；愿陇原大地如虎添翼，产业振兴；愿奥运健儿龙吟虎啸，再创佳绩；愿青山常在绿水长流，天下百姓虎年吉祥、平安如意。

原载2022年1月31日新甘肃客户端《敦煌风·新春贺词》

今年春节注定更加红火热烈

今天是年三十儿，按咱中国人的习惯就算过年了。

华夏大地处处张灯结彩，洋溢着最浓烈的节日氛围。欢庆社火耍起来，太平鼓、威风锣鼓、安塞腰鼓敲起来，高跷踩起来，秧歌扭起来，兔子灯笼挂起来，红红的春联贴起来，天地间弥漫着一种叫年的幸福味道。

不得不说，今年春节注定更加红火热烈——久别的亲人，终于用手臂真切地拥抱彼此；至亲至爱的人终于围坐桌旁，将斟满美酒的杯子碰得叮当作响；终于能够胍足促膝，执手相看，倾诉衷肠。而这久违的一切，原本是人世间最平常的场景，却由于疫情的肆虐久久难以实现。现在，经历万千波折的人们终于团聚，这个春节岂能不红火热烈，倍感幸福。

今年春节注定更加红火热烈，还因为五谷丰登，国富民安。家是最小国，国是千万家。国家的富强从来就是人民幸福的坚实基础。

——2022年，虽历经疫情及国内外复杂因素的干扰，全年国内生产总值121万亿元，比上年增长3%；粮食产量达到13731亿斤、增产74亿斤，逆势夺丰收。咱甘肃全省地区生产总值11201.6亿元，比上年增长4.5%，增速居全国第3位。丰收的喜悦，让春天的节日更显欢乐，让辞旧迎新的信心更加充足。

在咱中国人的心理上，春节才是辞旧迎新的开始，春天的节日更是新的播种与收获季之始。此刻，就让我们载歌载舞，载欣载奔，欢庆这兔年春天的盛大启幕，许下我们的三重心愿。

一愿祖国繁荣昌盛、国泰民安。蓝图已然绘就，只需继续奋发。来年的日子一定红红火火，各行各业取得更大丰收。

二愿平安健康，健康平安才是当下人们心中最大的愿望。愿春节隆隆的炮声，能驱除病毒远离人间。希望科学家和医疗专家抓紧研究，彻底驯服病毒。

三愿风调雨顺，生活更加富足。愿我们有更好的教育、更稳定的工作、更满意的收入、更可靠的社会保障、更高水平的医疗卫生服务、更舒适的居住条件、更优美的生活环境。

虎去神州添活力，兔奔华夏送春来。春天的节日，契合自然之理，汇聚人间意志，从华夏文明的历史深处奔涌而来，成为中华民族最隆重的节日，这是对世界的礼赞，对人间的犒赏，让人感觉到生活的美好，让人对未来充满期盼。春天的节日，让我们以亲朋好友的欢聚，以美酒佳肴和欢声笑语为佐料，祈福人间五谷丰登，风调雨顺，百业发达，并为来年的奋发注入激情与动力。

没有哪个冬天令人如此艰难，没有哪个春天令人如此期盼。虽然未来充满了各种风险，但挡不住我们追求生活的脚步；虽然未来会有各种挑战，但在信念的引领下，我们定然劈风斩浪，奋勇向前。希望通过我们自己的奋斗，掌握规律，顺应自然，建设更加美好的家园。愿我们的亲人，健康幸福；愿我们的事业，兴旺发达；愿我们的国，破浪前行，繁荣富强。

兔年，让我们动若脱兔，不守株待兔。

愿兔年的努力，让生活美好，得偿所愿。

原载2023年1月21日新甘肃客户端《敦煌风》

五星红旗　你是我的骄傲

很多年以前，每到国庆，孩子们总会用鲜艳的蜡笔，画北京天安门，天安门上太阳升，祝福伟大祖国繁荣昌盛。

在我们国家，很多人的名字叫国庆、建国，因为他们的生日，正是祖国母亲的生日。平日里的一声声建国、国庆，总透着一股别样的自豪，每一声都像是对祖国母亲的礼赞。

这种对祖国母亲的爱，是对父母之邦的爱，是对生于斯长于斯的村庄、河流、城市、街区的情感，自然而纯粹，朴素而热烈，就像黄河、长江源于高原，奔流不息，绵绵不已，浸透于血脉，承载于历史，赓续在时代。

源于几千年的象形文字，源于"惟殷先人，有册有典"，源于经史子集、唐诗宋词，江南烟雨、塞北风景，源于对温良恭俭的百姓和脚下这片广袤大地的深情。诗人说，为什么我的眼里常含泪水，因为我对这片土地爱得深沉。

时序金秋，国庆又至。

祖国的大江南北，大街小巷，处处都升起了五星红旗，中国红成为这些日子里最流行的颜色。

人们唱起《我和我的祖国》《五星红旗》，歌曲里蕴含着人们浓烈的情感，还有发自内心的骄傲和自豪。

因为今天，诗和远方已经成为很多中国人的生活方式，富足起来的人们更加认识到了人民有信仰，民族有希望，国家有力量。今年国庆前，晚舟归国，一身中国红的孟晚舟说："没有强大的祖国，就没有我今天的自由。"

肺腑之言，共鸣强烈！

不只孟晚舟，不久前从阿富汗被政府包机接回来的人，从前自利比亚、中东等战乱之地被接回来的人，还有2020年以来，很多侨居国外的同胞都被中国包机接回了家，在祖国温暖的、安全的怀抱里，他们深情地表白："此生不悔入华夏""五星红旗，你是我的骄傲"……

每当危险降临，祖国总会挺立在每个中国人身后，成为大家最坚强的依靠。而这，早已成为每个中国人的共同感受，令人骄傲、自豪。

在新冠疫情肆虐时，国家以实际行动践行"人民至上、生命至上"，保障了14亿人的生命健康安全，让中华大地成为世界上最安全的地方。很多中国人无比自豪地说：不是世界有多么平安，而是我们有幸生活在一个平安的中国。

这种自豪感源自中国共产党的伟大领导，源自中国人民的奋斗。

每个中国人都永远记得1949年10月1日那一天，五星红旗一定比历史上的任何一面旗帜都更鲜艳，因为那是代表人民的旗帜；那一天的天空比历史上任何一天都要湛蓝，因为百年历史阴霾被一扫而空，中国从此真正成为独立自主的国家。

在中国共产党的领导下，经过百年奋斗，经过筚路蓝缕、上下求索，曾经积贫积弱、令人忧心的国家，一步步成长为世界第二大经济体，世界第一贸易大国，拥有了世界上最完整的工业体系。

经过国家多年的努力，华夏民族摆脱绝对贫困，14亿人全面建成小康社会，所有中国人都过上有保障、有尊严的生活。

很多人不由得唱起"五星红旗，我为你自豪"；这种身为中国人的自豪感，是一种对改天换地、创新创造的自豪感，激励着我们走向星辰大海；这是一种对中华民族灿烂文化的坚定信念。

　　这种幸福与自豪，让我们有勇气坚持中国特色社会主义发展道路，即使面对百年变局，仍然以五千年文明积累的智慧，探索光明正道。每个中国人都坚信，未来的中国会更加美好，未来的生活会更加幸福，未来的世界将因中国的探索和努力，也会变得更加美好。

　　10月1日，祖国母亲的生日。

　　让我们齐声高歌：

　　五星红旗，你是我的骄傲！

　　祖国母亲，我为你自豪！

原载2021年10月1日新甘肃客户端《敦煌风·国庆社评》

祝福祖国母亲　迎接美好盛会

金秋十月，共和国的生日到了。

北京天安门广场，花团锦簇，布置一新；长江黄河两岸，红旗飘扬，歌声涌动；塞北江南，五谷丰登，一派祥和盛景。

今年的十月注定不同以往。全国各地干部群众正满怀期待，踔厉奋发、笃行不怠，以实际行动迎接党的二十大胜利召开。

这份殷殷的期盼，使得今年的国庆犹如一段序曲，开启了团结、欢乐、祥和的恢弘乐章。

"十一"是爱国激情奔流涌动的时刻。大街小巷，处处有人高唱"我和我的祖国"，抒发燃烧于胸的家国情怀。

一面面迎风飘扬的中国红，仿佛一声声深情表白——五星红旗，你是我的骄傲。

今年粮食又喜获丰收，"中国饭碗"始终牢牢端在咱自己手里；探索浩瀚宇宙，神舟十三号顺利返回，神舟十四号成功发射，高水平科技自立自强捷报频传；远眺壮阔山河，"十四五"规划纲要中的102项重大工程项目加快推进。年年岁岁，岁岁年年，总有各种重大成就令人振奋不已。

面对复杂严峻的国内外发展环境，我们全面落实疫情要防住、经济要稳住、发展要安全的要求，坚持统筹疫情防控和经济社会发展，最大程度保护人民生命健康，最大程度稳住经济社会发展基本盘。全体人民驰而不息，艰苦奋斗，有力支撑构建新发展格局。

十年奋斗，十年磨砺，统筹推进"五位一体"总体布局、协调推进"四个全面"战略布局，我们实现了第一个百年奋斗目标，在中华大地上全面建成了小康社会，为全面建设社会主义现代化国家奠定了雄厚发展基础。

从1949年到2022年，我们从站起来、富起来到强起来，国家从积贫积弱到世界第二大经济体，中华民族伟大复兴的中国梦展现出前所未有的光明前景。

伟大成就催人奋进，团结奋斗是对祖国母亲最好的祝福。

我们的奋斗是历史的，更是现实的；是纵向的持续接力，更是横向的并肩拼搏；是宏大的叙事，更是每个人的感同身受。14亿人团结如一人，咬定青山，接续奋斗，汇聚成排山倒海的磅礴之力，推动我们的国家一步步走向繁荣富强。

爱国，更是为国家计长远。

即将召开的党的盛会，将继往开来，科学谋划"国之大者"，引领"中国号"巨轮，劈波斩浪，勇往直前，战胜前进道路上的任何艰难险阻，驶向更加宽阔的水域，迈向更加光明的未来。

愿每一个在平凡工作岗位上的我们，继续挥洒汗水，兢兢业业，精益求精，做好手边的每件事。为了我们的国，为了那抹中国红，让我们继续奋斗吧。

祝愿祖国母亲，生日快乐！

伟大而美好的盛会，我们满怀期待！

原载2022年10月1日新甘肃客户端《敦煌风》

祝福祖国　我们都是抒情诗人

十月的神州大地，处处都是鲜花与旗帜。天安门广场的巨型花篮，"祝福祖国"五谷丰登，同心共筑中国梦；华夏大地，江南塞北，人潮涌动的大街小巷，处处都有五星红旗高高飘扬；电视屏幕、朋友圈中，中国红总是最流行的色彩，这些，都在表达着中国人的自豪、幸福与浪漫，表达着人们对祖国母亲最真诚美好的祝愿！

今年的国庆节非常特殊，连着中秋贯穿亚运。对每一位中国运动员来讲，只要努力比赛，发挥出自身最佳水平，无论有没有取得奖牌，都是对祖国母亲最好的敬礼。

国庆连着中秋，团圆之后的举国欢庆无疑更加热烈。亿万国人开启外出模式，欣赏祖国大好河山，看看国家各个领域的发展成就，必会在内心感到无比的自豪与幸福，无论走到哪里，《歌唱祖国》的激昂旋律都会不期然响起。

五星红旗，你是我的骄傲；五星红旗，我为你自豪。我相信这一定是当下所有中国人的心声。多年来，我们的国家一直走在正确的道路上，经济持续繁荣，人民生活水平持续提高，居住条件、个人健康、社会保障等方面都越来越好，每个人都自豪于自己是一个中国人，生活在一个安定而祥和的国度。对于国家的自豪感一定和今天的发展成就分不开，今天我们更自豪于国家在逆境中挺直腰杆，迎接挑战的勇气——国产大飞机飞向蓝天，实现了商业运营，订单已达千余架；中国汽车实现弯道超车，销量直冲世界最前列；从神七到神十六，中国载人航天实现跨越式发展，为人类探索宇宙的梦想贡献更多中国力量。

更令人惊喜的是，华为 Mate 60系列手机横空出世，聚力新生。我们在芯片、操作系统及诸多零部件上实现了国产化，这样的突破和创新令人欢欣鼓舞，倍感振奋。更有深海探测、量子技术、人工智能技术等方面不断取得的进步和突破，体现出中国人在科技领域的突飞猛进。

唯有不懈奋斗，方有美好未来。今天，每一个中国人要更加认真、踏实、勤奋地做好手边的每件事，心无旁骛，追求极致，敢为人先，寻求突破，不断啃下各种硬骨头，不断迈向新目标。

日出东方，叩启苍穹。10月1日，每一个中国人都是抒情诗人。当国旗护卫队阔步走过金水桥和长安街，当嘹亮激昂的国歌奏响，当鲜艳的五星红旗与太阳一同升起，所有中国人内心的激情一定像长江黄河一样汹涌澎湃。相信我们的国家，一定建设得更加富饶强盛、和谐美丽，相信我们每一个人的明天，一定更加灿烂辉煌。

原载2023年10月1日新甘肃客户端《敦煌风》

致敬《河西走廊》

　　《河西走廊》，一部充满人性温度的历史纪录片，通过与河西走廊历史上重要人物的"灵魂对话"，通过对重大事件的合理演绎与想象，让那些封存于如海史册和典籍里的名字，矗立黄沙中的烽燧、残墙、驿站的遗迹，洞窟里的飞天，陡然复活。

　　我们再次看到了张骞、霍去病、阔端、八思巴、飞天的描绘者、穿越古道的中西商贾……与他们同呼吸，共命运。不同于史册中的简约和晦涩，纪录片演绎出的画面直观生动，充满了历史的细节。

　　通过这"复活"了的细节我们知道，华夏民族对于河西走廊的最初注视，缘于一个帝国被围困的命运。那时候，一个19岁的年轻皇帝听说西域有匈奴的敌人大月氏，就想联合西域诸国共抗匈奴，从此开启了对于西部的探索和开拓。张骞应命运的召唤而出。在纪录片里，张骞的西域之路，不只有飞沙走石，艰辛危难，还有他年轻匈奴妻子给予的温情。纪录片说，匈奴妻子的温情，很可能是支撑他完成"凿空"使命的重要因素。

　　纪录片里人性化的温度随处可见。比如，霍去病刚出生时，其母只是汉武帝姐姐平阳公主府的普通女仆，身份一点儿都不"高大上"，但命运从来都难以琢磨，他母亲的姐姐成为皇后，汉武帝成为他的姨父，他的亲舅舅卫青又成为大将军。虽然英雄不问出处，但这些恐怕也是他能够17岁带兵打击匈奴，19岁成为河西之战的统帅的重要因素。命运的偶然和历史的必然之间透出怎样的关系，颇费人思量。但英雄人物的命运与使命，就这样确定了我们民族的命运与使命，却也是事实。对这些人性化细节的关注，增加了纪录片的吸引力和耐看性，也促使我们更好地理解历史。

《河西走廊》还具有精美的画面，雅致的音乐，宏阔的历史视野，通过这些综合立体的表达，展示了河西走廊的自然、历史、人文之美，将观众头脑里的历史常识、诗词歌赋次第激活，让历史变得鲜活可感，让诗歌变得灵动有根，人们会更好地理解"亡我祁连山，使我六畜不蕃息；失我焉支山，使我妇女无颜色"的哀歌，体味"但使龙城飞将在，不教胡马度阴山"的诗句，从而更好地理解我们的文明，理解先人们为这个国家所做的牺牲和努力，理解莫高窟为何会被历代的人不间断开凿，西安画风为何会出现在敦煌壁画上，丝绸之路在沟通东西经济文化具有怎样的作用，理解凉州会盟，左宗棠抬棺进疆……

《河西走廊》其实是对我们民族精神的一次追寻。透过它，我们不仅看到了西部河山的壮美，更理解河西走廊对于华夏民族在政治经略、经贸交流、文化沟通等方面的重大意义。它从历史的深处揭示和阐明一个亘古不变的真理——开放交流，则自信强大；封闭保守，则贫穷积弱。或者说，自信强大，则开放交流；贫穷积弱，则封闭保守。历史用它2000多年的经验和岁月，反复证明着这一不悖之理。

在当下我国全面深化改革的背景下，国家正在推动共建"一带一路"倡议，而河西走廊仍将是国家经略西部的重要通道，是国家改革开放，融合世界的重要支点和象征。

纪录片《河西走廊》的拍摄与播出，将更好地帮助人们理解历史与现实，理解国家的战略，理解中华民族穿越千年的目光和对于未来的伟大梦想。

致敬《河西走廊》，不仅是对苍凉的历史，更是对美好的未来。

原载2015年3月19日《甘肃日报》

与全省人民一起迎接春天

年三十儿上午10时，第三届新甘肃网络春晚上线，至下午4时结束，全网总观看人数达1500万人次。

"甘味"十足的节目，被网友直呼"满福"。

"满福"这个词，产自陇上，很多时候是在表达礼赞。

艺术是表现生活的。好的艺术，总是以百姓喜闻乐见的形式，表达百姓心声，表现百姓的审美，自然容易引起共鸣，生出共情，满足了百姓的精神需求，当然可以说"满福"。

第三届新甘肃网络春晚，主题是"逐梦奔小康，跨进幸福年"，分"回望温暖""阔步小康""放歌陇原""畅想幸福"四个篇章。一看就和甘肃人的奋斗有关，尤其和脱贫攻坚有关，和新起点新征程有关。

2020年，甘肃和全国一道，75个贫困县全面摘帽，站在了奋斗的新起点上。在这个过程中，我们克服新冠肺炎疫情的影响，克服泥石流等自然灾害的影响，付出了艰苦卓绝的努力，才取得了这些历史性成果。

当这个艰辛漫长的历程，这些扶贫扶志、苦干实干的故事被赋予艺术的形式，被歌咏和抒情，被舞之蹈之，吼成秦腔，漫成"花儿"，写成小品，唱成道情，就成了情景歌舞《脊梁》、戏剧《家园》、舞蹈《腾格里塔拉》、戏剧《村上春秋》，就成为舞蹈《我们的田野》、情景歌舞《一个人一座山》……

　　这些来自基层的作品，以甘肃本土的风格，献给网友，同时献给我们每个甘肃人自己，就是在表现我们曾经的奋斗精神，这是在为我们加油鼓劲，岂能不引起共鸣，岂能不让人会心而笑，岂能不感觉到"满福""攒劲"？

　　当这样的晚会在春节这个特殊时刻播出，营造了辞旧迎新的氛围，还让人感觉到满满的获得感和幸福感，家和国的情怀在特殊时刻、以特殊形式构建，自然会凝聚民心，令人温暖。

　　今年很多人响应号召就地过年，对这些身在外地的甘肃人来说，甘肃元素、甘肃风格的晚会，手绘的中山桥、黄河母亲、莫高窟，富有本土特色、具有中国画风韵的设计，亲切感十分浓郁。

　　不得不说，1500万的点播量，也表现了主流媒体融合创新的成果，建立于新技术基础上的传播形态，以崭新的形式和情怀，为时代讴歌，为自己鼓劲，真正与人民共情，与时代同频共振，彰显了主流媒体的责任担当，让人看到美好、看到希望、看到梦想就在前方。

　　在这个团圆的时刻，在这个春天的节日，在这个奋斗的新起点，一元复始，万象更新。

　　新甘肃网络春晚的播出，就是和全省人民一起迎接春天，它表现脱贫摘帽后甘肃人民昂扬向上的精神面貌，是对建党100周年的献礼，是对"十四五"的展望，是新媒体正在奏响全面建设社会主义现代化国家新征程的序曲。

原载2021年2月11日新甘肃客户端《敦煌风》

讴歌新时代　传播好声音

　　第三届新甘肃网络春晚，全网总观看人数达1500万人次。究其原因，正是坚持以人民为中心，不断创新传播方式，不断推出鲜活内容，才会有越来越多人的刷屏，得到越来越多人的点赞。

　　2021年2月11日，辛丑除夕，第三届新甘肃网络春晚上演。至当日下午4时结束时，全网总观看人数达1500万人次。和前两届相比，点击量更高，人气更旺。

　　为何新甘肃网络春晚越来越牛？

　　恐怕不光是因为到了牛年。近几年，甘肃日报社、甘肃日报报业集团着力推动媒体深度融合，坚持以人民为中心，不断创新传播方式，不断推出鲜活内容，才会有越来越多的刷屏，得到越来越多的网友点赞。

　　首先，是契合时代，内容为王。新媒体时代，点击量代表影响力，1500万人次的观看人数，充分证明了观众对新甘肃网络春晚的接受度，更说明内容契合时代，满足了大众的需求。今年的新甘肃网络春晚，主题是"逐梦奔小康，跨进幸福年"，分"回望温暖""阔步小康""放歌陇原""畅想幸福"四个篇章。这些篇章中，有防疫情、战贫困、奔小康，有新起点、新格局、新征程，不仅主题宏大，而且贴近生活。经过艺术的升华和记录，它们被编成歌舞、相声、"花儿"、情景剧，嵌入了时代元素，赋予其时代精神，唱出了陇原儿女的心声，自然成为新年文化大餐的正点菜品，成为群众喜闻乐见的内容。

"文章合为时而著，歌诗合为事而作。"这些节目，或令人振奋，或感人至深，以艺术的表现形式，深刻呈现陇原大地翻天覆地的变化，充分见证陇原儿女坚韧不拔的奋斗精神。如歌舞《脊梁》，以波澜壮阔的场面、生动感人的情节，真实再现了去年全省上下众志成城、齐心抗疫的难忘场景；《逆风破浪开新局》则以昂扬的气势，传递出我们在实现第一个百年奋斗目标之后、乘势而上迈向全面建设社会主义现代化新征程的坚定决心；《我们的田野》和《小村微信群》，既有对美好生活的憧憬，又有浓郁的地方特色，展现出脱贫致富的崭新风貌，传达新气象，写满幸福感。

其次，是技术为王、渠道为王。优秀的作品，只有被群众看在眼里，才会打动人心。好的内容，只有渠道畅通，才能到达受众，产生传播力和影响力。新甘肃网络春晚的百余节目，不仅轮番在新甘肃客户端、每日甘肃网、掌上兰州客户端、人民网、新华社现场云、新甘肃云等主流媒体端直播，还通过快手、抖音、今日头条、腾讯等多个平台同步直播，就连福建东南网等省外媒体也在转播。传播平台的"大合唱"，产生出良好的放大效应，它折射出对平台和渠道的重视，更是技术创新与发展之果。新甘肃网络春晚能够年年举办，年年被深度围观，这是重要因素之一。

目前，以"新甘肃"为基础的移动端设计，已经实现了平台统一、技术统一、数据统一、资源共享的"全省一张网"传播新格局，和"省带县"融媒体建设新模式，一并被总结为独具特色的"甘肃经验"，有340多家单位和机构的媒体号入驻，全省80多个县（区）融媒体中心入驻。这个强大的"基础格局"，加上抖音、今日头条、腾讯等多平台的参与，让"甘肃好声音"如春草蔓发、绿盈四野，产生了深远的传播效应。

不仅如此。技术和媒体的融合创新，还实现了虚拟舞台与现场舞台的完美结合。如嵌入新甘肃客户端的融媒体产品《新甘肃的美丽长卷》，采用中国传统文化的卷轴元素，将14个市（州）的推介巧妙融合到横轴画卷中，一幅幅徐徐打开，让自然风光、人文历史慢慢滑过，大美陇原的山水舒展铺开……这些长卷，在"就地过年"的人们眼里尤其珍贵，出门在外的陇人，通过"指尖云端"，就能倾听乡音、共贺团圆。

　　传播技术的创新与发展，不仅将主流声音传播得更远，更体现了"受众在哪里，传播的触角就要伸向哪里"。它让滚烫的心与人民同心，既表达了陇原儿女建设幸福美好新甘肃的信心与决心，也彰显了媒体人记录新时代、书写新时代、讴歌新时代的使命，并引领全省人民拼搏实干、续写华章。

原载2021年2月19日《甘肃日报》

创新艺术表达　弘扬传统文化

丝路春潮涌，陇上幸福年。2月9日上午10时，2024新甘肃网络春晚如约而至，在6个小时的直播中，富有"陇原味儿"的歌舞、戏曲、小品、杂技、器乐等悉数亮相，为省内外网友献上了一场富有浓浓年味的"文化大餐"。

这是新甘肃网络春晚第六次陪伴全省人民迎新年，晚会火爆如常，流量持续攀升，生动体现甘肃日报社、甘肃日报报业集团媒体融合的丰硕成果和新甘肃网络春晚从内容到形式的持续创新，增加了年味，增添了欢乐，赋予传统佳节满满的仪式感。

触动时代脉搏，引发强烈共鸣。2024新甘肃网络春晚以"丝路春潮涌陇上幸福年"为主题，分为"春潮奔流新气象""春风浩荡新征程""春光无限新甘肃""春意盎然新希望"四个篇章，以新时代甘肃取得的发展成绩为脉络，通过多元的艺术形式，展现出陇原儿女踔厉奋发、勇往直前的昂扬姿态。《我画个甘肃给你看下》《多彩庆州展新姿》《梦回雄关》《绝色敦煌》《大地梦陇南情》《书画之乡是通渭》等诸多节目，饱含陇上元素，生动表现城乡面貌的喜人变化；小品《小刘调解》等节目，从一个个鲜活细节出发，围绕群众的生产生活，紧贴群众的喜怒哀乐，描摹时代表情，表达百姓心声，激发信念与情感，凝聚陇原发展的精气神。

关注积石山，暖意传心间。晚会设置与积石山县地震灾区特别连线环节，灾区干部群众通过新甘肃网络春晚的舞台，表达了对全国人民的感激之情，也表达了他们积极面对生活的意志和决心。特别节目《向着黎明出发》，生动再现积石山抗震救灾的生动画卷——深夜地震发生，各级党委政府工作人员第一时间奔赴现场；全社会积极行动，上下同心，众志成城，帮助当地群众渡过难关。特别节目《感恩的心》表达出积石山群众的感激之情以及对重建家园的坚定信心。在春节这一特殊时刻，关注积石山，表达对受灾群众的良好祝愿，温暖人心，动人心弦。

浓郁陇原味，芬芳众人心。大型沉浸式演出《乐动敦煌》通过新甘肃网络春晚进行全球首演，古朴的音、舞、诗、画通过音乐、影像、灯光、机械、装置、舞美道具等多媒体高科技手段呈现，结合真人演艺，全面展示敦煌古乐器、古乐谱的研发成果，再现敦煌盛景。还有《女儿巧》的非遗＋舞蹈；《"花儿"声声》展示的"河州花儿"；《胡腾舞》的急促节奏，刚毅奔放；舞蹈《埙声悠悠》让陶埙这一古老乐器大放异彩，展现甘肃地域文化的博大精深。一件件充满浓郁地方特色的文艺作品，脱胎于戏剧、舞蹈、音乐、曲艺、杂技等艺术形式，融合敦煌、丝路、多民族的诸多元素，就像"甘味食品"一样，透出浓郁的乡土味，风格鲜明，芬芳四溢，让人大饱眼福。

技术持续赋能，助力形式创新。AI 数智人"小心甘"首次作为特邀主持人，以十二生肖中"龙"为原型的它，憨态可掬，十分可爱，贯穿于整个网络春晚；3D 建模搭建虚拟舞台，生成式 AI、VR、算法等前沿科技的充分运用，打造沉浸式视听体验；"云端"连线外国友人拜年，让晚会饱含国际范儿；"村晚"＋"网络春晚"，河口古镇2024年全国"村晚"分会场友情出演……诸多创新元素，让新甘肃网络春晚从思想、内容、形式、技术上不断创新，打造出一场殿堂艺术和群众文化相结合的视听盛宴。

网络春晚赋予节日以美好的形式，是传承弘扬优秀传统文化的重要方式。电视的年代，春晚成为过年的美好仪式，每年除夕阖家团圆在电视机前，吃着年夜饭看春晚，成为年味最浓的时刻。移动互联网时代，更多人的目光聚集于手机屏幕，网络春晚应运而生。

新甘肃网络春晚，借力网络平台，赋能于数字技术，创造出盛大的春节仪式感，陪伴万千网友的归乡路，陪伴千家万户除旧迎新，努力满足人民群众日益增长的精神文化需求，展现陇原人踔厉奋发、砥砺向前的精神风貌。

原载2024年2月21日《甘肃日报》

让人文共识画出最大同心圆

敦煌文博会是目前唯一以"一带一路"国际文化交流为主题的综合性博览会，每年举办一次，每年一个主题。2018年文博会的会议主题是"展现丝路风采，促进人文交流，让世界更加和谐美好"。

国之交在于民相亲，民相亲在于心相通。今年的主题，根植于历史，回应着现实，深刻阐释了敦煌文博会之于"一带一路"的宏大现实意义——通过各国之间的人文交流，促使各界广泛的接触，让各国民众心灵共振，感情相近，价值观、审美观融通。

心通了，路就通了。人文交流，本质上就是"通心工程"，是读心、暖心、通心的过程，就是通过人文风采的展示与交流，让心灵碰撞，共识积累。心灵相亲了，就能坐到一条板凳上，交朋友，谈生意，利益共享，命运与共。

应当看到，文化差异从来都是国家间交往的障碍性因素之一。同样，它也可能成为我国"一带一路"建设深入发展的一个制约因素。沿线各国，发展历史不同，认识理念、文化价值、法律制度、风俗习惯、宗教信仰、审美价值都存在差异。这些文化差异，可能扩大歧见，增加偏见，影响国家间的认知差异，进而可能增加交易成本，抑制跨境投资、贸易往来、交流合作。

当然也要看到，世界各国的各种文化之间也有共通性，在审美情趣和价值观方面，有着很多共同点。这就是人与人之间、国与国之间、文化与文化之间交流融合的基础。通过人文交流，各美其美、美美与共，积累共性，增加信任，增进感情，消除差异，消弭偏见，化解分歧，扩大合作基础，消除信息壁垒和信息摩擦，消除跨国投资和贸易合作带来的风险，最终互通有无，洽谈生意，经贸合作，互利共赢。

敦煌文化是历史上丝路各国心灵相交的结晶，敦煌文化未来更应成各国心灵交汇的基础。敦煌作为一种宏大的精神存在，在现实和历史的语境下，具有强大的文化感召力，它的生成与发展，本身就是历史上各国人文交往的产物，是历史上各国经贸往来、友好往来的见证。它的存在和发展历史雄辩地说明，丝路文明不仅是一条经贸之路，更是友谊之路、文化之路。

原载2018年9月18日每日甘肃网

敦煌文博　创新盛宴

2018年9月27日，第三届丝绸之路（敦煌）国际文化博览会将举行，世界再次进入敦煌时间，"文化圣殿、人类敦煌"再次与世界见面。

古圣贤说，道生一，一生二，二生三，三生万物。第三届敦煌文博会，以吉祥的数字开启，求变求新，求真务实，花开更艳，果实累累，由一而二，万物以荣。

敦煌文博，初音美好。2013年，国家主席习近平提出共建"一带一路"倡议，一个美好的创意很快在甘肃人的头脑里灵光闪现——以文化地标敦煌之名，借丝绸之路甘肃段的区位优势，践行"一带一路"建设，推进国际人文交流，助力国家向西开放。

这个创意，顺乎大道，脚踏实地，很快得到国家有关方面的回应与支持，在不到三年的时间里，迅速生根发芽，开花结果，成为沟通历史与未来，连接中国与世界，促进国家开放发展的有效平台。

敦煌文博，创新务实。2016年至2017年，这个美好创意已践行两届，成果斐然。2016年首届敦煌文博会，以"推动文化交流，共谋合作发展"为主题，精心设置了高峰会议和5个分论坛、5个专项论坛。"一带一路"沿线21个国家参加的部长级圆桌会议一致讨论通过了《敦煌宣言》，描绘了各方坚持多样共存、互鉴共进、合作共享的良好愿景，为"一带一路"沿线国家和地区开展文化合作规划了方向路径，为开拓21世纪"新丝绸之路"奠定了重要的人文基础。

2017年第二届敦煌文博会,以"加强战略对接、深化务实合作"为主题,不仅成功举办了"论、展、演、创、贸、游"六类主体活动,还首次纳入文化创意活动,以"创意融合·数字未来"为主题的文化创意论坛,邀请25个国家、国际组织及国内文化创意、文化数字化领域的82名专家学者、企业精英出席,重点就数字化时代丝绸之路文化资源创意开发的现状与潜力等议题进行研讨,为引领和推动文化创意产业快速发展指明了方向。

三生万物,创新升级。第三届敦煌文博会更是创新驱动,升级换代——建设"四个文博":智慧文博,"文化+科技",提升科技含量;节俭文博,压缩财政开支,鼓励地方和企业参与,实现市场运作;大众文博,坚持以人民为中心,举办群众喜闻乐见的文化交流活动,助推文化旅游深度融合、快速发展;精致文博,坚持优中选优、优中选精,集中精力办大事,确保活动少而精。

敦者,大也;煌者,盛大也。敦煌文博会将在求变求新、求真务实中,推动国家"一带一路"建设,促进中国与丝路沿线各国文化与商贸的深度交融,积累人文共识,推动国家向西开放。甘肃的文化与旅游产业,将在敦煌文博会碰撞出的创意火花中,促进创新驱动,加快市场化脚步,焕发生机,增强活力。

敦煌文博会,从创新中开始,在创新中成长,碰撞智慧,融汇文明,一如千百年来敦煌的成长史。敦煌和丝路,将在这创新盛宴的交融与碰撞中,雨润万物,春发自然,飞天复活,万佛庄严,文脉盛大,永不落幕。

原载2018年9月26日每日甘肃网

让敦煌的风　吹得更远

相聚千年敦煌，共享丝路文明。

2023年9月6日，敦煌文博会时间开启。

今年是习近平总书记提出共建"一带一路"倡议10周年，也是全面贯彻党的二十大精神的开局之年，在这个重要时间节点举办的敦煌文博会，意义非同寻常。

以文载道，敦行致远。敦煌文博会是"一带一路"建设的重要载体，是"一带一路"沿线国家人文交流合作的平台，承载着重要的国家使命。它以"推动文化交流、共谋合作发展"为宗旨，以丝路精神为纽带，以文明互鉴与文化交流合作为主题，以实现民心相通为目标，推动中国与"一带一路"沿线国家开展文化交流合作，推动中华文化走出去，推动丝绸之路经济带建设，助力世界进步繁荣。

文明因交流而多彩，文明因互鉴而丰富。敦煌文化，盛大辉煌，包容万象，是各种文化长期交流融汇的结晶。以敦煌之名开展的文博会，不仅传播中国声音，讲好中国故事，建立文化交流与合作新机制，同时以开放包容的胸襟，推动各国文化交流互鉴，以文明交流超越文明隔阂，以文明互鉴超越文明冲突，以文明共存超越文明优越，沟通扩大共识，促进心灵相通，各美其美，美美与共。

传承丝路文明，坚定文化自信。文运与国运相牵，文脉同国脉相连。

中华民族在漫长的历史进程中遇到过无数艰难困苦，但始终坚韧不拔，百折不挠，巍然屹立，其中一个很重要原因就是中国人民创造、继承、发展了独具特色、博大精深的中华文化，为中华民族的生生不息、发展壮大提供了无穷丰富的精神滋养。当下正值实现中华民族伟大复兴的关键时期，我们要继续传承弘扬中华优秀传统文化，坚定文化自信，为实现中华民族伟大复兴提供强大的价值引导力、文化凝聚力、精神推动力，不断铸就中华文化新辉煌。2019年8月，习近平总书记在敦煌考察时指出："敦煌文化展示了中华民族的文化自信。""只有充满自信的文明，才会在保持自己民族特色的同时包容、借鉴、吸收各种不同文明。"在"一带一路"倡议下，我们要牢牢把握历史机遇，办好敦煌文博会，以更加开放包容的姿态，拥抱世界，汲取世界优秀文化，传承灿烂辉煌的中华文化，有力推动中华优秀传统文化创造性转化、创新性发展，持续推进中国特色社会主义文化建设，建设中华民族现代文明。

共建"一带一路"，同创美好世界。当下，各国面临着共同的利益和挑战，也面临着不同的国情和发展阶段，增进共识、求同存异、深化合作既是需要，也是难题。秉承丝路精神，吸纳借鉴人类文明的一切优秀成果，传承发扬中华优秀文化，构建人类命运共同体，就是为人类发展进步贡献中国智慧，必将有力促进各国人民相知、相交、相亲。我国开创的中国式现代化的道路，不仅创造了中国人的现代化新道路，还为世界发展进行了有益的探索，创造出了人类文明新形态。在百年未有之大变局的时代背景下，世界各国的目光始终注视着中国的探索。中国式现代化的道路作为新的文明形态，根植于中华五千年文化，吸收世界各国的优秀文化和文明创造，建设出中华民族现代文明，必将为人类的发展贡献智慧，注入动能。

中国的敦煌，世界的敦煌。让我们在丝路精神的感召下，继续秉承开放包容的胸怀，办好这场文化盛会，推动世界上各种文化激情碰撞，交流融合，博采众长，为世界的发展进步、为构建人类命运共同体贡献中国力量。欣欣向荣的现代中国在这百花盛放般的人文碰撞中，必然兼收并蓄、海纳百川、协和万邦，建设出中华民族现代文明，助力中华民族伟大复兴，助力人类命运共同体建设，让世界有一个更加光辉灿烂的未来。

让敦煌的风，吹得更远。

愿世界的未来，更加美好。

原载2023年9月7日新甘肃客户端《敦煌风》

传承文化根脉　汇聚复兴力量

陇山苍苍，渭水泱泱。鼓声雄浑，钟鸣悠扬。

2023年公祭中华人文始祖伏羲大典6月22日在甘肃省天水市举行，台湾地区同日同时举行海峡两岸共祭伏羲典礼。今年公祭伏羲大典以"延续历史文脉、坚定文化自信"为宗旨，以"传承始祖伏羲文化根脉、汇聚中华民族复兴力量"为主题，追思中华人文始祖创世功绩，感悟伟大祖先创造精神，为全面建设社会主义现代化国家，实现中华民族伟大复兴凝聚强大精神力量。

伏羲是中华民族的人文始祖，位居"三皇之首""百王之先"。其创历法、教渔猎、驯家畜、烹食物、定婚嫁、造书契、制琴瑟、创八卦，对中华民族的文明进步和发展作出了巨大贡献。伏羲文化是中华民族的本源文化和中华文明的重要源头，蕴藏着丰富的创造精神、奉献精神、和合精神，引导先民摆脱了茹毛饮血、巢穴群居、鸿蒙未启的原始状态，在中华民族追求文明和进步的进程中，具有奠基和启蒙之功。

延续历史文脉，凝聚同心共识。中华儿女齐聚天水，通过宏大的祭祀仪式，共同缅怀先祖，强化群体记忆，激励我们同心同德、自强不息，传承华夏文明，振奋民族精神，激发爱国热情，增强民族团结，铸牢中华民族共同体意识，促进祖国统一，为实现中华民族的伟大复兴增添精神动力。

传承文化根脉，坚定文化自信。文化是民族之根、民族之魂，是民族生存发展的重要力量。伏羲是中华民族文化认同的重要象征，是海内外华夏儿女的情感归宿和精神寄托。公祭伏羲是对文化根脉的传承与弘扬，体现海内外中华儿女的共同心愿，有利于培根铸魂，启迪未来。我们要通过丰富多彩的方式，传承中华优秀传统文化，夯实文化建设的根基，奠定文化自信的强大底座。

习近平总书记在文化传承发展座谈会上指出，只有全面深入了解中华文明的历史，才能更有效地推动中华优秀传统文化创造性转化、创新性发展，更有力地推进中国特色社会主义文化建设，建设中华民族现代文明。

公祭伏羲，追思中华人文始祖创世功绩，感悟伟大祖先创造精神，意在探寻中国人自我认同的气韵和力量，凝聚中华民族血脉相连的精神纽带，为民族和国家的繁荣发展提供精神动力源泉，增强建设中华民族现代文明的坚定性和自觉性，为中国式现代化筑牢中华民族的"根""魂"底蕴和文化根基。让我们传承始祖伏羲文化根脉，创新创造、奉献和合，坚定文化自信自强、担当新的文化使命，将中华民族现代文明和社会主义文化强国建设不断推向前进！

原载2023年6月22日新甘肃客户端《敦煌风》

追忆评书年代　时代总有"下回分解"

　　清晨惊悉评书大师单田芳先生昨天下午以84岁高龄谢世。（据2018年9月12日《广州日报》）虽然早已不听评书，仍然不免想起很久以前评书火热的年代。

　　20世纪80年代初的一天中午，我去邻居家里玩，看到一大群人聚在一起听评书《隋唐演义》。这个说书人用破锣一样的嗓音正在讲瓦岗寨好汉的故事，讲得实在精彩，尤其用嘴模仿马蹄的奔跑声，模仿千军万马两军对垒的场景，模仿兵器碰撞的声音，让人感觉身临其境，仿佛那些人物就在眼前。故事中的人物，无论男女都有各自独特的声音，听到这个声音就知道这人是谁。英雄好汉相遇之后，总要相互报上尊姓大名，然后才放马过来，大战 N 个回合。英雄好汉生气之后，总要"哇呀呀"大叫着驱马上前，举刀便砍。当然，也可能是举棒便打，举枪便刺。

　　听了这一回书，我就被迷住了，接下来就每天到邻居家里听广播。听了几天评书，就熟悉了每个好汉使用的兵器，还有他们的盔甲颜色，知道他们是哪位好汉。

　　那是一个文化生活相对贫乏的年代，村子里没有报纸、没有电视，只有个别家庭买了收音机，用来听戏，听新闻报纸摘要，但不知道什么时候起，人们听起了评书。每天中午一点半，庄上的人就聚在有收音机的人家院子里，等着评书节目开始。为了听评书，有些人回家就抓紧吃饭，吃不完端着碗就来了。评书节目开始前的那一段广告是我们最盼望的，一听到"南关什字百货大楼……"大家就知道，精彩故事即将开始。

说书人讲得太精彩，感觉时间在飞逝，不知不觉半小时就过去了，每次听到"欲知后事如何，且听下回分解"，都感觉意犹未尽，急迫地想听下一段。听得久了，也摸着了说书的规律——故事到了精彩处，也就到了"下回分解"的时候。那时候没有网络，每天评书只有半小时，要知道下面的故事，只能等第二天了。如果中午没有听上，就盼着晚上六点多重播时听，生怕错过了。

评书给人们平淡的生活"调了盐"，让每个人都非常入迷，非常快乐。听完评书的上学路上，大家像说书人一样学马蹄的"哗哗"声，学英雄好汉们相见时的情景，仿佛梦回"隋唐"。这种情景如同后来看完电视剧《霍元甲》之后，年轻人开始练拳一样，听评书的时候大家总在谈程咬金的三板斧，还有武艺高强的秦叔宝和尉迟恭……

从单田芳开始，大家又听过田连元、袁阔成、刘兰芳说书，这四人当时被称为"评书四大家"，成为那个年代大家的偶像，从他们嘴里，我们听了《岳飞传》《杨家将》《三国演义》，还有什么《呼家将》等这个演义那个演义，知道了绿林好汉，英雄侠义，还了解了一些粗浅的历史知识。听了评书，就想找书看看，此后就阅读了《隋唐演义》《三国演义》《水浒传》等书籍，每每阅读这些书籍的时候，耳边仿佛还回响着说书人那些独特的声音。

夸张一些说，在那个广播的时代，评书就像后来电视时代的连续剧一样，成为亿万百姓最大的精神食粮，丰富了大家的生活，使贫困年代的生活有了些许滋味。在说书人的影响下，很多人爱上了读书——为了"欲知后事如何"，就想办法找书读，读着读着就入迷了，读着读着，就有了读书的习惯。

随着后来电视的普及，听评书的时间越来越少，听评书的人也越来越少，但这些艺人的声音却一直存留于人们的记忆里，至今都能清晰地想起来。也许说书人讲的大多是通俗的故事，历史的演义，但这些演义故事，以其独特的感染力，普及了中国传统文化，甚至成为一些人进入中国历史文化的独特途径或钥匙——大家最初只是在听故事，继而尝试着开始阅读历史演义，然后就进入历史文化的学习。这些说书人，最早将我们引入历史的情境中，让我们对过去久远的年代发生了兴趣。当然，听评书的目的并不在此，更多在于娱乐，在于"不亦快哉"。

每个时代都有每个时代的故事，每个时代都有每个时代的"下回分解"。在移动互联时代，人们的娱乐方式早就异彩纷呈，多种多样，听评书的人不如从前多了。但评书作为中国传统文化的一种独特样式，随着时代的发展，仍继续为大众提供着精神食粮——一些电视上有评书栏目，广播更是它的主阵地，一些开车族在路上会听评书，网络上更有评书大家们的各种版本。虽然它不可能像过去的年代那样火热，但它的发展历程，无疑见证着中国社会的变迁，伴随着一两代人久远而美好的记忆，尤其是六零七零后关于青春的记忆。

单田芳先生去了，过去的年代将永存记忆。虽然评书已然式微，但世界在发展的浪潮下将有更多的"下回分解"，在改革开放四十年之后，我国无论在经济还是文化上都有了巨大的进步。那么，当我们因单田芳先生离去而回首过去的年代，心中一定感慨万端。我们不舍于单先生的离去，就像我们不舍于我们的青春记忆，但展望前路，我们相信未来的时代，一定会书写更多更精彩的"下回分解"。

原载2018年9月12日每日甘肃网

图书馆对乞丐开放何以受追捧

"我无权拒绝他们入内读书，但您有权选择离开。"杭州市图书馆馆长楮树青如是说。因为从2003年起，杭州市图书馆就开始实行对所有读者免费开放，包括乞丐和拾荒者，图书馆对这些特殊读者的唯一要求，就是把手洗干净再阅读。这一举措推行以来，一直引起一些读者的不满。楮馆长的话在网上引发好评如潮，不少网友直赞这位馆长有北大遗风。（2011年1月19日《青年时报》）

这是一条令人感觉到温暖的新闻，仿佛一缕冬日的暖阳。每当看到乞丐坐在寒冷的街道上乞讨，我总是猜想：这些人在什么地方能找到温暖，能安心地休息一会呢？在这个日渐冷漠的城市，饭馆和酒店拒绝他们入内，甚至火车站、汽车站等公共场所也禁止他们入内，他们能进的似乎只有救助站。而杭州图书馆能让乞丐入内，实在令人感觉到一种意外的惊喜，至少在外流浪的人可以在城市里能找到暂时让心灵放松下来并且得到抚慰的地方。

图书馆允许乞丐入内之所以成为新闻，正是这个社会日益冷漠化的体现。在一个社会中，一些人总是认为自己高人一等，看不起外乡人，看不起乡下人，看不起农民工，更看不起乞丐和流浪者。也许由于财富和社会地位的差异，也许是对陌生人天然的敌意，有这种观念并非不可理解。但作为公共机构如公共图书馆、博物馆、学校等等，则不应当持有这种观念，而应当对所有人都一视同仁地对待。但现实的情况是，国内一些图书馆并非对所有人自由开放，一些公共机构总是保安把门，要经过联系才能入内，有些大学要限制他人自由进入。

"上有天堂，下有苏杭"，人间天堂杭州自古就有天堂美誉。从这则新闻来看，杭州不光景色美好如同天堂，还有一些人文精神让它更像天堂。阿根廷国家图书馆馆长、著名作家博尔赫斯曾经说过："如果有天堂，天堂应该是图书馆的模样。"人间天堂杭州有这样一个图书馆，更增加了天堂"模型"的成色，更加令人心向往之。人文精神的本质是什么？就是仁者爱人，众生平等，就是将所有人都当人一样看待。

公共图书馆平等地向众生开放，就是让每一个人在最低限度的意义上，可以找到向上走的路，这是平等的基础。图书馆应当有这样的人文精神和气度，它是促进人类进步的阶梯，尤其对人类更是如此。读书可以促进智慧，可以获得精神抚慰，公共图书馆应当发挥这种作用。

据说安德鲁·卡内基本来是苏格兰的穷孩子，到美国后通过免费的图书馆自学成才并经营钢铁工业成为巨富，一生捐建了2500多座图书馆。他的哲学是，给予公平的社会环境，再穷的人也能成功，而图书馆就是成功的第一个台阶。

让每一个人都平等自由阅读的图书馆会成为一个人的天堂，而且这个天堂里会培养出许多"钢铁大王"。希望这样的图书馆在国内更多一些，让每一个人都能平等自由地阅读，从中找到进步的阶梯，至少会得到片刻安慰和暖意。

据2011年2月2日《中华读书报》

孙大圣老家本在无稽之乡

山西娄烦具旅游部门决定着手开发"花果山孙大圣故里风景区",该项目位于娄烦县海拔1816米的花果山山顶和山北侧的道人沟中,占地面积共7000多亩。据悉近年来多地为猴王的"户籍"争论不休,专家尚无定论。(2010年6月18日《西安晚报》)

看罢这则新闻,不由得让人捧腹大笑,原来孙大圣也是有故乡的。不过,仔细想想倒也是,但凡是个人,故乡肯定是有的,有什么可笑的?即使是神话传说中天地育化的一个石猴,从古头缝里蹦将出来,那块崩出他的石头,不就是其故乡所在吗?

为了找到这块伟大的石头,近年来国内文化学界对这块石头的出处争论不休,相继出现了山东说、河南说、福建说、江苏连云港说和山西娄烦说等等,那学富五车的学者、教授、专家也都参与进来研究发掘,对比石碑,考证历史,有些人甚至经过20多年的考察研究呢。孙大圣若是在天上知道这些消息,必然高兴得抓耳挠腮,大道善哉善哉,说不定还打算为当地降下很多祥瑞福气呢!

《西游记》作者吴承恩从阴间的互联网上看到这些消息,也要笑着从早就腐朽的棺材里活将过来,带着一个小说作者的虚荣心,喜闻这些学过现代生物学的后生真是可畏,居然能为他老人家想象出来的一个石猴找到故乡。

　　吴先生也许不明白这些后生为何要争一个石猴的故乡，见惯了各地争夺名人故乡的当代人是明白的，无非"名人搭台，经济唱戏"，打造点景点搞旅游经济罢了。各地官员在 GDP 政绩的压力下，总是想破头要塔"经济唱戏"的台子，有历史名人的傍历史名人，没有历史名人的，只好从神话传说里找名人，实在找不到神话传说，连小说里的人物也不放过，什么三国名人，传说中的三皇五帝，都是一些官员眼中的旅游资源。

　　不过，为石头缝里蹦出来的人找故乡，大约连三岁小孩都感觉到荒唐，用这种明显违反常识的办法打造出来的景点，会带来多少 GDP，会吸引多少游客，恐怕只有天知道了。

　　大圣故里在哪里？恐在荒诞无稽乡。而官员们总是相信大圣是他们的同乡，此风之下，八戒、沙僧、白龙马、太上老君、观音菩萨、牛魔王、四海龙王过不了多久都会找到故乡。有些官员的脑子一热，神仙们真是有福了，在户籍管理如此严格的当下，有幸落户总是件好事，即使不能享受户籍带来的公共福利，多享受些香火总是好的。

原载2010年6月19日《辽沈晚报》

动画片充斥暴力　呼唤影视分级

近日，一篇《家长炮轰电视少儿频道》的文章在众多家长中引起强烈反响，两百多位家长打进某报热线，怒斥一些少儿频道播出的部分动画片对自己的孩子造成不良心理影响。更有10位家长表示：他们已经联络了律师，要起诉少儿频道，用法律手段为自己孩子的成长讨个说法。

这篇报道之所以引起众多家长的共鸣，正是基于家长们对于电视荧幕上色情暴力镜头的担心。在一家网站上，这则新闻几个小时点击数就超过三万人次。调查显示，读者对"家长状告的做法"支持者占85.3%；"认为动画片的暴力镜头会对孩子造成不良影响的占80.8%。这个调查反映大众对于不良少儿动画节目的态度。

我也是孩子家长，对恶俗动画片有切身体会。因平时工作较忙，为了让4岁女儿不影响自己，我常常将女儿推到电视机前。女儿可是少儿频道的忠实粉丝，几个小时都被吸引在电视机前，以至于家里的遥控器被女儿所控制，正因为如此，我也看了不少电视播出的动画片。近几个月来，女儿常常表现出一些暴力倾向，嘴里常常高呼"我是怪兽""我要吃你"之类的话，并伴以武侠的"嗨哈"之声，表现出恶狠狠的面孔，还击打她妈妈和我，有时候和小朋友玩耍时，好多次在这种嗨哈声中将别的孩子推倒在地。

说实话，我疑心女儿出现这种表现是那些少儿动画片之功，一些动画片上，神秘大侠满天乱飞，暴力武打比比皆是，怪力乱神出没，超自然力量充斥。我对这些片子的感觉就是，这是成人片的动画版。我现在几乎不敢让女儿再看这类节目，只要是发现这类片子，马上关电视，哪怕女儿哭闹也在所不惜。

和我有共同感受的朋友很多，每当谈及此事，大家都慨叹当下一些少儿动画片的粗制滥造，想象力贫乏，似乎除了模仿武侠影视剧，就完全失去了创造力。一个让成年人都感觉到暴力的动画片，不知道它会对女儿产生什么样的影响，真是令人难以想象。

1969年，美国公共卫生局投资100万美元再次进行了大规模研究，在系列研究成果《美国公共卫生局局长报告》的第三部分：《电视和青少年的侵犯性行为》一文中，研究者确定了电视暴力和侵犯性行为之间的因果关系，即长期观看电视暴力引发侵犯性行为。1982年美国国家心理健康研究所出版了大型报告《电视和行为：科学进步的十年和对80年代的影响》，书中汇集了来自有关电视的2500个独立研究信息，认为在电视暴力和进攻性行为之间存在一种直接关联。

正是电视暴力对儿童有不良影响，国外都对电视节目进行分级，从而预防电视暴力对青少年的负面影响，那些充满暴力的动画片可以提高收视率，但其社会危害是不可估量的。

其实国内动画片还是有一些好看而美好的画面的，除了以前的《大头儿子与小头爸爸》外，近来播出的《喜羊羊与灰太狼》就很好，据说全国首轮票房达8000万元，成为当之无愧的国产动画第一片，但这样的片子还是有些少。

要促进国产动画片制作，需要对影视剧实施分级审查制度，完善这一制度，将有利于杜绝暴力动画片进入少儿频道。

原载2009年2月20日《未来导报》

金牌应当成为大众体育的广告牌

北京奥运会进行了十多天，中国已揽金46块，超出上届十多块。金牌的丰收，代表了我国竞技体育再次取得胜利。

竞技体育，对于社会来讲有两个功能，一是娱乐大众，大众通过观看体育比赛得到力与美的享受；二是有强大的引领作用，带动更多的人参与到体育锻炼中来，促进国民体质增强。

竞技体育所产生的"更高、更快、更强"，应当是大众体育发展的自然结果，扎根于普遍的群众体育基础之上，而不应当为了竞技而竞技，使竞技体育成为部分有特长的人之间的竞争。

我国的竞技体育就是"特长精英"之间的竞技，这种体育基本和群众脱节，因此我国是体育大国，而非体育强国，原因就在于此。精英体育就是将大量的人力、物力、财力用于培养体育竞技人才，目的在于为国家争荣誉，而不是用于改善大众的体育设施。这样的竞技体育所赢得的奖牌，像养在盆景里的奇葩，只具有观赏价值。这种割裂所造成的后果，是群众体育不发达，竞技体育发达，竞技体育和大众体育不能走向良性互动，互为促进。竞技体育只是让大众找了点乐子，但没能将大众吸引到运动场上。

竞技体育只有扎根大众体育，作为大众体育的延伸，才会互为因果，一方面大众体育让各种体育人才不断脱颖而出，走向职业化、精英化，大众体育就像树木繁盛的森林，不断长出参天大树，让木秀于林。另一方面，竞技体育不断用金牌和职业荣耀吸引更多的人去观赏，被引入健身运动的潮流，从而又促进了职业体育的发展。

现在，我们的金牌够多了，除了奥运会这样最高级别的金牌外，每年都会产生各种世界性奖牌。因此，奥运会之后，应当让金牌成为促进群众体育发展的广告牌，而不能仍然为了金牌而金牌，让金牌只作为观赏的亮点，而不具有引领价值。

我们的体育政策应当发生根本性变化，让群众体育具有发展的物质保障和土壤。比如，有人想让孩子练体操，他所在城市就必须要有练体操的设施和场所，如果仅仅是个别大城市才有这样的设施，更多的孩子就不可能有练这项体育技能的机会。城市及乡村的学校、社区都应大量修建用于群体健身的公共设施，让群众对于体育的热爱能有实践的场所。

只有大众体育真正发展了，竞技体育才会有活水之源，这样的竞技体育所产生的金牌才会像"广告牌"，让更多群众热爱体育，投身体育运动，从而促进体育事业的繁荣，促进大众身体更健康。

原载2008年8月22日《珠江晚报》

北京奥运闭幕　奥运精神继续

　　2008年8月24日晚，第29届奥林匹克运动会闭幕。奥运火炬在北京的上空熊熊燃烧16天之后，暂时熄灭。北京奥运会，共打破世界纪录38项，打破奥运会纪录80多项，以一场场高水平的比赛见证了人类挑战自我、追求卓越的精神。国际奥委会主席罗格在第29届奥林匹克运动会闭幕中说，北京奥运会是一届真正的无与伦比的奥运会。

　　本届奥运会，来自一百多个国家的数万名运动员同台竞技，这既是一场体育盛会，更是一场文化交流的盛会，在长达16天的奥林匹克大家庭的聚会上，来自不同文化背景、不同民族和国度的人们每天同台竞技，这种竞争既是一种文化的碰撞，更是一种合作与交流，必将让不同国家和民族的人们加深相互之间的了解和信任，让世界更加了解中国，让中国更加了解世界。世界将更加了解中国的文化与文明，了解中国数十年来的发展和成就，从而让各国人民在未来的合作中更加紧密，友谊更加深厚，世界更加和谐。闭幕会上的祥云烟火，正象征着中国人对世界和谐的美好期望。

　　同一个世界，同一个梦想。北京奥运会向世界传达的正是这种友谊与合作的梦想，在全球经济一体化的今天，这样的理想将更加有效地促进世界的交流与合作，消除隔阂，和而不同。

　　本届奥运会上，中国代表团共获得金牌51枚，银牌21枚，铜牌28枚，奖牌总数100枚，金牌总数位居世界第一，这种历史性的突破见证着中国经济、社会、体育发展的伟大成就。奥运会在中国的成功举办以及奥运健儿在竞技场上表现出来的顽强拼搏精神，必将永远铭记在每个人的心中，激励大家在未来的生活、工作中继续发扬奥林匹克精神，以公平和规则的理念，让各自的事业"更快更强更高"，让每个人都能坚持梦想，实现自己的社会理想，培养合作精神，让我们的社会走向繁荣富强的康庄大道。

奥运会在辉煌的成就中闭幕，中国用自己的方式向世界阐述了中国精神和中国对世界的理解，祥云已向四处传递，美好的瞬间永存记忆，影响着人们对于未来生活的信念和态度。在这个意义上来说，奥运会虽然闭幕，但奥运精神仍然长存于我们的生活中，影响我们的工作和生活。

让我们像在奥运期间一样，继续讲文明，树新风，继续弘扬公平竞争的理念，继续让规则成为生活的指针，从而塑造中国人的性格和思维方式。只要奥运精神在我们的土地上扎根，奥运会就永远没有闭幕，我们的生活就永远是奥运会，我们生命中的每一天都将拥有饱满的激情，去创造生活，向着更快更高更强的未来进发。

原载2008年8月25日《西部商报》

致敬苏炳添　激励未来者

2021年8月1日，中国"飞人"苏炳添以9秒83的成绩在男子100米半决赛中打破亚洲纪录，成为中国首位闯入奥运男子百米决赛的运动员，并在决赛中以9秒98的成绩位列第六名，再一次创造历史。

苏炳添在奥运赛场上的自我突破，令无数中国人兴奋和自豪。

田径是极具观赏性的体育项目之一，尤其100米、200米短跑等项目，运动员的风驰电掣，令人激动和振奋。

以往的奥运田径短跑决赛现场，鲜有亚洲人的身影。从牙买加"飞人"博尔特到新晋奥运百米冠军雅各布斯，在这个跑道上大放光彩的很难见到亚洲人。

但是苏炳添来了，他在半决赛以9秒83的成绩创造了亚洲百米田径新的历史，并在决赛中以9秒98的成绩位列第六名，仍然是新的历史。

田径奥运赛场上已经好久没有如此令人激动了。苏炳添掀起的"黄色闪电"，不仅令中国人自豪，同样令亚洲人自豪。

曾任中国田径队总教练的冯树勇说，整整等了几代人，我们才赢来了苏炳添的爆发。他的突破有一个特别大的意义，那就是打破了我们长期被禁锢的思想和一些神话性的东西，挖掘出了队员的潜力。一些"神话"，束缚人的精神，消弭人的斗志，让人丧失信心。而打破神话，本身就是一种激励，让更多的人树立信心，获得勇气。对于百米田径来讲，中国选手、亚洲选手都要振作精神，挑战自我，勇敢奋斗，将不可能变为可能。

奥运比赛的价值，就是挑战人类身体的潜能，向着更快、更高、更强进发。苏炳添成功晋级奥运决赛，在他的身上，凝聚着不懈的奋斗精神，令人赞叹。他的教练说，他是最自律的人，也是训练最认真的人。这种职业精神，就是奥运精神的日常表达。

2012年在伦敦奥运会男子100米比赛中，苏炳添成为中国短跑史上第一位晋级奥运会男子百米半决赛的选手；2015年5月，在国际田联钻石联赛美国尤金站中以9秒99的成绩获得男子100米第三名，成为真正意义上第一位进入9秒关口的亚洲选手；东京奥运会上取得9秒83的成绩，成为首次进入决赛的中国选手，20多年的奋斗终成今日耀眼的"黄色闪电"。

这种伟大的奋斗精神，孕育突破的可能和成功的希望；这种永不停歇的劲头，将激励中国人及世界各国人民，生命不息，奋斗不止。

苏炳添说："我觉得我完成了自己的梦想，也完成了中国短跑历代以来前辈们给予我们年轻一辈的嘱咐。"

向你致敬，苏炳添！

加油吧，后来者！

原载2021年8月2日新甘肃客户端《敦煌风》

荡气回肠的世界杯大剧

这很可能是有史以来最精彩的一场世界杯决赛，荡气回肠，令人回味无穷。

在很多人的印象中，世界杯决赛大都相对沉闷，甚至不如小组赛好看。原因何在？就因为拼到最后关头，球队只想赢得最后的胜利，踢法趋于保守，防守大于进攻，观赏性自然大打折扣。

但法国和阿根廷之间的这场世界杯决赛，却像一部情节曲折、悬念迭起、跌宕起伏的经典大剧，对抗激烈、惊心动魄。

上半场梅西带领的阿根廷队给法国队连灌两球，而法国队似乎毫无作为，连一次射门都没有，姆巴佩仿佛消失了，一些人以为世界杯决赛也就这样了，阿根廷就踏踏实实捧着大力神杯回家吧！孰料这只是戏剧的第一幕。

下半场风云突变，法国队像打了鸡血一样疯狂反击，姆巴佩在一分多钟里给阿根廷连灌两球，让悬念顿起。法国球员拿球后脚下就像踩着风火轮一样风驰电掣，令人不由得替阿根廷捏了把汗。

当决赛进入加时，阿根廷稳住阵脚，梅西再度破门，让人一度认为阿根廷赢定了。孰料悬念再起，姆巴佩顶住压力，上演帽子戏法，将比分扳平。这样的比赛何其戏剧性，甚至连阿根廷的球迷都要感觉到绝望了。

戏剧的高潮是点球大战，法国队一粒打偏，一粒被扑出，阿根廷最终捧起了大力神杯。但这场比赛因为充满领先、扳平，再领先、再扳平的剧情，有惊险悬疑、帽子戏法、激烈对抗、决出胜负，其间的曲折反复、跌宕起伏、惊心动魄，令人回味无穷。

无论阿根廷和梅西，还是法国队和姆巴佩，面对种种残酷的剧情一再呈现，但凡意志力稍稍薄弱，恐怕精神都要崩溃。但双方球员顶住压力，迎难而上，让大战精彩绝伦。

这才是观众期望中的世界杯决赛，这样的世界杯决赛才堪称经典大剧。世界上有无数的比赛与对抗，只有写满故事的传奇才令人久久铭记。

世界杯比赛就像一个隐喻，其精彩与否不只在输赢，更在于其过程的艰难曲折、难分难解、高潮迭起，在于其间展现出的拼搏意志和精神力量，那种绝望中高扬的战斗意志，那种众志成城的拼搏场面，必然激起世人的赞叹和共鸣，让参与者和他们的奋斗成为不朽传奇。

有人将体育比赛比作和平年代的战争，恐怕有一定的道理。但历史上的战争能在人们脑海里留下鲜明印象、成为传奇者，无不与惊险曲折、艰难困苦环境下挑战命运、殊死搏斗的精神联系在一起，如著名的楚汉之争，其间就有以弱胜强、四面楚歌、垓下之围，有"虞兮虞兮奈若何"的悲叹，有"大风起兮云飞扬"的慷慨，有赢者的狂喜，有失败者的不甘。

试想楚汉争霸就是一场足球赛，刘邦率领萧何、韩信、张良、陈平等大批球星，和项羽带领的范增、龙且、英布、季布、钟离眜、虞子期等在绿茵场上一决生死，一定对抗激烈、悬念环生、高潮不断。

伟大传奇要有伟大对手共同演绎，只有棋逢对手的搏杀才能书写出波澜壮阔的故事。世界杯决赛，如果一方过于强大，则只有吊打的快意而无激烈对抗，即使进球再多，也不过略显热闹。只有棋逢对手，共同激发超高的潜能，有超越、扳平，再超越、再扳平甚至被反超，比赛才火星四溅、充满战斗的激烈，才惊心动魄、艰难曲折。

有人戏说这届世界杯是梅西封神之战，但如果没有姆巴佩的多次扳平、帽子戏法，梅西的故事只是进球封神。有了姆巴佩和法国队的对抗，让比赛散发出伟大的戏剧性，让这个封神之战具有不一样的精神质感，就像取经路上历经九九八十一难而成佛封神，写满传奇与精彩。

　　感谢梅西，感谢姆巴佩，感谢阿根廷队和法国队，让2022年的这个年末焕发不一样的色彩，这部年度巨献必将永载史册，铭刻世人心中，成为传奇。

原载2022年12月20日新甘肃客户端《敦煌风》

黄河奔腾"兰马"奔跑

6月11日，两条河流在兰州这座高原城市交汇奔腾！

黄的是黄河。

红的是人流。

河流的岸边，有无尽的绿色，舞动的旗帜，欢呼的人潮。

40000名选手汇聚黄河之滨，和滚滚东去的黄河一起，奔腾，奔跑！

数十万热情的兰州市民涌向百里黄河风情线，欢呼、加油、呐喊、助威！

自2011年"兰马"诞生以来，时光已过去了13载。今日，"兰马"于三年后再度"出马"，黄河之滨再成欢乐之滨，助力陇原经济社会高质量发展。

"兰马"让世界"看见"兰州。随着"兰马"镜头的直播，世界惊艳于大美兰州。在直升机空中俯瞰下，百里黄河风情线渐次呈现于世人面前——穿城而过的黄色河流，星星般点缀于百里绿色长廊的历史与人文景观，白塔山、中山桥、黄河母亲、龙源、水车园、黄河楼……世界陡然发现，原来"兰州白天是曼哈顿，夜晚是维多利亚湾"；原来兰州人没有骑着骆驼上班；原来兰州城竟是时尚现代的黄河之都、绿色之都、美好之都。

"兰马"塑造"如兰之州"。经过多年马拉松赛事的举办，兰州着力改造提升黄河风情线，着力构建"环母亲河"景观体育长廊，实施了体育中心、马拉松公园、体育文化广场、滨河健身步道等惠民工程，完善了城市基础设施，优化了城市综合功能，塑造了宜居宜业宜游的城市新形象。比赛线路设在百里黄河风情线，让参赛运动员在奔跑中感受黄河文化的无穷魅力，领略兰州独有的自然与人文景观，使马拉松挑战自我、超越极限、坚韧不拔、永不放弃的精神与奔腾不息的黄河文化相融合，极大地提升了兰州形象。

"兰马"推动全民健身行动。随着历届"兰马"的举办，越来越多市民参与到全民健身当中，体育锻炼、健康生活的理念深入人心，不仅提升居民的身体素质，推动全民健身的理念，培育积极向上的人生态度，还塑造城市拼搏奋斗、不断向上的精神气质。

"兰马"助力经济"奔跑"。随着"兰马"成为国内最炙手可热的赛事之一，无数国内外跑者奔赴兰州，高效聚集了各类经济要素，给兰州发展带来人流、物流、信息流、资金流。据往年的统计数据，"兰马"赛事期间，外来游客增长明显，为经济发展注入了强劲动力。游客与运动员在"兰马"期间的吃、住、行、游、购、娱，让兰州的餐饮、酒店、交通、旅游、商场、娱乐等服务业都呈现大幅增长之势。赏黄河美景，观白塔风光，品兰州美食，历陇上风土人情，已成"兰马"标配，甚至带动甘肃周边旅游的发展。

"兰马"奔腾于黄河之滨，提升了兰州的精气神，提升了城市的知名度、美誉度、影响力，助力"强省会"，"让兰州走向世界、让世界了解兰州"，激励陇原大地积极向上、不断前进、持续进步。

"兰马"，一场跨越黄河、风光无限的赛事。

"兰马"，一场展现青春兰州、健康兰州、热情兰州的盛会。

"兰马"，让我们相约兰州，相遇兰州，与滚滚黄河一起奔腾，与40000选手一起奔跑，挑战自我、超越极限、坚韧不拔、永不放弃，奔赴梦想，奔向未来。

原载2023年6月11日新甘肃客户端《敦煌风》

博物馆热背后的新期待

刚刚过去的国际博物馆日，让文博游再度成为焦点。据携程数据，今年以来，国内游客博物馆门票预订量同比增长104%，几乎每10个订景区门票的人里，就有一人预订博物馆门票，"打卡"博物馆成了许多人外出游玩的组成部分。

文博游"蔚然成风"，说明群众对了解历史文化有着强烈的愿望。要让文博游持续火热下去、有质量地火热下去，需要各类博物馆积极主动作为，更好地满足群众的文化需求。

其一，要积极发挥教育和研究功能。今年国际博物馆日的主题为"博物馆致力于教育和研究"。如果说收藏是博物馆的心脏，那么教育则是博物馆的灵魂。只有积极致力于教育和研究，才能更好地发挥博物馆以文化人、以文育人的重要作用，让更多人了解历史发展变化的脉络，了解文物与文明演进之间的关系。在这个过程中，博物馆既要做好高深学问，更要讲好通俗故事，"让历史说话，让文物说话"，让群众感受到历史文化的足迹。

其二，要讲好镇馆之宝及其背后的故事。各家博物馆都有各自的特色和定位，差异化讲好各自的故事，是博物馆保持魅力的关键。一些游客到河北博物院参观，就是为了看它的镇馆之宝、特色文物，比如西汉刘胜金缕玉衣、长信宫灯等等。只有亲眼观看这些文物，才能更加深刻地理解汉代的人文生活、风土人情以及当时工匠的高超技艺,从而触摸那个时代。对于镇馆之宝的期待,恐怕是我们每到一个城市都会产生的想法。通过"触摸"这些独具特色的文物,文献活起来了,历史活起来了。

其三,要"放低"姿态,创新传播。当下各大博物馆的展品琳琅满目,虽然走进博物馆的人越来越多,但大多是"匆匆一瞥""到此一游"。要让博物馆真正发挥作用,就要在创新传播方式上下功夫。当下很多博物馆都通过应用虚拟现实(VR)、增强现实(AR)和大数据等技术,提升游客体验,增加旅游的趣味性,打造"智慧博物馆";还有的利用最新信息技术打造平行博物馆,通过文物三维数据、文物影像、展览数据让观众更清楚、更方便地观看文物,获取知识;一些文博场所还提供"展览+活动+文创+社交+生活"综合性体验,为人们提供多样化的体验方式,助力城市经济发展。这些做法都非常必要,需要持续不断创新。

其四,对文博热要进行冷思考。不得不说,当下博物馆热背后仍存在一些问题,比如,"网红"博物馆观众挤疙瘩,排不上队抢不上票,而有的博物馆门可罗雀,"藏于深闺",惨淡经营。其实每家博物馆都有其独特价值,讲好这种特殊性,让观众认识到这种独特性,这些博物馆要加把力,积极在突出特色上下功夫,补齐服务短板,提升硬件品质,彰显地方特色,实现差异化发展。要强化互联网思维,研究流量密码,搞好文创开发,有效破解冷热不均的状况。

习近平总书记强调:"博物馆是保护和传承人类文明的重要殿堂,是连接过去、现在、未来的桥梁。"博物馆要坚持守正创新,讲好中国故事,传播优秀传统文化,引导人们"跟着文物去旅行""跟着非遗去旅行",让收藏在博物馆里的文物、陈列在广阔大地上的遗产、书写在古籍里的文字都活起来,从而极大丰富全社会的文化滋养,进而共同创造属于我们这个时代的新文化,为推动文化繁荣、建设文化强国、建设中华民族现代文明,谱写新的篇章。

原载2024年6月下半月《共产党员》杂志

政经走笔

从世博会感受"思维碰撞"

2010年5月1日,第42届世博会就将在上海开幕了,届时将有242个国家和国际组织参展,从5月1日到10月31日为期180天的展期内,将有超过7000万游客前往参观,这将是世博会158年历史上规模最大的一次。盛会马上来临,世界各地一定都在想方设法通过世博会展示其最优秀的产品和创意,以期在未来的市场竞争中得到更大收益,增强整体国力和竞争力。而各地的人们也都在思考,世博会给我们带来什么?我们将向世界展示什么?

世博会虽然被称为经济领域的奥林匹克,但其意并不在比赛,而是展示各国先进技术和创意的平台,这种展示如同服装模特之于时尚流行趋势的意义,将对世界经济的未来产生预言性质的影响。经济从来就是塑造人和世界最为巨大的力量,而这些处于前沿的技术和创意则是经济的助推器,是未来经济的萌芽形态,必然会对世界经济起到重新塑造的作用,也对人类的生活起到重新塑造的作用。

那句广为流传的名言"一切始于世博会"的表达一点也不过分。当下大众生活中使用的许多产品,运用的许多发明,都是通过世博会传遍世界、走进普通大众生活的,比如蒸汽机、电影、电灯、电视、飞机、航天器这些伟大的发明,都是借助世博会这个载体传遍世界,从而改变和影响了每一个人的生活。

本届上海世博会的展示,必然形成新的剧烈的思维碰撞,让每一个人沐浴在这些先进技术和创意的阳光之下，感受世界，感受人类文明进步的脚步，感受世界未来的发展方向。

百年以前，中国参加世博会所参展示的，只是茶叶和酒这些日常生活用品，这些东西虽然曾经做为中国的重要经济产品，在世界贸易中为中国赚取许多利润，但这些东西本身并无多少技术含量，更非当代人的创造，而是古人的创造和发明，它们早就存在了数百年甚至上千年，只是特殊地域下的传统产品。将这些古老的产品做为世博会的展品，与百余年前西方发达国家所展示的蒸汽机、电灯相比，实在没有可比性，也无多少创造性，因此，它们对世界未来的贡献是显而易见的，影响也是显示而易见的。以这些产品做为世博会的展品，见证了当时我国科学技术的落后，以及经济、综合国力的落后。

百余年后，世博会在我们这个古老国度的城市举办，我们已经成为世界工厂，经济、技术地位的提高自不待言。世博会在上海举办，见证着国内科学、技术以及国力的进步，也见证着我们和世界相互融入的脚步。但作为发展中国家，国内在技术和创意方面与发达国家还有巨大差距，这是我们必须正视的现实。上海世博会的举办，世界将先进的创意和技术拿到我们的家门口展出，正是国人正视差距、学习先进的良好机会，是国人认识世界上先进技术和创意的良好机会。

上海世博会的主题是"城市，让生活更美好"。虽然主题为城市，其实是通过科学技术的展示，回应世界共同面临的困境，为了让人类的生活更加文明和幸福。通过举办这样的盛会，中国人应当汲取世界上最优秀的科学技术成果，为促进国内的繁荣以及世界的美好创造出更多有益于人类的产品和理念，促进整个人类文明的进步。

原载2010年4月29日人民网，2010年5月1日《郑州晚报》

告别贫困 又是一个崭新的起点

2020年11月21日，甘肃省政府宣布最后8个贫困县退出贫困县序列。至此，甘肃省75个贫困县全部脱贫摘帽。

从此，"如意甘肃"彻底告别绝对贫困，向全面小康目标冲刺。这是一项历史性的成就，必将被历史深深铭记。

在过往的叙事中，甘肃以"苦瘠甲于天下"著称；甚至有人认为，甘肃的一些地方"不具备人类生存的基本条件"。但就是在这样艰苦恶劣的自然条件下，甘肃人民经过多年艰苦卓绝、持续不断的努力，75顶贫困县帽子被一顶一顶摘去，直至这最后8个深度贫困县脱贫摘帽。

这项历史性成就的取得，是甘肃上下一心、内外合力的结果。

作为全国脱贫攻坚任务最重的省份，在告别贫困的进程中，甘肃省委省政府全面贯彻落实习近平总书记关于扶贫工作的重要论述，精准施策，凝心聚力。这些奋斗的精神，有"人一之，我十之"，有愚公移山、精卫填海，有响鼓重锤、跨越追赶，更有相互扶助、守望与共。

我们从实践中早已清醒地认识到，脱贫攻坚是一项系统性工程，不可能有固定的模板，不可能一蹴而就。因此，很多措施、制度在实践中被提出、被尝试、被完善、被检验。从产业扶贫到劳务输出，从教育扶贫到扶志扶智，从特色产业到旅游扶贫，各地因地制宜，精准施策。

对有能力者，加强政策扶持，主攻"牛羊菜果薯药"六大特色产业和地方优势特色产品，发展"五小"产业；大力培育引进龙头企业，推进产业化规范提升，让一部分人实现家门口就业；对想外出发展者，想办法加强培训并联系工作，进行劳动力转移。

对有目标者，实行教育扶贫和技能培养；对于条件实在太过恶劣、难以脱贫的地方，整村搬迁，移民安置；对房屋破旧，危及安全的家庭，全面支持危房改造……

打造产业体系，筑牢就业体系，完善基础设施，辅之以医保等保障托底，更加之教育扶智扶志，全省2600多万人就这样告别了贫困。

摘帽清零，补齐短板，甘肃站在新的起点。

有人说，一个社会是否文明的尺度，取决于它对社会中弱者的态度。

这正是对我们这个社会文明程度的最直观的表达，在消灭贫困的道路上，这片土地上的弱势者被真正地关注和帮助，让贫困者变富，让无志者有志，让有力者前行，携手扶持，共同富裕，让所有人都能有尊严地生活，成为这个社会最朴素的价值追求，体现中国特色社会主义最本质的特征。

在甘肃贫困县全部摘帽之后，23日贵州贫困县全部实现脱贫摘帽。同时，广西、四川、云南、新疆、安徽、江西、青海、西藏、内蒙古等20个省（区）市的贫困县全部实现脱贫摘帽。

新的奋斗号角已然吹响。接下来，我们要实施"十四五"规划蓝图，实施乡村振兴战略，实现2035年远景目标，全面建设社会主义现代化国家，建设健康中国、美丽中国、平安中国、数字中国，为第二个百年奋斗目标继续努力，为实现中华民族伟大复兴的中国梦不懈奋斗。

原载2020年11月23日新甘肃客户端《敦煌风》

有一种精神来自历史深处

连日来，甘肃省政府新闻办举行"决胜全面小康、决战脱贫攻坚"系列新闻发布会，白银、天水、甘南等全省各市（州）介绍脱贫攻坚的成果。国内各地也都在开展类似的总结、发布活动。此前，甘肃8个、贵州9个贫困县先后退出贫困县序列，全国832个贫困县全部摘帽。

这意味着我国正在完全告别绝对贫困和区域性整体贫困，步入新发展阶段。通过多年的持续奋斗，近1亿人口脱贫，这在中国历史上是第一次，放眼世界，这样的成就也是历史性的。

很多人一定会问：中国为什么能？大家都会进行一些思考，寻找一些答案。

首先，这项历史性成就的取得，是中国共产党领导下坚持走中国特色社会主义道路的结果。习近平总书记指出，消除贫困、改善民生、逐步实现共同富裕，是社会主义的本质要求。

中国共产党自成立以来，其初心和使命就是为人民谋福利。正是有这样的初心和使命，这样的承诺和担当，才会有这样的扶贫壮举。中国共产党人上下求索，历经磨难，虽百折千回，仍不改初衷，在近百年的奋斗中努力寻找复兴之路，最终让我们的国家站起来、富起来、强起来。

其次，这项历史性的成就，与千千万万奋斗者无私奉献、艰苦卓绝的努力分不开。这些奋斗者中，有张小娟这样为脱贫攻坚献出生命的优秀共产党员，有在扶贫一线默默奋斗的千千万万基层干部，有千千万万的企业家，千千万万鼓足干劲的农民群众，他们先进带后进，后进赶先进，有人为此流血流汗，有人为此加油鼓劲。

他们从实际出发，因地制宜制订多种扶贫举措和政策，产业扶贫、电商扶贫、教育扶贫、文旅扶贫、消费扶贫、移民搬迁、"两不愁三保障"……每一个词汇的后面，都汇聚着人们的精神和意志，意味着无数人为此呕心沥血。正是因为有无数的中国人团结一心，心往一处想，劲往一处使，才让这项前无古人的事业要在我们这一代人的手中干成。

脱贫攻坚，不仅是所有贫困人口的胜利，从某种意义上就是每一个中国人的胜利，是所有努力参与扶贫者的胜利，是所有扶贫党员干部的胜利，更是共产党坚持初心和使命的胜利，是社会主义制度优越性的伟大胜利。

这个辉煌成就取得的过程，再次锻造了炎黄子孙的品格，塑造了中国人的精神面貌，和中国历史上仁人志士的奋斗精神一起，共同汇聚成为华夏民族和当下时代的底色。

在所有贫困县摘帽的时刻，嫦娥5号登月后正在返回，载人深海探测器潜下万米深海，国产量子计算机九章登上世界科技之巅，这些科技之光不仅带给我们无限想象，不仅让我们看到一种进步的宏大叙事，更让我们看到一种催人奋进的精神与力量，这种精神和力量，让中国人上天揽月、探索未知、勇攀高峰，迈向星辰大海。

这种精神，来自我们民族历史的最深远处，百年来历经血与火的淬炼，在当下的中国迸发成为一种团结一心、拼搏奋进的精神，和多年来持续脱贫攻坚战所展示出的精神一脉相承，薪火相传，成为中国人全面建设社会主义现代化国家，走向中华民族伟大复兴的精神底色。

新的精神，新的基础，新的肇始。在这个即将全面建成小康社会的历史时刻，我们将继续以这样的精神为引领，在一个新的基础上开始新的征程，将"十四五"规划进行到底，将"2035年远景"所描绘的宏伟蓝图变为现实，在各个领域里不断创新，继续发展生产力，重视科学技术，继续集中力量办大事，继续把不可能变为可能，继续书写人间奇迹，继续书写历史的新篇章。

原载2020年12月16日新甘肃客户端《敦煌风》

打造永不落幕"兰洽会"

2021年7月12日，第二十七届"兰洽会"重大项目签约仪式暨闭幕通报会在兰州举行。本届"兰洽会"共签约合同项目697个，签约总额3909.24亿元，签约项目个数、金额与上届"兰洽会"相比分别增长18.7%和43.2%，实现了新的提升突破。（据《甘肃日报》）

本届"兰洽会"，签约项目在数量、金额实现较大增长的同时，项目质量和产业结构也有新的突破，特别是新能源、新材料、生态环保、高新技术等各类新兴行业签约成绩表现亮眼。签约数量、签约金额大幅提升，项目质量、产业结构大幅突破，究竟是什么原因？以笔者看来，一是"兰洽会"已举办二十余年，办得久、影响大，自然为更多投资者所看重；二是近年来甘肃的营商环境，实实在在发生了根本性的变化。

这几年，甘肃持续深化"放管服"改革，高度重视优质营商环境的打造，先后出台了很多涉企优惠措施。比如，"最多跑一次"，通过简化办事程序，节省办事时间，提高办事效率，更快更好地为企业服务。还有"不来即享"，直接让企业不用跑腿了，政府部门放低"身段"，扮演起"店小二"的角色，主动送服务上门，送优惠政策上门。其具体的做法，就是打造"不来即享"服务系统，将41.9万户企业纳入"企业库"，这些企业只需登录"不来即享"服务系统，就能了解相关的税费减免、社保缴纳、金融扶持等优惠政策，然后"一表集成""一键申报"，坐享更加便利的服务。

这些政策措施的背后，无疑蕴含着积极的创新思路，即政府创造环境，企业创造价值。正如温和适宜的自然环境适合植物的生长，而规范高效的营商环境则有利于企业的发展。办事不用求人，审批不用见面，只需依照规则和制度办事——这样的环境，企业怎么会不满意？只要持之以恒、久久为功，必然形成政策沃土，润物无声、草木蔓发。

从实践来看，这些政策措施已经迎来了丰硕成果。数据显示，"十三五"以来，甘肃"放管服"改革升级增效，共取消、调整、下放行政审批事项326项，省级97％政务服务事项实现"最多跑一次"，"不来即享"等服务机制让更多优惠政策直达企业，市场主体也增加到187万户，比"十二五"末增长了45.8％。特别是本届"兰洽会"，丰硕的签约成果正是对甘肃大力优化营商环境所作出的最为直观、生动的回应。

营商环境的提升，契合政策的出台，必然有力推进企业创新创造的热情，极大吸引投资者的热情，从而推动地方产业的发展升级。事实再次证明，只有及时回应企业和投资者的期待，深刻践行以人民为中心的发展思想和服务理念，才能有效打造服务型政府，让社会效率、企业效率、市场效率都能实现大幅提升，从而带来产品和服务的竞争力的提升，不断为企业和社会发展注入信心和活力。

从这个意义上说，也只有用心改善营商环境，才能真正有效地打造永不落幕的"兰洽会"，为甘肃经济社会发展增添强大动力。

原载2021年7月15日《甘肃日报》

以累累果实庆丰收迎盛会

秋分时节，稻谷飘香，华夏大地到处都在忙收割、庆丰收，一派繁荣景象。

今年是党的二十大召开之年，是乡村振兴全面展开的关键之年，是进入全面建设社会主义现代化国家、向第二个百年奋斗目标进军新征程的重要一年。此时此刻，夏粮小麦增产丰收已成定局，全年粮食丰产丰收基础牢固。让我们鼓足干劲，颗粒归仓，庆祝丰收，以累累果实和丰收的喜悦迎接盛会的召开。

民族要复兴，乡村必振兴。甘肃农业比重大、农村人口多，现代化建设最艰巨最繁重的任务依然在农村。多年来，我们一直坚持把解决好"三农"问题作为重中之重，加快"三农"工作重心向全面推进乡村振兴转移，不断深化农业农村改革，统筹推动"五个振兴"，努力促进农业高质高效、乡村宜居宜业、农民富裕富足。

抓好"国之大者"，扛牢粮食安全重任。甘肃严格落实粮食安全和耕地保护党政同责，压实粮食安全属地责任，确保耕地面积不减、粮播面积不减、粮食产量不减。坚持藏粮于地，加强农田水利和高标准农田建设，加大中低产田改造力度，加快发展高效节水灌溉，提高稳产增产能力。落实最严格的耕地保护制度，坚决遏制耕地"非农化"、基本农田"非粮化"。

科技为"三农"插上腾飞翅膀。甘肃坚持藏粮于技，加快农业关键核心技术攻关，推动先进适用设施装备研发应用，提升农业科技化、机械化、智能化水平。如今，农业机械化播种、收割，卫星遥感技术和大数据分析苗情、虫情、墒情，利用"互联网+"实现田间管护数字化，无人机、物联网、自动化等农业"黑科技"逐年进入田间，为农业农村发展注入了新动能。

全力推动农业高效发展。甘肃坚持质量兴农、绿色兴农，完善农业发展体制机制，大力培育农民合作社、家庭农场等新型经营主体，优化农业组织形式，构建起现代农业产业体系，打好特色优势牌。为进一步优化农业区域布局，甘肃大力发展现代寒旱特色农业，壮大黄土高原区旱作高效农业、河西走廊戈壁节水生态农业、黄河上游特色种养业、陇东南山地特色农业。坚持用工业思维发展现代农业，以养殖业牵引农业产业结构优化升级，以农产品精深加工业和食品工业带动特色产业价值链提升，培育形成一批具有甘肃特点和市场影响力的农业品牌，推动特色农业大省加速向特色农业强省转变。

培育文明乡风，建设陇原新乡村。甘肃加强传统村落、特色民居和历史文化名村名镇保护，传承文脉，留住乡愁。通过完善基础设施，加强基本公共服务，深化乡村治理和人居环境整治，培育文明乡风、良好家风、淳朴民风，建设幸福优美陇原新乡村。下一阶段，将进一步扎实推动城乡融合发展、均衡发展，集中更多要素和资源，推进乡村建设，实现乡村振兴，让农村更美丽，让农民更幸福。

庆祝丰收节，凝聚精气神。我们以丰收的形式，庆丰收、迎盛会、促消费、惠陇原，引导社会和市场力量积极参与，促进农民增收，充分展示"产业兴旺、生态宜居、乡风文明、治理有效、生活富裕"的美好图景，以累累果实展现党在"三农"领域的辉煌成就。同时，我们要弘扬传承优秀农耕文化，激发农民群众创造美好生活的干劲，汇聚推进乡村振兴的强大合力，推进农业农村现代化，让神州大地处处都成希望的田野、梦中的家园。

原载2022年9月26日人民论坛网

税费作"减法"　经济得"加法"

　　10月18日，国家统计局发布2023年前三季度国民经济运行情况，总体持续恢复向好。

　　此前10月11日，有两则消息同样引人注目：一则是国家税务总局最新数据显示，前8个月，全国新增减税降费及退税缓费超过1.15万亿元，其中近75%惠及民营企业。二则是中国中小企业协会的调查显示，三季度，反映企业信心的宏观经济感受指数上升0.5点，升幅最大，显示企业投资意愿增强，市场预期逐渐恢复。

　　无疑，这些消息之间有着内在的联系，具有一定的因果关系，一句话，经济形势持续恢复向好。

　　今年以来，一系列力度大、针对性强的减税降费政策密集出台，截至8月底，国家出台的优化和延续执行的税费优惠政策涉及13个税费种、34项具体举措。这些减税降费政策的实施，为企业投资、增加经营活动创造了良好的发展环境，有些降低了运营成本，有些降低了融资成本，为企业逐步走出疫情影响，注入了强大的动力和信心。

　　"减"出发展活力。应当看到，减税降费助企纾困，直接减轻了企业负担，增强营收能力，使企业有更多资金用来扩大再生产，强化投资意愿，形成良性循环。实践表明，减税降费是激发市场主体活力的有效手段，有利于在生产、交换环节"做大蛋糕"。

"减"助创新意愿。在增强发展动力的基础上，还要增强企业创新能力。在当下的时代背景下，企业只有增强科技创新能力，才能真正赢得未来，尤其面对各种"卡脖子"的背景下，这个道理不言自明。为此，国家在政策层面不断鼓励企业创新，包括税费减负，如对科技创新、重点产业链等领域，出台针对性的减税降费政策，将符合条件行业企业研发费用税前加计扣除比例由75%提高至100%的政策作为制度性安排长期实施。目前，激励创新的税收优惠政策已覆盖创业投资、创新主体、研发活动等领域。这些政策顺应企业的创新需求，增强发展后劲，让企业有更多资金用于研发创新、产业升级，以创新促效益，推动社会生产力水平整体跃升，有效对冲外部不确定性，为我国经济持续向稳向好注入强大力量。

"减"得更加精准。为更好鼓励企业发展与创新，减税措施越来越精准。比如，为缓解中小微资金短缺、抗风险能力弱等问题，大力度减免税和延缓征税，其中月销售额10万元以下小规模纳税人免征增值税。与此配套，对金融机构向小型企业、微型企业及个体工商户发放小额贷款取得的利息收入，免征增值税。对金融机构与小型企业、微型企业签订的借款合同免征印花税。这些精准减税措施相互配套，既减轻企业负担，还解决小微企业融资难，必然增强中小微企业发展信心。这类措施近期出台了很多，比如中秋国庆假期前，财政部、税务总局等部门发布了20余项延续、优化、完善税费优惠政策，给广大经营主体送上政策"大礼包"。

"减"得更有效率。强化政策落实效率，减少制度成本，也是为企业减负。目前，90%以上的税费优惠政策都可在电子税务局申报环节直接享受，小规模纳税人还可以通过"点即报"便捷享受，无须另外履行审批手续，确保企业"愿享尽享""直达快享"，有效发挥税费政策作用，激发干事创业的信心。

相信随着政策效应不断累积，积极因素不断增多，市场主体持续活跃，科技创新能力逐步增强，实体经济和中小微企业如春之勃发，从而形成稳就业、稳金融、稳外贸、稳外资、稳投资、稳预期的大好局面，我国经济必将持续回升向好，实现高质量发展。

原载2023年10月19日新甘肃客户端《敦煌风》

网络直播营销　有规范才更有前途

2020年6月24日中国广告协会发布国内首份《网络直播营销行为规范》，对直播电商中的各类角色行为都作了全面的定义和规范。该《规范》将从7月1日起实施。

高速发展的网络直播营销，由于起势太快，必然良莠不齐，泥沙俱下。据消协调查发现，部分平台直播带货存在虚假宣传、信息公示不全以及售后没有保障等损害消费者权益的问题；在30个直播带货体验样本中，有9个样本涉嫌存在证照信息公示问题。

不过，我们应当明白，任何一种新业态的形成，都可能伴随着各种阵痛，存在一些不规范的行为，这恐怕是新生事物成长的规律。历史地看，任何业态要生长发展，就得逐步在和现实环境的互动中，形成一定的规范约束机制。只有建立起合理的规范，才有更大的成长空间。

在这个意义上讲，《网络直播营销行为规范》的出台，可谓恰逢其时，是在网络直播营销发展到一定阶段后与现实互动的产物，意在自我约束、自我发展。

只有通过规范，将直播营销中的违法违规行为剔除掉，让诚信经营成为新业态里的新常态，才能赢得消费者信任，建立起可持续发展的基础。反之，如果不能及时自我约束，让蔓草盈野，长此以往，不光破坏市场环境，还会失去消费者信任，危及行业的发展。

具体地讲，首部直播营销规范规定了商家、主播、平台以及其他参与者等各方在直播电商活动中的权利、义务与责任，只有促使这些主体履行好自身义务，引导市场主体推进诚信经营，这个新业态才能健康发展。

但是，不得不明确的是，《网络直播营销行为规范》是广告协会组织出台的规范，不具有法律的强制约束力，其是否能真正起到规范网络直播营销活动，还需实践的检验。

当然这些市场参与者也应当明白，这个规范是依据《电子商务法》《消费者权益保护法》《广告法》《产品质量法》《反不正当竞争法》等法律制定。因此，虽然其只是行业自律性文件，具有倡导性质，但只要直播营销主体存在违法行为，消费者就可依法维护自身权益。对于违法主体，行业协会可以视情况进行提示劝诫、督促整改、公开批评，同时提请政府监管机关依法查处。也可以向社会公示规范实施情况，发布"红黑榜"等方式进行约束。市场监管者即使不能直接依据该规范进行处罚，但可以依据相关法律进行处罚和约束。

任何行业，只有自律，才有光明的未来。通过行业的自我约束，通过监管过程中的实践，为未来相关制度建设和立法积累有益经验，促使新业态扎根社会，在逐步成长的过程中，塑造出健康发展的法治空间，成长为市场的参天大树。

原载2020年6月29日每日甘肃网

关键要杜绝形式主义、官僚主义

过度留痕与文山会海、迎评迎检、材料报表，互为表里、互相推动，成为新形式主义的新特点，更成为官僚主义的新表现。

3月11日，中共中央办公厅印发了《关于解决形式主义突出问题为基层减负的通知》，贯彻落实习近平总书记重要批示精神，更好为基层干部松绑减负，并将2019年确定为"基层减负年"。

2019年的政府工作报告提出，各级政府要坚决反对和整治一切形式主义、官僚主义，让干部从文山会海、迎评迎检、材料报表中解脱出来，把精力用在解决实际问题上。

这表明中央对现实的清醒认知和精准判断，难怪网上网下反响强烈，甚至有人将此解读为"基层减负的春天来了"。

为什么基层反应如此强烈呢？

虽然自反"四风"以来，形式主义、官僚主义有所收敛，但仍然顽固地以这样那样的形式存在着。现实中，文山会海、迎评迎检、材料报表早已让基层干部不胜其苦，而且近些年还增加了新变种，比如近来引起热议的"凡事留痕"现象，就是形式主义的新变种，成为基层干部沉重负担的新源头，有人曾感叹，"很多工作就是为留痕而做的"。

不得不说，过度留痕与文山会海、迎评迎检、材料报表，互为表里、互相推动，成为新形式主义的新特点，更成为官僚主义的新表现。据《人民日报》一篇报道说，一名乡镇工作人员一年开了280多场会，而且不少会还是重复开。中央出台一个文件、部署一项工作，电视电话会议开到县一级，接下来省、市、县结合实际贯彻落实，又分别召开贯彻落实的会议。算下来，有的基层干部同一主题的会要开4次。

上面千条线，底下一根针。如此开会、留痕、迎检，必使工作层层加码。虽然国家的各种政策需要基层去落实，上级的各项指令需要基层去实施，但基层机构人力有限，基层干部精力有限，如果成天文山会海，处处要求留痕，常常迎接检查，哪有时间和精力真抓实干？哪里有时间和精力为民众服务？早就有论者指出，在一些地方，开会、发文等"留痕"举措，甚至已成为"安排落实""传导压力""主动积极"的代名词，必然助长"虚落实""假落实"。这类形式主义，已成基层不能承受之重，成为各项改革措施的拦路者。

形式主义，根在官僚主义；官僚主义，必然带来形式主义。正是一些领导干部将开会、发文当成"勇于作为"，才会将迎评迎检、处处留痕表现为"真抓实干"，致使很多工作只顾"面子"不顾"里子"，或者说，顾得了"面子"，就顾不得"里子"，长此以往，不但让基层干部为形式主义所累，体会不到工作的价值和意义，还会耽误了为民服务这个根本，使基层工作产生漏洞和失误，民众自然难以满意。

必须看到，所有的形式主义、官僚主义，根在政绩评价体系和一些领导干部的政绩观、价值观出现了偏差，因此，需要坚决进行纠偏。

"知政失者在草野"。无论对基层治理还是对各级干部的评价，都要以人民的满意度作为标准，具体来讲，就是要以结果来观照手段和措施，要看地方的经济是不是发展了，生态环境是不是改善了，民众收入是不是增加了，获得感是不是增强了，要多听民众的声音，让老百姓来评价官员的工作。

其实，对于治理文山会海，政府工作报告给出了具体措施，通过压减和规范督查检查考核事项，实施"互联网＋督查"。减少开会和发文数量，今年国务院及其部门要带头大幅精简会议、坚决把文件压减三分之一以上。

各级政府要见贤思齐，对症下药，深刻领会反对一切形式主义和官僚主义精神内涵，"让干部从文山会海、迎评迎检、材料报表中解脱出来，把精力用在解决实际问题上"，要以提高工作效能和为民服务的质量作为评价各项工作的根本准则。

同时，"基层减负年"更是给出了路线图和时间表。我们应当以治理形式主义为契机，治理官僚主义，让那些玩虚套子的领导干部挪位子，让勇于作为、真抓实干的干部脱颖而出，并且在脚踏实地者改革精神的引领下，提升行政效能，提升服务效果，踏石留印，抓铁有痕，实现国家治理能力现代化，"基层减负"将会迎来真正的春天。

原载2019年3月22日《甘肃日报》

政务公开应包括处理过程的公开

　　《政府信息公开条例》实施几天了，公众拭目以待政府的落实举措。教育部近日公开了《教育部机关政府信息公开实施办法》，该办法"细化"了政府信息公开条例中不予公开的信息范围，对于正在调查、讨论、审议、处理过程中的信息将不予公开。（新闻参见2008年5月5日《新京报》）

　　教育部如此细化政府信息公开条例，确实让人有些不明白。政务信息公开的主旨："公开是原则，保密是例外。"所谓例外，就是必须有法律、法规的明确、具体规定。但"正在调查、讨论、审议、处理的信息"都是法律、法规明确规定应当保密的吗？其实许多政务本来和保密事项不搭界，即使没有调查、处理完，也应当及时公开，《条例》第八条规定："行政机关公开政府信息，不得危及国家安全、公共安全、经济安全和社会稳定。"就是说，只要信息公开不会危及国家安全、公共安全、经济安全，哪怕是正在调查、审查、讨论、处理的事，都应当公开，如果一概升格为保密而不予公开，则与"公开是原则"的精神相背离，给人感觉只要是"正在调查、讨论、审议、处理的信息"，都事关国家安全、共同安全，这恐怕不大合适。

　　政务信息公开的含义，不仅包括结果公开，还应当包括过程公开，公众不仅有权知道事情的处理结果，还有权利知道事件的处理过程。只有过程公开，程序才可能公正，结果才可能公正。而过程保密，则会给一些人处理事件过程中搞不正之风的机会，公众也一定会质疑结果的公正性。现在有些地方政府部门所做出的有些决定会受到公众的质疑就有这个原因。

过程保密，公众将难于监督政府行政过程中的违法行为，公众的监督权将无法实现。而只有公开透明才能带来公平、公正，才能督促政府将事情都做到桌面上，才会让行政的结果更有公信力。如果过程捂得严严实实，不给公众透露信息，这种状况必然会变成"公开成例外，保密是原则"的结果。

当下，各级政府都在努力"开门办事"，有些地方起草法规、规定都会敞开大门，接受民间智慧，让公众参与进来。而教育部如此"公开"信息无疑是仍然坚持原先的行政习惯的体现，其最终向公众公开的信息都将是结论"正确"的信息，这种做法当然是对公众知情权的严重侵犯。

原载2008年5月6日《郑州晚报》

鼓励"草根创新"

在近日召开的全国两会上，委员"支招"释放职工创新能量，让"草根创新"有出路。袁伟霞委员是武钢科技创新部副部长，她认为，在职工中有很大的创新潜力。

一线职工的创新，不仅会推动企业的技术进步，还可能带来社会的巨大进步。1764年，英国兰开郡纺织工詹姆斯·哈格里夫斯，不小心踢翻了妻子正在使用的纺纱机，当他看到倾倒的纺纱机仍在转动，突然想到：如果把横置的纱锭竖着排列，用一个纺轮带动，不就可以纺出更多的纱吗？很快，他尝试着造出了第一台"珍妮纺纱机"，有八个竖直纱锭，功效提高了八倍。此后他又不断改良，将"珍妮机"增加到了八十个纱锭。这是真正近代意义上的机器，也被认为是工业革命的开始。

这样的例子并非偶然，蒸汽机的发明者瓦特，最初也是工人。可见，一线职工在科技创新中具有自己独特的优势，因为他们天天和机器打交道，对工艺和设备非常熟悉，在长期的实践和磨合中，很可能产生各种各样的想法。当这些想法不断用于实践，技术和工艺就可能改进，从而提高生产效率。

实际上，科学技术的进步，从来都是从实践中来，到实践中去的。各种各样的理论，正是对实践经验的总结。因此，鼓励"草根创新"，合乎技术进步的规律，方向完全正确。当千千万万的职工在自己熟悉的岗位上产生各种各样的感悟，当这些感悟从量变达到质变，一些发明创造就可能产生。这些层次不同的创新型思维，将成为推动企业效率提升、改进产品质量的动力和基础。

当然，要让基层的技工们成长为创新者，关键在于建立合理的制度体系，以呵护这些创新思维。首先，要从知识产权方面呵护职工的创新思维。无论是瓦特还是哈格里夫斯的发明创造，都是有严格有效的专利制度来保障其创新动力，他们的创新总是和自身利益牢不可破地联系在一起。国内职工的发明创造，也应当搭建这样的平台，从企业和政府层面，能方便有效地保护职工的发明创造，让他们从专利制度和其他保护措施中获得收益，让发明和企业的效益产生互动关系。

其次，企业要主动搭建职工创新的平台，鼓励职工创新。一些企业搞"金点子"征集，搞先进操作法推广，设立劳模创新工作室，对技术创新成果进行现金和职称奖励等，都是非常有效的鼓励创新的方式。只有从体系、制度、智力、奖励等方面搭出创新平台，职工的创造热情就可能被激发，企业将随着不断地创新，生产出成本更低、技术含量更高的产品。

创新是时代进步的杠杆，鼓励创新的制度体系则是支点，当每一个人的创造热情都有了制度的完善保护，能够在市场上获得最大价值的时候，必然会有更多的新点子被想出来，被运用到实践当中，从而推动企业、社会和国家的不断进步。

原载2016年3月23日《甘肃日报》

"授人以渔"的创业贷款

针对返乡农民工，全国总工会近日启动"千万农民工援助行动"，这一行动将对1000万名农民工实施以就业援助为重点的综合援助措施。据了解，为支持农民工自主创业，工会系统将争取政府和社会资金，为农民工提供多种形式的低息或者无息贷款。（据2009年2月18日《新京报》）

金融危机之下，如果只有投资在强力刺激经济，而不能启动内需为后盾，则经济的复兴必然艰难。而要扩大内需，必然要让占中国人口大半的农村有消费活力，方有希望。但以往农村收入很大程度上来自农民工打工所得。如今工作难寻，要让农民增收，就必须有创造性思维，鼓励农民工创业不失为增加农村收入的创造性举措。

农民工在城市打工多年，见过世面，了解更多市场需求和规则。如果将城市经验与农民实际结合，发现创业门路，他们应当具有一定的创业优势。只是要创业，很多情况下会遇到资金方面的困难，如果能得到外界的资金支持，便可激发他们的创业激情。其实，政府相关部门给农民工创业提供贷款支持，和给大学生及中小企业以贷款支持，在效果上是一样的，那就是用创业促进就业，促使更多企业和个人渡过危机。

给农民或农民工创业贷款，让他们自富而富人，并非传说，早有成功经验。有穷人银行家之称的孟加拉的穆罕默德·尤努斯，将孟加拉办成小额贷款做得最成功的国家，在尤努斯和格莱珉银行的帮助下，贫困农民的还贷率是98%，比有抵押担保借款人的情况还要好，服务人群达250万人。而且，格莱珉银行的做法绵延五大洲，被全世界100多个国家采用，成效很好。在国内，不少地方都有小额贷款持续10多年的经验，成效也非常好，使不少农民脱贫致富。但因为政策原因，这一经验多年来一直无法在国内大面积推广。在当前危机之下，国内各地纷纷把小额贷款当成一种政策重视起来，为大学生、农民工创业提供方便，这一变化具有很强的现实意义。

早有论者指出，全球流行的借贷文化，只借钱给有资产的人，即有抵押品的人，结果是富者更富，穷者更穷。穷人之所以贫困，不仅是自身的原因，而且也是没有良好的外在支持让他们脱贫致富。在全球经济危机之下，要让国内经济尽快复兴，就要让农村尽快复兴；而让农民富裕，仅靠帮助农民工找工作还不够，还应当帮助农民创业。让农民能得到资金支持而找到致富之路，这才是"授人以渔"的善政。农民和农民工一定会在这项善政的帮助下，在自己熟悉的土地上找到致富之路。而政府在这个过程中所应当做的，就是多提供致富信息，建设好创业的基础设施，为农民工们创业提供良好的公共服务。

原载2009年2月24日《甘肃日报》

"月存500元比社保靠谱"折射公平焦虑

据2013年11月11日新华社报道，近日，有人在深圳新闻网发帖称，每月定存500元，30年后，到退休时足可自己养老。深圳市社保局新闻发言人称，这种说法很不靠谱，一旦被误导而付诸实施，将无法安度晚年。

月存500元比社保更靠谱吗？按网友的说法，"25岁工作，每月存500元，30年后到55岁总计可得381203.44元，存5年定期可得利息90535.82元，分到每月是1508.93元。再等5年拿自己存的退休金，每月可得3376.23元，而本金还是38万多元。"然而，500元在30年之后还能不能具有当下的购买力，实在让人没有信心，毕竟银行利息从来跑不赢通胀的脚步。30年前，500元可是一笔不小的数目，相当于一个人的年收入，而现在500元也许只是月工资的零头。30年后38万元的购买力如何，能不能维持一个老人的晚年生活，实在难以预料。

可见，"月存500元比社保靠谱"的说法，实在有些不靠谱。但为何这样的言论还能得到许多人的追捧呢？我想，这首先表现出很多人对当下社保制度的稳定性、可靠性的信心不足。自从"养老保险最低缴纳年限要延长"的说法出现以来，公众就开始思考社保的公平可靠性问题，也就是在思考缴养老保险是不是划算的问题。这既是公众对自身利益的关注，又是对制度公平性的担忧。

且不讨论养老双轨制、不缴费的人所领养老金更高是不是公平这些宏大的命题，单单现在"养老保险最低缴费年限延长"的说法，就足以引起公众的关注。

其次，当下社保制度执行不到位，让很多人缴纳养老保险很费力。社保制度原本具有刚性的执行力，但有时这个"刚性"经常被柔化——一些单位给员工只发工资不缴社保，相关部门对此经常表态"要严肃处理"，但付诸行动的时候不多。所造成的结果就是，一些人不得不自己缴纳养老保险。

时下，各地个人养老金缴费额不同，但总体缴费额年年看涨。就拿兰州来说，个人养老缴费去年已达6000多元，今年达到7000多元，相当于年涨千元。而兰州市很多人一年的收入才两三万元，很多人多年工资未涨。这种背景下，恐怕很多人都会考虑缴纳养老保险是不是划算的问题。

对公众在养老问题上的疑惑和担忧，以及对制度公平的焦虑，相关部门应该及时回应，同时进行有针对性的调查，在倾听、尊重民意的前提下，审慎地推行改革，进而化解公众的某种"被剥夺""不划算"的感觉。

原载2013年11月14日《工人日报》

将心比心用情用力　化解群众急难愁盼

近来，甘肃省化解国有土地上已售城镇住宅历史遗留"登记难"问题取得了显著成果。数据显示，截至2021年12月7日，全省累计发现涉及"登记难"问题房屋81.76万套，上报化解50.06万套，化解率达到61.22%。

这是切切实实为民办实事，解决群众的大问题。住房对于绝大多数人来说都是大事。很多人节衣缩食一辈子，好不容易买一套房，但却由于各种历史遗留问题和其他原因，使交了钱买了房的业主入住多年却无法拿到房产证，基本权益得不到保证。办不了房产证，就有可能影响到落户、子女入学，产生一系列产权之外的社会问题。

安居才能乐业，而"登记难"让群众很操心、很烦心、很揪心。全省81万多套房子"登记难"，如果按三口之家算，则牵扯到240万人。这么多人因为一套房而烦心，家庭怎能幸福？

从这个意义看，"登记难"的化解，足见甘肃省委省政府为民办实事的决心和勇气，是在忠实践行以人民为中心的发展思想。从媒体报道可知，甘肃省委主要领导同志将解决全省房屋产权登记办证历史遗留问题作为党史学习教育"我为群众办实事"包抓项目，明确要求将心比心、用情用力解决好群众的急难愁盼问题。

"将心比心、用情用力"，指出了化解急难愁盼的价值观和方法论。只有"将心比心"，才能真正体会到群众的难处，从而急群众之所急，想群众之所想，才能"用情用力"，将群众的事当成自己的事，时刻放在心上，产生同理心同情心，从而感同身受，办好群众关心的事。长期以来，我们党一直讲要走群众路线，"将心比心、用情用力"就是走群众路线的要旨所在，生动体现了共产党人为人民群众谋幸福的初心使命。

"登记难"产生的原因非常复杂，但很多原因都与房地产开发过程中存在的一些不规范行为有关，比如土地权属来源不清或权属资料不全的问题，已经出售的房屋供地手续不全或相关费用未缴的问题，包括项目供地手续不完善等，规划许可、竣工验收、消防和人防手续不完善的问题，开发建设单位不按规划许可内容建设，擅自改变容积率；企业违规收取了契税等费用却将资金挪用等。问题千差万别，而在这个过程中，一些政府部门的监管没有及时跟上，致使一些问题房屋落到了群众手中，产生了"登记难"。

群众的事，再小也是大事，何况是房子这样的大事。化解"登记难"，一方面要历史地看问题，确认群众花钱买了房子这个大前提、大事实。另一方面要在依法行政的前提下创造性地处理这些历史遗留问题，尤其对一些房企的违法行为要依法处理，不能让花了大价钱买房的群众"吃亏受水"长期承担后果。维护群众的重大利益，就是化解社会矛盾，就是维护社会和谐，只有矛盾化解了，群众心里没怨气了，幸福感就增多了，社会自然就和谐了。

而只要心里装着群众，对群众有感情，才会"将心比心、用心用情"地为群众化解难题，才会将房屋产权登记历史遗留问题作为党史学习教育"我为群众办实事"来抓，才会综合运用法律、行政、经济、市场等手段攻坚克难，最大程度保障群众重大财产权利，满足人民安居乐业的需求。

根据《甘肃省化解国有土地上已售城镇住宅历史遗留"登记难"问题工作方案》，全省2021年化解率达到60%；2022年达到90%；2023年一季度前基本完成。这是一个负责任的方案，群众肯定看在眼里，喜在心上。从目前情况看，第一阶段的任务已经完成，一些群众已经真真切切地感受到了党和政府为民办实事的决心和诚心。同时，甘肃省已经在努力开展"交房即交证"工作，强化依法办事力度，真正从根源上杜绝新的不动产登记问题产生，这同样是"将心比心、用情用力"，用实际行动全心全意地为群众办实事，不断提高人民群众的获得感、幸福感和安全感。

原载2022年1月5日新甘肃客户端《敦煌风》

为民服务应多一些"破墙思维"

今年以来，张掖市临泽县以"三抓三促"行动为抓手，聚焦老旧小区基础设施缺乏、环境脏乱、无物业等诸多问题，创新推出"拆墙并院、小区变大区"举措，打造更高颜值、更全功能的"大院落"，得到了群众认可。

"拆墙并院"是旧城区改造的一个好思路。国内许多城市的旧城区都有"老小散独"小区，通常只有一两幢楼或几幢楼，院落狭小、空间逼仄，缺乏绿化、健身等设施，有些还是"三不管"楼院，若能因地制宜，根据就近便利原则，"拆墙并院"，自然会带来许多益处。

首先，有利于"老小散独"小区整体环境的提升。"拆墙并院"后，一些原本靠墙的低层住房光线变好，直接改善居住体验；小区院子变大了，就有条件搞绿化，搞健身设施；还可能增建停车位，完善各类生活设施，让小区更加宜居。反之，如果院落狭小，想植绿、想增加车位、想完善设施，则根本没有条件"施展拳脚"，想让环境宽畅清爽，则只能想想了。

其次，有利于提升物业服务水平。一些"老小散独"小区往往只有几幢楼，规模小，住户少，物业公司赚不到钱，高品质物业公司通常不愿意入驻。通过"拆墙并院、小区变大区"，住户有了规模，就有条件聘请高品质物业公司入驻，同时方便物业集中打理，让专业化的物业服务有了施展空间。

再次，有利于提升街区整体形象。"拆墙并院"不仅从整体上提升老旧小区的内部环境，还有利于改善所在街区的形象。"拆墙并院"改造后，就能从整体上对这一区域的外部形象进行改造，重新设置大门及出行通道，拆除不必要的墙体及违建，整体设计美化街面墙体，使小区的内外环境同步提升。

院子变大了，视野开阔了，环境变美了，业主们的居住体验肯定更好。绿地多了、车位多了、活动设施有了、街区形象提升了，群众的幸福感、获得感定然更强。正如临泽的群众所言："现在院子比较宽大、比较明亮，通行也比较方便了，给我们安了羽毛球网、乒乓球案子，娃子夏天都有了玩的地方了，绿化也越来越好了，卫生打扫得也比原来更好了。"

当下各地都在积极推进城镇老旧小区改造，从外墙美化、加装电梯、水电改造，到扩建停车位、设立充电桩，多管齐下的配套设施建设，极大地改善了居民的生活环境、提高了生活质量。在这个过程中，如果能够"拆墙并院"，无疑有助于老旧小区"大改造、大变样"。

当然"拆墙并院"绝非易事，有时候会花费很大精力，面临很多麻烦，增加很多工作，比如要沟通几个小区住户，要找施工队伍，要协调各方关系，还会增加一些花费，但是只要心里装着群众，多想办法，就能取得不错的效果。其实"拆墙并院"举措在张掖市也不是首次出现，此前张掖甘州区南关社区巷道就实施"拆墙并院"，让老百姓的生活更"亮堂"了。

这说明，城市管理者只要多一些"破墙思维"，创新服务群众的方式，就能让群众的生活更"亮堂"、更安适，得到群众更多的认可。希望有更多地方能借鉴"拆墙并院"的思路，创造性地解决老城区的问题，最大限度地服务群众。

原载2023年12月28日新甘肃客户端《敦煌风》

用法律武器拆解"炒人宝典"

近日，一则关于"企业逼退员工方法十七种"的微博引起不少网友的转载和热议。其内容甚至被部分用人单位的人力资源主管及法律顾问称为"炒人宝典"，不少职工更是疯狂吐槽：老板没有好人，单位做法真黑……专家指出，所谓的"炒人宝典"，有些属于正常的解除劳动合同手法，其余大部分做法既不具有可操作性又涉嫌违法。

光看"炒人宝典"几个字，相信很多人就会心里哇凉哇凉，叹人世悠悠，竟有如许冷酷心肠，想出这么多损招，千方百计要砸人饭碗。且看这些"砸碗高招"，光看名字就感觉阴损十足：闲置、累死、换岗、劝退、曝光……

不过，理智而完整地看完"炒人宝典"，感觉宝典虽然缺德，但至少说明用人单位要裁人，并不敢完全无法无天，还得花些心思才敢下手。

而现实中，这些招数恐怕早就被老板或管理者实践着，纯属理论源于实践，劳动者们可能早就身处"宝典"的环境中。比如"闲置"，就是企业将想要辞退员工调到无任务的部门，不分配任务，以此"逼"员工知难而退。"累死"就更好理解了，安排超量工作，让他根本不可能完成。这些损招重重，大家见过没有呢？

既然招数是早已有之，只要大家知法懂法，恐怕也不会产生多大影响，毕竟劳动合同法对此早有预见，比如，《劳动合同法》规定，劳动合同应具备工作内容和工作地点，用人单位调整工作岗位应与劳动者协商一致。企业想以闲置、累死等手段逼离职工，职工完全可以大声说"不"，维护权益。

而"炒人宝典"既然出来了，劳动者就应当尽量了解法律知识，学会运用法律武器进行应对。掌握了法律武器，就有了维权的底气。

"炒人宝典"的出现更说明，当下国内劳动者权利保护的状况不容乐观。如果现实中劳动者权益完全得以彰显，用人单位的违规行为能及时得以治理，"炒人宝典"断断不可能流行，连诞生的机会都不会有。

现实中，侵害劳动者权益的现象可谓比比皆是，"闲置""换岗"这些招数，实在算不得特别过分，与劳动者工作一年竟拿不到工资比起来，这不是很温柔吗？还有"累死人"，学名叫"过劳死"的现象，不是一直存在吗？"逼"着员工加班才能拿到稍高工资的"血汗工厂"，何曾绝迹，这些都远远超过了"炒人宝典"的阴损程度。

当然，这么说并不是应当对"炒人宝典"等闲视之，劳动监察部门等政府部门，应当适时地站出来，通过日常的执法，规范企业的用工行为，检查企业是否存在相关行为。同时，要有针对性地普及相关法律知识，为劳动者解疑释惑，为劳动者撑腰。只有劳动者的法律意识更强些，执法部门执法更主动些，"炒人宝典"之类，定然会淡出江湖，消身遁迹。

原载2014年4月9日《甘肃日报》

允许"跳回农门"并非是逆潮流之举

一直为各界关注的"非转农"政策在浙江义乌再度"破冰"。2010年10月14日，义乌市政府出台新的办法，规定符合条件的该市大中专院校毕业生户口可以"非转农"。只要有当地村委会同意落户的证明、入学前农业户口证明、身份证、户口本、婚姻证明和毕业证书复印件等材料，非农户口就可以重新转回农业户口。（10月20日《中国青年报》）

毋需讳言，现在很多人选择重新转回农村户口，都是基于利益的考量。落户农村，可以得到宅基地，可以分得土地，享受农村的福利待遇以及土地收益。在目前房价高企、就业困难的背景下，选择"跳回农门"，就像十多年前许多人花钱买户口，选择"农转非"一样，都是为了获得更多的利益。

现在，一些靠近农村的宅基地动辄值数十万至上百万，城市化过程中还有占用耕地的补偿收益。即使没有卖地收益，有农村户口，就可以有宅基地，就可以解决住房问题，有土地就可以选择务农，搞涉农产业，这比在城市里找不到工作强多了。这正是许多大学生选择回农村的关键因素。

让农村出身的大学生实现"非转农"，可以直接保护他们的利益，让他们不至于因受教育而损害原本就享有的利益。应当明白，农村学生通常在城市没有根基，这和城市学生还是有区别的。允许他们毕业后回乡落户，就是让他们的原有利益得以延续。这样的政策，不仅可以保护他们的原有利益，在当下还是缓解就业压力，解决一些大学生出路的方式，很有意义。如果农村学生毕业后找不到工作，又无法在城市立足，就难以享受城市的福利待遇，这样一来，岂不是城乡两方面的福利待遇都无法享受，悬在空中，两厢皆误？

虽然城市化是时代潮流，允许大学生回农村落户从表面来看是逆潮流而动，但在城乡户籍藩篱仍然没有打破的情况下允许农村学生回乡落户，正体现出政策的灵活度，让他们可以自由地选择发展的轨道和方向。

其实即使没有这类政策出台，许多农村学生考上大学后，对迁户问题还是非常慎重的。政策在这个问题上也很灵活，允许户口迁入学校所在城市，也可以留在农村。但既然政策允许自由选择，莫如让政策更灵活一些，让学生毕业之后最终决定是选择留在城市还是农村，这样更有利于他们选择发展的方向，而不必受户口问题的束缚。

让农村大学生回乡落户，还可以提高农村人口的素质结构。考上高校的学生，都是农村的精英，允许他们回乡落户，可以让更多高素质的人扎根农村，这些受过一定教育的人肯定眼界更宽，更加有利于农村的长远发展。

当下人们在讨论户籍问题的时候，更注重城市对于农村的壁垒，其实城市人进入农村更加困难。如何打破这些壁垒，让城乡人口能够自由地流动，让人们更自由地选择适合自己的生活方式，这是未来社会发展的方向。义乌的"非转农"政策，对国内各地都有借鉴意义，应当根据各地实际进行推广。

原载2010年10月21日国际在线、千龙网

公祭 为了尊重和不能忘却

4月4日清明节，成都市民政局和市殡葬协会将公祭革命先烈、"5·12"大地震遇难同胞等。活动上将诵读缅怀"5·12"大地震中遇难同胞的祭文，还将朗诵诗歌《妈妈牵着我的手》和新创作的《守望》。(2009年4月1日《成都商报》)

国人有慎终追远的传统。清明时节祭奠逝去的亲人，思考生存的意义，正是这一传统的表现形式。而在"5·12"大地震之后的第一个清明节，公祭地震中的死难者和其他先逝者，其意义自然更加非同寻常——不仅局限于对逝者的追思和缅怀，更应当表达政府对生命价值的尊重。

政府起源之一在于人们必须联合起来才能保护个体和种族生存的需要，是为了更好地抵御外敌和自然灾害的侵袭。可以说，政府存在的终极目的，就是为着保护和尊重人的生命，弘扬生者的各种权利和价值。那么，由政府来公祭逝者，必须以这样宏大的意义为背景，就是要反思如何更好地保护公民的利益，尊重生者的权利，保障生者的幸福。

由政府代表大众慎终追远，最初级的意义在于表达对灾害遇难者和其他逝者的哀思，但在最根本的意义上，还在于要以史为鉴，从过去的历史中总结出经验，避免侵害大众的生命和财产安全的各种灾害再次发生。这就要求各级政府及领导干部，要学会审视我们的制度，学会亡羊补牢，完善制度，创新制度，从而尽可能地保护大众的生命财产不受侵害。无论这种侵害来于自然界，还是来自人祸，都要进行必要的反思。比如地震中许多房屋倒塌，哪些是质量问题，哪些是天灾的不可抗力，必须在事后进行检查和总结，要学会从灾难中总结经验，找到避免灾难的方法和路径，要在逝者的血迹中找到更多推动社会进步的"价值"，这样缅怀，将使死者"生命永存"，价值更大，也更能对生者产生安慰。如果能从逝者所代表的过去中找到更多有利于生者的价值，将是对逝者最大的纪念。

正因为如此，政府公祭先逝者，就是要树立生者的价值和尊严，彰显生命的可贵。对于生者价值的弘扬与树立，必须通过对生者权利的尊重开始。保护每一个个体的权利，正是政府存在的价值。而这些权利当中哪些还受到不正当的限制和剥夺，哪些还没有能保护好，哪些还有待于进一步确立，比如同工同酬的权利，享受同等国民待遇的权利，加上劳动权、财产权等许许多多的权利，都是构成每一个公民个体生命价值和尊严的组成部分，成为每个人幸福的重要因素和指标。如果一个农民工劳作一年却拿不到工资，还要靠跳楼威胁才能讨到薪酬；如果一个公民的房屋被半夜拆除，那么，他们的权利就没有得到尊重，他们的生命更没有得到尊重。财富是个体生命消耗所产生的价值，而公民所拥有的财产无不体现为公民和其先人消耗许多生命才积累起来的价值。这是他们生存的根基所在，财产权从来就是人们有尊严地活在世界上的物质基础。那么，保护人们的这些权利，就体现着对生者的重视，对死者的怀念。

多少年来，人们都在宣扬生命教育，弘扬生命的价值。那么，在先人面前，在直面死亡的时刻，纪念死者的价值，就是弘扬生者的价值，就是为了更好地尊重生者，让生者更好地活着。

原载2009年4月2日《羊城晚报·首席评论》

国旗再降　重申生命价值

　　国务院决定，为表达全国各族人民对青海玉树地震遇难同胞的深切哀悼，2010年4月21日举行全国哀悼活动，全国和驻外使领馆下半旗志哀，停止公共娱乐活动。（新华网4月20日）

　　玉树地震，两千多人遇难，举世关注。生民之痛，国家之殇。中央政府在这个时候决定举行全国哀悼活动，顺天应人，彰显出对生命的敬畏和对民众的关心。

　　这是中国国旗第二次为普通百姓而降，第一次是"5·12"汶川大地震后。国旗再次为遇难同胞降下，是从国家层面表达对死难者的哀悼，体现国家对生命价值的尊重和对生者心灵的抚慰，表达出全国民众众志成城，共同抗击自然灾害的决心和勇气。

　　国家对遇难者进行哀悼的日子，也应当是各界进行反思的日子。如此多的同胞因天灾而逝去，留给社会的不应仅仅是哀伤——灾难结果有多少是天灾因素，有多少是通过人的努力可以避免？这些都是应当进行反思的地方。

　　逝者已矣，生者还要忍痛前行。为了未来的人们能生活得更好，更加安全，就必须学会更好地应对灾难，避免灾难对大众生命和财产的侵害，每一个有理性的民族都应当学会在灾难面前进行思考。在遇难者面前进行思考，不断寻找避免灾难的经验，社会才能不断进步，才能在未来更好地保护更多人的生命。

这样的反思不应当限于玉树一隅，应当在全国范围内进行。在汶川大地震后，社会总结出的许多教训后来落实得如何？比如校舍质量安全问题。汶川地震后我们就呼吁，要将学校和医院建成最坚固、最安全的地方。国家领导人也曾在不同场合多次强调，要把中小学建成"最安全、最牢固的建筑"。因此，从去年开始，国家计划用3年时间实施中小学校舍安全工程。虽然此次地震发生在预计的加固期内，似乎不应当追究校舍的质量问题。但从现在开始，各级政府是不是应当加快校舍加固工作的进度，争取尽快让中小学校舍成为最坚固的建筑，以应对未来的灾难。这应当是各级政府能够做到的，如果现在还没有行动，就应当马上行动起来。如果国内未来再发生类似灾难，建筑质量如果仍然不尽如人意，成为加重灾难的因素，那将是对民众的最大不负责任。

慎终追远，这是各民族都有的传统，也是中华民族从灾难中形成的智慧，意在反思过去，谋划未来。此刻，我们面对死者那已经远去的身影进行哀悼活动，不仅仅是缅怀，更应当是反思。只有反思，才能为我们的社会总结经验，从而加固制度，应对未来的挑战，更多更好地保护人们的生命与财产安全。只有这样的悼念，才是对遇难者最大的安慰，也是对他们生命价值的真正尊重。

原载2010年4月21日《都市消费晨报》

灾难当前 我们戮力同心

大地摇晃，午夜惊梦。这是甘肃部分地区人们昨晚最真实的感受。

消息刷屏，关爱汇聚。这是包括地震灾区在内所有民众从昨晚以来的真实感受。

12月18日23时59分，甘肃省临夏州积石山县发生6.2级地震，网络刷屏，亲朋问候，整个华夏大地第一时间将目光投入这片西部区域。

灾情就像一道紧急动员令。中共中央总书记、国家主席、中央军委主席习近平高度重视并作出重要指示，要全力开展搜救，及时救治受伤人员，最大限度减少人员伤亡。

——第一时间，国家防灾减灾救灾委员会、应急管理部启动国家救灾应急响应，派出工作组赴灾区实地查看灾情，指导和协助地方做好救灾工作，还会同国家粮食和物资储备局向甘肃省紧急调拨2500顶棉帐篷、1万件棉大衣、1万床棉被、1万床棉褥、1万张折叠床等，支持地方做好抗震救灾和受灾群众转移安置等保障工作。

——第一时间，省委书记胡昌升、省长任振鹤连夜赶往灾区一线。省委省政府成立积石山县抗震救灾指挥部，组织现场救援、灾情摸排、医疗救治、交通运输、物资保障、通信保障等工作。

——第一时间，解放军、武警部队出发了，从中央到地方，各方救援力量迅速汇集，各项抗震救灾工作紧张有序进行。

灾难当前，我们勠力同心。尽管天寒地冻，山大沟深，挡不住救援队伍的脚步。医疗救护队开进去了，道路抢修人员开进去了，消防队伍开进去了，电力、通信、交通等基础设施人员开进去了，全省地勘队伍108名专家开进去了。抢修受损的基础设施，组织调拨抢险救援物资，妥善安置受灾群众，将受灾群众从废墟中救出来，让他们得到及时救治、有饭吃、有地方住、不受冻。当直播画面从地震灾区传出，人们看到解放军、武警部队、救援人员出现在救灾现场，内心一定倍感踏实。

一方受难，八方支援。灾难发生后，社会各界积极行动起来，捐款捐物，奉献爱心。甘肃省委组织部从代省委管理党费中紧急划拨500万元；红十字备灾救灾库紧急调拨的500个赈济家庭箱；伊利联合中国红十字基金会首批捐赠150万元现金和物资；北京字节跳动公益基金会宣布捐赠2000万元人民币；鸿星尔克捐赠2000万元物资；李宁集团捐赠价值2000万元的防寒保暖物资；阿里巴巴公益基金会、旺旺集团等各路企业都行动起来了。还有兰州大学等高校牵挂灾区学子，快速启动受灾学生摸排工作，安排发放补助金。爱心正在严冬汇聚，源源不断涌往灾区。

传说中，积石山就是大禹"导河积石"的地方——远古时代黄河泛滥，大禹带领人们治理水患，让人民安居乐业；传说中，积石山还是女娲炼石补天的地方，积石山就是由补天剩下的石块堆成的。其实无论"导河积石"还是"炼石补天"，都是讲述古人与自然灾害作斗争的故事。翻阅史书，华夏民族生存发展的历史从来就是与自然灾害作斗争的历史。

今天，中国共产党坚持以人民为中心，坚持人民至上，生命至上，一定能汇聚各方力量，迅速战胜地震灾害，保护好群众的生命财产安全。相信在各级党委和政府的关怀和组织下，我们将一刻不停、分秒必争，千方百计搜救受灾群众，全力救治伤员。相信灾区群众一定会渡过难关，一切都会好起来。

原载2023年12月19日新甘肃客户端《敦煌风》，12月20日《民族日报》

哀悼逝者　是为了更好地前行

青山肃穆，黄河呜咽。

今天是甘肃积石山6.2级地震第七天。

上午10时，深切悼念积石山6.2级地震遇难同胞默哀仪式举行。国务院抗震救灾指挥部前方工作组、省州县相关领导以及解放军、武警官兵、民兵、公安民警、消防救援、社会救援、医护人员、志愿者、基层群众代表等，向地震遇难同胞敬献鲜花。此次地震造成甘肃积石山117人、青海民和31人，共148人遇难。

此刻，警报长鸣，山川凛然，我们隆重集会，沉痛哀悼，祭奠长逝的同胞和亲人，成千上万颗心虔诚地指向积石山及周边灾区，向长眠的同胞、亲友作最后的告别。

隆重的祭典，是对遇难同胞的尊重和缅怀。每当有人告别世界，亲朋总要为他安排葬礼，与他作最后的诀别，这是人之为人的礼仪，也是人类的生命尊严所在。而每当大灾难降临，众多生命骤然终止，则更加需要庄严隆重的葬礼，表达这人世间的大悲恸，长歌当哭，祭奠死者，安慰生者。

悼念逝者，是幸存者重构生活的肇端。天灾无情，制造了人间大悲剧；世事无常，总有意外从天降。毕竟人类前行的脚步总是与各种灾难相伴相随，依照目前人类的科技发展水平，难以完全规避自然界的各种灾害，地震则更是难以预测的世界性难题。作为生者，我们每个人都应当明白，灾难和意外从来就是生活的常态，人类文明就是在与自然灾害的不断搏斗中发展进步的，理解和接受这些常识，是健康心理建设的基础。那么，与死难同胞的告别，学会接受生活的常态，就是为继续前行做好心理建设。让流血的伤口结痂，将眼泪擦干，让我们直面现实、重新安排未来的开始。

建好新家园，是对逝者最好的告慰。从大地停止颤动后的第一时间起，党和国家就快速行动起来，抗震救灾，众志成城，排查搜救，救治伤员，尽力安置受灾群众，抢修受灾基础设施，重新恢复生活秩序，这是一个全社会都积极投入的行动，这是每一个生者的责任。为此，我们将"与子同袍"，清理残垣断壁，建设新的家园。虽然目前一些受灾群众还住在帐篷和活动板房里，但整洁美丽的家园终将建成，生产生活将重新恢复。

祭奠逝者，更是对生命价值的弘扬。人生天地间，忽如远行客，但人的生命本身具有崇高的价值和使命。我们的社会越来越珍视生命的价值，提倡以人为本，人民至上，生命至上，这都是重视人的生命价值的体现。此刻我们纪念地震遇难者，就是在高扬生命的价值，思考生命的意义。从地震发生第一时间争分夺秒抢救生命，到加快进度安置灾区民众的日常生活，帮助他们渡过难关，都是对生命至上理念的生动实践，是对生命价值的高度弘扬。

我们坚信，在冬天失去的，终将在春天重新萌发。眼泪将洗尽悲伤，天空将洗尽阴霾，未来的希冀更加清晰，鼓起直面灾难的勇气，勇敢地面对现实，重建家园，创造未来的生活。

愿逝者安息，愿生者坚强。

当积石如山时，未来一定可期可盼。

原载2023年12月25日新甘肃客户端《敦煌风》

"过紧日子"要成为习惯和常态

　　江苏省苏州市机关事务管理局近日印发《苏州市深化落实党政机关习惯过紧日子要求十条措施》，其中提出，高铁沿线公务出行原则上不安排公务用车和租车保障，公务接待安排在机关食堂的，原则上提供同餐次职工餐菜品等。（7月11日澎湃新闻）

　　苏州的这个《措施》里，"习惯"二字引人注目，和去年底中央经济工作会议的要求一脉相承——"党政机关要习惯过紧日子"。既然强调习惯过紧日子，那说明过紧日子不是一时的要求，而是长期的要求；不是一地的要求，而是全国性要求。

　　从目前来看，当下国内很多地方都在制定"习惯过紧日子"的措施，涉及办公用房、公务用车、公务接待等方面，比如有地方推行无纸化办公，确需印刷的文件、资料一律双面印刷；加强公务接待管理，严禁同城接待，优先选择单位食堂作为接待场所，陪餐人数不超过3人等。再比如有地方规定更新公务用车须同时达到使用年限超过8年、行驶里程超过25万公里的条件；还有地方规定严格差旅审批，严控办公用品、水、电、印刷品等日常支出等。

　　"习惯过紧日子"已成共识，明确措施则是题中之义。俗话说，无规矩不成方圆。厉行节约、习惯过紧日子也是如此。既要将公务办好，还要让支出合理，避免铺张浪费，这并不矛盾，而是权为民所用的必然要求。

很多地方的措施，本来就是将合理的要求制度化而已。比如苏州的《措施》规定，公务接待让安排在机关食堂的，原则上要提供同餐次职工餐菜品，常态化开展党政机关食堂反食品浪费工作成效评估和通报工作；公务车使用年限未达到10年和行驶里程未达到10万公里，原则上不予更新；高铁沿线公务出行原则上不安排公务用车和租车保障。这些措施都合情合理，既能保障公务活动正常开展，还让公务花费节俭合理。当然，如果一些人仍抱着享乐等特权思想，也许就会感觉受到了约束、被亏待了，从而影响干事创业的心情。那么，这类人就需要想一想"为人民服务"的党性修养，想一想"三个务必"了。

制定措施很重要，严格执行更重要。习惯不是一朝一夕养成的，让党政机关习惯过紧日子，更不可能一蹴而就就能实现，而需要长期坚持，常态化落实，才能让习惯成自然。而且严格落实不能停留在口头上、表面上，应当切切实实地执行于日常的工作中，通过严格的落实，杜绝一些人打擦边球、弄虚作假的想法。只有每一位干部都真正认识到，"不论我们国家发展到什么水平，不论人民生活改善到什么地步，艰苦奋斗、勤俭节约的思想永远不能丢。"这个习惯就养成了。

"习惯过紧日子"，更要习惯于把群众的事情办好。习惯过紧日子，并非不办事、少办事，而是要树牢节俭意识，提高行政效能，让有限的资金发挥更大的效用，用于科技创新、医疗卫生、社保、教育、就业等惠民生、利长远的事情。党政机关少花一分钱，民生事业就可以多花一分钱。

克勤于邦，克俭于家。广大干部要从思想上清醒地认识到，习惯过紧日子，就是要继承发扬勤俭节约、艰苦奋斗的优良传统，这是需要长期坚持的原则和方针，从而提高政治站位，保持思想清醒，发扬钉钉子精神，持续用力、见行见效。党员干部必须牢记，为民造福是最大的政绩，只有干部过紧日子，才有群众好日子。

原载2024年7月12日《济南日报》

民生思考

棚户区改造是趟幸福快车

棚户区，虽地处城镇，但基础设施不全，环境卫生脏乱差，治安和安全隐患大，仅从外观上看，低矮驳杂的外观就与城市的整体面貌格格不入。有些是城市扩张形成的城中村，有些是工矿产业职工集聚形成的历史遗留。

当高楼大厦与成片的陋巷砖房同处一个时空，摩登华丽的街角陡现大片杂乱无章的灰暗房屋，这样的视觉对比定会刺激人的神经，棚户区居民的感受恐怕尤其如此。如果对比长期存在，则会强化社会不公平感，加剧群体间的割裂情绪。

棚户区的居住者，多是贫困人口，这是棚户区改造的最大瓶颈。虽然他们同样渴望方便整洁的居住环境，喜欢宽敞小区里的电梯房，但由于经济条件所限，难以通过自身努力达到美好的生活愿景。让棚户区融入城市的繁华，自然成为各级政府的责任。

多年来，各地政府都在为棚户区改造殚精竭虑，已经改造各类棚户区1200余万户。2013年6月国务院提出，未来5年，中国将再改造各类棚户区1000万户，其中2013年改造304万户。具体到甘肃的实际，全省近年已改造各类棚户区近26万户，尚有近20万户有待改造。

为此，甘肃省政府出台的《关于加快棚户区改造的实施意见》，是因地制宜，加快落实国家棚户区改造的重要战略。细看"实施意见"，务实之风扑面而来。其一，目标定位明确。指出现阶段的任务是重点推进资源

121

型城市的棚户区改造和旧住宅区综合整治，其中白银等6个市、玉门等4个县市区及阿干煤矿等3个独立工矿区涉及其中。

其二，尊重民意成"改造"基础。"意见"禁止强拆强迁，强调依法维护群众合法权益。对经济困难、无力购买安置住房的棚户区居民，可通过提供租赁型保障性住房等方式满足基本居住需求，或在符合有关政策规定的条件下，纳入当地住房保障体系统筹解决。这些措施是对现实的深刻回应，涉及补偿安置，对强拆的态度，更有对经济困难者的解决方式。解决好这些群众最关心的问题，有利于维护民众利益。

其三，具有深切的民生立场，着眼民众的长远利益。《意见》要求棚户区改造规划要与城镇总体规划相衔接；在棚户区改造规划布局中，要充分考虑居民就业、就医、就学、出行以及养老等需要，合理进行规划选址。同时，把棚户区改造与保障性住房建设相结合，在棚户区改造项目中配建廉租住房、公共租赁住房、经济适用住房等保障性住房的比例须达到总建筑面积的30%，体现出党委政府对困难群体的重视。

棚户区改造作为重大的民生发展工程，同时也是拉动经济持续增长的引擎。通过棚户区改造，让低收入人群共享发展成果，对利益进行重新分配，就是促进社会公正。要实现这些积极作用，一定要以民众的意愿为依据，以城市的长远发展为宗旨。要做到这些，关键要抓好落实。只有依照规则落实，棚户区才能成为和谐城市的一部分，成为驶向幸福的快车。

原载2013年10月25日《甘肃日报》

公共租赁房应成"夹心层"的根据地

媒体调查显示，95.1%的人支持公共租赁房在全国推广，72.4%的人认为公共租赁房为青年提供了新选择，可以缓解住房紧张；45.0%的人认为租房是"不想当'房奴'的人的必然选择"。（2009年11月10日《中国青年报》）

商品房价格高企，许多人根本无力购房，租房自然成为人们无奈而理性的选择。在城市之中，想租屋居住者除本地户籍的低收入者、无力购买住房的"夹心层"外，还有更多外来人员，如刚步入社会的大学生，包括农民工在内的务工群体。这是一个非常庞大的群体，虽然作为住房消费的潜在群体存在着，但当房价远远超过他们的购买力，就像有人所说"住房变得和普通人几乎没有关系"时，解决这些人的住房，就应当成为政府的责任。这个责任不仅事关房价的调控、人力资源的合理流动，也事关国内城市化进程、国内消费能力的提升等。

当下房价如此飙升，除了与政府税费及金融政策的支持因素有关外，也与政府住房保障体系的严重脱位直接相关。国内保障性住房分经济适用房、廉租房，有些地方将限价房也列入其中。廉租房是面向城市低收入家庭的；经适房从当初设计初衷来看，是为中低收入者也就是"夹心层"准备的；限价房也是为中低收入者准备。不过，在现实中，廉租房虽然存在一些问题，但基本能为中低收入者服务，而经适房和限价房却存在很大问题，根本没有达到政府的预期，难以满足住房"夹心层"的需求。这其中有地方政府建设经适房太少的原因，也有一些地方存在经适房价格堪比商品房等原因。

在这些复杂的背景之下，公共租赁房这个概念被提了出来，成为一些城市政府解决民众住房的选项。公共租赁房体现了住房保障理念的转变。现在在北京、广州、常州等城市已经出现了公共租赁住房。但公共租赁房在当下还存在定位模糊的问题，比如，《北京市公共租赁住房管理办法（试行）》规定，已经通过廉租房、经适房、限价房资格审核的家庭，可向所在街道登记申请租住政府提供的公共租赁房。这说明几种保障性住房的服务对象定位重叠模糊。而且公共租赁房的申请者仍然和限价房、廉租房一样，限于本地户籍人群，将外来大学生和农民工等人员排除在外。

在许多国家，公共租赁房都是住房体系的重要组成部分，公共租赁房为促进人力资源的自由流动创造了必要的条件，这是城市经济发展的动力之一。在国内的高房价之下，在"夹心层"以及外地务工者亟须解决住房压力的情况下，转变住房保障理念，非常必要。建议政府通过各种渠道建设公共租赁房，可以由政府直接建设，也可以出台政策鼓励企业建设。而且，公共租赁房，应当不同于廉租房，其租金应比市场价格低而高于廉租房，其面积不宜太大，只要能起到为中低收入者解决后顾之忧的居住地的作用即可。

公共租赁房不应当将外来人员排除在外，不宜以户籍作为享受的条件，而应当将所有在城市务工的人员纳入其中，为他们建设根据地，以让他们安心工作。通过公共租赁房的建设，必然会为很多人解决住房困扰，避免他们在高房价下成为房奴，也必然会为高房价降温，让房价更加趋向其价值，能为更多民众所消费。

原载2009年11月11日《海南日报》

廉租房就该建在闹市区

日前，南宁市住房保障和房产管理局称，计划在闹市区开建一个高达33层的廉租房项目，将提供廉租住房1080套。政府官员说，虽然地段较好，但这个项目中廉租房的租金将和其他地方保持一致。（2010年4月11日《京华时报》）

将廉租房建在闹市区，这是个值得赞赏的举措。保障房的使用者都是贫困家庭等弱势人群，经济能力很差，将廉租房建在交通便利的闹市区，有利于其就业和出行，生活成本低廉，有利于贫困家庭提高生活质量，也有利于改变他们的人生境遇。

南宁在闹市区建廉租房之所以成为国内普遍关注的新闻，只能说明一点，那就是国内许多城市通常将廉租房建在城市边缘区域。那里远离繁华，交通不便，配套设施不全，因此，尽管租价低廉，但由于交通不便等因素，增加了住户工作、出行等生活成本，非常不利于低收入者居住。许多地方建在偏远区域的保障房，被弃购、弃租现象屡屡出现。

多数地方为何不愿在闹市区建保障房呢？因为闹市区土地价格更高，卖地可得到更多收入，而在边缘区域建保障房，损失相对较小。当然，一些地方政府建保障房的积极性原本就不高，通常都是雷声大而雨点小，在偏远区域建些廉租房，已属不易，在闹市区建保障房，更难进入决策视野。

建保障房的目的，就是要尽量为弱势者减轻生活压力，让他们有改变生存处境的可能，而将保障房建在边缘区域，让贫困家庭集中居住，很可能让这些区域变成实质意义上的贫民区，如果生活、出行成本高昂，将让保障房偏离其本义。

东京、香港等地的廉租房大多都建在市区地铁口等闹市区，可见保障房建在闹市区，是一个惯例。我们在保障房建设上应当汲取这些经验，这既能突显保障房的保障功能，也是政府关爱弱势者的责任所在。

建设社会保障体系，本来就是现代政府的重要责任之一，将保障房建在闹市区，是促进社会公正的必要措施，也检验着有关部门履责的态度和效果。

原载2010年4月12日《广州日报》《中国青年网》

企业介入职业培训是市场选择

　　"缺人"一直是许多企业头疼的问题，每到下半年生产旺季，不少企业都是一边招人，一边培训，"疲惫忙乱"。为了突破人才困境，近年来，福建一些企业开始尝试通过自办职业技术学校"定制"企业发展所需的专门人才。（据7月29日《工人日报》）

　　一方面，企业经常招不到合适的人才，出现招工难，另一方面，很多毕业生及务工者找不到合适的岗位，出现用工荒，为了解决这种困境，一些中职、高职在地方政府牵头下，和企业携手联合办学，实施"技术蓝领"培养计划，打造适销对路的人才。这种办法对于解决企业招工难和市场上的用工荒，可谓"瞌睡遇到了枕头"，非常对路。

　　还有一些企业感觉和职校联合办学还"不过瘾"，居然自办职校进行人力资源的培养，比如福建飞毛腿集团2010年出资创办的飞毛腿工业技术学校，就是如此，每年都进行招生，在校学生达1000多人，为企业解决一线技术工人缺乏的问题。

　　在很多发达国家，职业教育与企业良好合作，是解决实用型、技能型人才的有效途径，甚至一些职业教育本就是企业所举办，这种模式培养的人员，立足实践，和企业的需求接近，能很好地解决企业的用工需求，比如德国的双元制职业培训，学徒既要在企业学手艺，还要在校学习理论知识，这样的职业培训为德国制造业的崛起打下了坚实的基础。

但在国内，很多企业喜欢使用成熟人才，不愿对人才培训进行投入，很多公司的招聘启事都写着，"有工作经验者"优先，这种只想摘果子，不想栽果树的心态，恐怕是招工难和用工荒同时存在的重要根源。企业不能解决这种"吃现成"的心态，职业教育脱离市场需求的教育病灶将难以治愈。

今年7月25日人社部提供的数据显示：我国农民工接受过职业培训的人数不足30%。这说明七成农民工需要进行职业培训。当下国内企业都处于产业升级换代期，对劳动者素质相应地提出更高的要求，在此背景下，很多从农村出来的劳动者虽然成本低廉，但不能像过去那样适合企业的需求，如果不能对这些人进行职业培训，用工荒、招工难同时存在的状况，还会加剧。

经验证明，只有和企业紧密结合的职业培训最合乎市场需要。那么，企业单独举办职业培训，或者与职校联合办学，是明智而合理的选择，合乎市场需求。

原载2014年7月31日《四川日报》

技能培训要让双方看到好处

安徽省政协工会界别的部分委员调研指出，一边是企业抱怨招不到合适的技能人才，一边是农民工抱怨企业招工门槛过高，按理说技能培训应是解决问题的一个有效途径。可是一谈到培训，无论是企业，还是农民工，两边的积极性似乎都不太高。（据2015年7月24日《工人日报》）

为什么出现这种尴尬局面呢？站在农民工的立场上，首先是培训影响收益。现实中，很多农民工都拿计件工资，参与培训会影响干活，影响收入。其次，培训内容不实在。部分接受过培训的农民工认为，学校开设的培训内容与工作实际需要脱节，实际能力提升有限。

但站在企业立场上看，有些企业担心付出了很大心血，却得不到相应回报——怕一些职工"羽翼丰满"，另择高枝，被其他公司高薪挖走。有企业就指出，"培养一名熟练的数控车床工一般需要5年左右，而这5年的培训很有可能是'为他人作嫁衣'。"这种担心投入和产出不相称的局面，和农民工的心态何其相似。

劳动力市场和就业用工市场出现的这种现象，本质上是一种市场失灵。要破此局，需要政府发挥作用，推动各种培训机构与企业的合作。激励企业和培训机构从事培训工作，可以通过减税和补贴，让企业有培训技能型人才的动力，不怕因培训费心费力而鸡飞蛋打。对于接受培训的人来讲，要让他们切实感受到培训带来的提升，要切忌走形式主义。

只有企业和劳动者都能从技能培训中看到好处，双方的积极性才会提高，从而达到良性循环。要达到这个目标，需要政府给出优惠政策，让企业有动力去培训劳动者，这对于经济的良性发展必不可少。做这个工作，需要政府和企业在各自的位置上立即行动起来。

原载2015年7月28日《四川日报》

保证"一周双休"光靠企业自觉不够

1995年,《国务院关于修改〈国务院关于职工工作时间的规定〉的决定》发布,其中规定:"职工每日工作8小时、每周工作40小时。"新规自1995年5月1日起施行,已经历20年风雨历程,但在实际执行中,国家机关、事业单位执行相对较好,而不少企业职工则表示不能真正享受双休。(2015年4月19日新华网)

"一周双休"制度存在了20年,一些企业职工却难以享受,说明这一属于劳动者的重要权利在落实中还存在"堵点"和"卡点"。

多年来,每到五一节,舆论都会议论劳动者休息权落实难等话题,与"一周双休"落实难相类似的情形还有,带薪休假、加班工资、节假日双薪或三薪等,只要事关劳动者权利与福利,在具体落实中被打折的情形就不鲜见。其实不光"一周双休"落实难,国庆、清明、元旦等许多法定节假日都被一些单位打折,连五一节这种劳动者权益日都难以幸免,这难道不是一种讽刺?

据北京师范大学劳动力市场研究中心发布的《2014中国劳动力市场报告》显示:我国过半数行业每周要加班4小时以上。其中住宿和餐饮业工作的劳动者平均每周工作时间长达51.4小时,排名第一;建筑业、居民服务、修理和其他服务业紧随其后,周工时均超过49小时;而交通运输、仓储和邮政业以及制造业的周工时为48.8小时和48.2小时。

为什么会如此呢？因为劳动者福利的落实，往往意味着企业用工成本的增加、利润的减少、企业负担的加重。站在企业的立场看，只要不是强制性的制度，或者对法律规定执行不够坚决彻底，往往能拖则拖，能赖则赖，尤其对一些民营企业，情况尤为严重。

这就是说，落实"一周双休"等劳动者福利，光靠企业自觉则远远不够，关键在于执法力度和政府的重视程度。

现实中，"一周双休"执行情况好的，除政府机关和事业单位，其实还包括国有企业和规模较大的民营企业。对于这些单位，政府相对重视，管理则相对规范。而对于中小民营企业来讲，一则数量众多，加之长期以来，各地方政府在唯 GDP 模式下，重经济发展，轻劳动者保护，一些地方甚至将弱化劳动法律的执行当成招商引资的重要举措，这种状况定然让劳动者权利不断弱化，超时加班、法定节假日打折、带薪休假落实难等等，不过是重招商引资、重经济发展、轻职工权益的必然结果。

那么，要将"一周双休"等劳动者福利落到实处，首先得克服存在多年来的唯 GDP 模式，严格执法，强化工会组织，强化职工维权机构，重视对职工福利的执法与落实。在国内，很多权利的落实，往往看政府的态度，只要政府重视，执法队伍重视，很多矛盾都会迎刃而解。

日前，中共中央、国务院印发的《关于构建和谐劳动关系的意见》再度强调："切实保障职工休息休假的权利"以及"完善并落实国家关于职工工作时间"。在国家全面深化改革、全面依法治国的大背景下，发展方式的转变已成重中之重，而发展方式的转变应包括对于劳动者权利和福利的落实，以及对唯经济发展模式的改变。随着政府法治意识和执法水平的不断提高，对劳动者权利的保护也会不断加强，落实"一周双休"、带薪休假等制度，将在全面深化改革的号角之下，不断落实。

原载2015年4月20日《劳动午报》

年休假制度有完善的必要

"公司强制休年假，好好的年假就这么被休了。"2014年12月12日有网友通过微博求助称，公司春节放假的时间表已经排出来了，虽然是连放12天假，但公司员工的带薪年假却被强制安排在这期间，该网友认为十分不合理。（12月15日《半岛都市报》）

在好多人争取春节放假时间延长、专家建议通过年休假来缓解春节假期太短的困境时，青岛这家公司员工的投诉耐人寻味。也许在很多人看来，年假和春节假期放在一起休，多爽啊！有更多时间可以和父母及家人在一起，从容地过春节，多好的一件事。但由于"强制休年假"，让事情变得复杂起来——有人就是不愿意在春节休年假，还感觉自己的权益被侵害了。

当然，这起事件不能理解为众口难调，毕竟休假权是重要的，能不能自由地休假，关系到休假的效果。因此，那些想以年假缓解春节假期太短的专家，应当更多地思考一下这个问题，而不是非常主观、自以为是地提建议。

就这起"强制休年假"事件来看，也许公司有投机取巧、一切以公司利益为重的因素——在春节前后生意清淡的时候安排员工休假，更有利于保障公司的利益。但公司强制休年假，可不可以呢？《职工带薪年休假条例》规定，"单位根据生产、工作的具体情况，并考虑职工本人意愿，统筹安排职工年休假。年休假在1个年度内可以集中安排，也可以分段安排，一般不跨年度安排。单位因生产、工作特点确有必要跨年度安排职工年休假的，可以跨1个年度安排。"

从《条例》的规定可知，单位有权根据自身情况，统筹安排职工休年假。当然还有一层意思是，在安排具体休假时间时，要考虑职工的意愿。但在公司的"统筹安排"与职工"本人意愿"相冲突的时候，谁的意见占支配地位，《条例》没有说。根据现实情况看，单位一般都占绝对支配地位，员工一般情况下都会服从单位的安排，因此，多年来，尽管有一些人对这一条有意见，但没有人有勇气为了休假的事和单位叫板，非要按自己的意愿来休假。这就是现实。

不过，这样的现实就完全合理吗？我想不完全合理。也许在现实中，多数单位不会强制性地要求员工在固定的时间休假，都会商量一个合理的休假时间。更何况在一些人眼里，一些单位根本就没有年假，能够安排休年假已经非常"幸运"。

但这样的现实并不能说明单位强制安排年休假的合理性，毕竟完全照顾单位的利益，而不顾员工的意愿，这本身就是不尊重劳动者权益的体现。因此，单位统一安排员工休带薪年假，也许根据《职工带薪年休假条例》，员工即使走仲裁及司法等程序，未必会得到好的结果。但既然有很多的人对单位任意安排年假的时间提出了异议，本身就说明这个制度有修改和完善的必要。

为了未来职工有更合理的休假权，应当通过条例的修订，给员工以适当的选择权，让员工能更加自由地安排休假。

归根结底，"强制年休假"争议，实际上是当下劳动者处于弱势地位的写照。为了让劳动者权利更有保障，需要完善劳动者权益保护制度：一是要加强执法，二是要制订更为细致的规定，让劳动者真正有法可依。只有执法者力挺劳动者实现自己的权利，法律规定本身又有利于劳动者维权，此类争议才会越来越少。而规则模糊不清，本身正是劳动者权益保障不力的源头之一。

原载2014年12月16日《劳动午报》

"蜘蛛人"的安全不能仅凭保险绳

没戴安全帽，窗外没有防护网，王师傅把保险绳往腰间一系，就从18楼窗户翻了出去，攀到19楼外墙侧的平台。屋内的工友把绳子的另一头系在空调外机上，递了出去……两个小时、几十米高、一台空调，安装结束后，公司给王师傅和工友两人一共发了75元安装费。（2014年6月12日《人民日报》）

仅靠一条保险绳就爬出高楼窗外作业的空调安装工，正是当下很多"蜘蛛人"工作状态的一个缩影。这个群体中的许多人，没有经过专门的高空作业培训，有些人甚至是"游击队"，无疑是一种违反安全操作规程的行为。

国家安全生产监督管理总局《特种作业人员安全技术培训考核管理规定》中明确规定，把小型空调安装纳入特种作业范围，明确了空调安装工高处作业必须经过专门培训，持证上岗。相关部门还规定，要想取得高处作业的资质，需参加由安监总局制定考核大纲内容、各省（区、市）组织的培训。只有通过培训考试，取得《特种作业操作证》，才能作为专业高处作业人员参与工作。

尽管高空作业事故频发，但多年来，高空作业持证上岗这个规则，并没有真正落到实处，用一根安全绳就爬到上面的现象，从来就没有杜绝过。

"蜘蛛人"持证上岗为何就难以落实呢？这其中有从业者不愿意参与

培训的原因，也有企业为了效益忽视安全的因素，更有监督部门监管不严的因素。从业者不愿意参与培训，一方面是持证上岗要投入精力和金钱，另一方面是对高空作业的危险性认识不足，存在侥幸心理。

作为企业来讲，由于从业者大多没有资质，市场需求又非常强大，为了满足市场，为了节约成本，对人员资质方面的把关自然就严不起来。中国家电服务维修协会曾经对全国近20万空调安装及维修服务人员进行了调查，发现经过国家、行业正规技术培训并取得资质证书的持证上岗人员不足5万人。客观地说，很多企业在组织作业人员的时候，存在不愿意进行安全培训的倾向，很多企业使用的高空安装人员甚至是雇佣而来，为了效益而忽视安全，就成为一种"理性"选择。

为了避免高空作业悲剧的发生，监管者首先要行动起来，督促企业重视安全培训。只有把好企业用工关，才能把好安全关，杜绝此类安全事故。

建议相关部门制订规则，凡高空作业，参与经营的企业必须对安装工人的资质和素质把关，一旦发现违反必予重罚。比如，空调出售和安装单位，必须保证作业人员的安全素养和资质，对安全规程和安全设施做好投入，如此一来，就算是"游击队"，也必须经过就业资质方面的专业培训拿到资质，企业才敢雇佣他们，和他们一起合作。在抓好人员培训的同时，提升安全设施的投入，避免过去那种通过口头传授或简单示意就进入高空行业的现象。只有高空作业产业链的各个环节都强化了安全意识，加固了作业设施的安全，强化了高空作业的安全规程，"蜘蛛人"才能变得相对安全。

原载2014年6月13日《劳动午报》

春节除夕放假也是顺应民意

2014年12月7日，中国人民大学调查中心就春节法定节假日安排以社会抽样调查和网上调查等方式公开征求意见。该调查中心称，此次调查"受有关部门和单位委托"。这是全国假日办"改编"成立国务院旅游工作部际联席会议制度后，首个关于放假的调查问卷。截至记者发稿时，调查问卷呈现"一边倒"的情况，约七成受访者支持春节长假从除夕开始放。（2014年12月8日《北京晨报》）

距离今年春节还有两个月了，尽管春节假期早已明确为七天，但放假方案至今尚未公布。而去年春节假期从大年初一开始，除夕不包含在春节假期内。如此放假带来的一个后果是，很多在外地上班的人除夕夜难以到家，甚至大年初一还在半路上。因此，当初大家看到除夕被排除于假期之外，马上就急了，"还让不让人过年了"成为许多人的心声。

此次调查有多项内容，从目前来看，网友最关心的只有第一项：春节到底从哪天开始放假。可见，将假期开始时间调整为除夕，属于顺应民意。

而当初之所以要将除夕排除于春节放假第一天，同样进行了网络调查，一些民众希望大年初一放假，其中一个理由是，专家认为很少有单位大年三十非得要求员工工作到下午五六点的，大部分都是下午就放假了，所以，除夕放假与否都无所谓。这就是说，如果从初一放到初三，再加上单位这半天的"软福利"，春节长假无形中增到七天半甚至八天。

同样的调查，结果却相反，只能说明立场不同，境状不同——对于不用赶路、管理相对宽松的单位员工而言，自然除夕不放假更有利；对于管理相对严格的单位员工，就相当要命。

现实中，一些单位对员工春节回老家团聚的意愿，总会非常人性化地照顾，在时间上给予变通。但应当看到，仍有一部分企业会"丁是丁，卯是卯"，让员工一直工作到下班为止。这部分人对于国家法定休假制度的依赖度比较高，让制度保证这些劳动者按时回家团聚，非常必要。

有专家就指出，"春节的'核心'就是那两个多小时，即，从除夕夜里11点到正月初一的凌晨，这是中国的传统文化。如果因为放假从初一才开始而导致有部分人赶不上与家人团圆的重要时刻，则完全不符合我国农耕文化节日的传统。"

那么，我们的制度设计应当照顾对制度依赖度更高的人，毕竟这部分人更弱势，更需要制度的帮助，假期制度更应当考虑这部分人的利益。

除夕日开始放假，除了劳动者能按时回家过年这一理由之外，还有路桥免费福利能否享受的问题。公路免费是与放假制度相一致的，这也是许多人力挺除夕放假的重要理由。去年除夕不放假，不仅很多人不能按时回家，很多开车回家的人想按时回家，就得掏过路费，享受不了公路免费的好处。难怪有网友质疑，除夕不放假，是为了收费公路方的利益。虽然这样的质疑毫无道理，但至少说明除夕不放假的不合理之处。

就此看来，除夕放假，不仅是尊重多数人意愿，还关系到能否享受免费高速路的问题。春节嘛，为了喜庆，就应让大家得到更多利益，心情更舒畅些。制度设计就应当考虑这些因素。让大家能坦然地在除夕夜按时回家，不用交过路费就能回家，这是多么开心的事儿呀。

原载2014年12月9日《劳动午报》

火车票"秒光"得想办法解决

十一黄金周马上到来，很多人提前半个月抢购火车票，但9月15日"12306崩了"，账号反复登录不上、乘车人列表刷不出来。客服建议大家过半小时再尝试购票刷新。更有多人反映，车票"秒光"，根本抢不到。

12306崩了，似乎不是第一次。建了这么多年的公共服务平台关键时刻还掉链子，的确不应该。平台一崩，购票者情绪也会崩——好容易盼到回家、出游的时刻，火车票却让人着急上火，的确不应该。

当然最令人崩溃的不是12306崩，而是票"秒光"。很多人铆足了劲儿地抢票，很多人甚至大清早到火车站排队，票却在放票的第一时间"秒光"，能不崩吗？

而且这种情况不光"十一"黄金周如此，恐怕早已有之。前一阵儿笔者去长春，提前半个月大清早到火车站排队，于放票第一时间前一分钟排到了第一位，向售票员说了车次等信息，同时家人用手机第一时间在12306抢票，竟然一张票都没有，有人建议从始发站西宁买票，仍然一张票都没有，只好多花钱从北京转车。

火车票成了人们的出行之痛，和好些人交谈之后，得知许多人都为此头疼过。大家都不明白的是，火车票去哪儿了？从前没有12306的时候，大家深夜排队买票，现在倒是不必非得排队了，却仍然不好买票，究竟是为什么？

对于黄金周车票"秒光",铁路部门的解释是,今年出行需求旺盛,热门方向供不应求。这恐怕是车票难抢的最主要原因。今年黄金周全国铁路预计发送旅客1.9亿人次,比2019年的1.38亿人次多多了。这是客观事实。

但除此之外,购票难还有其他原因。有时12306售票系统显示有全程票、长途票,却没有半程票、短途票。国铁集团的解释是,优先满足从始发站乘车到终点站的长途旅客,实现运力资源利用的最大化。

那么很多人买不到票,是不是一开始就不卖中短程票呢?优先满足始发站乘车到终点站的长途旅客,实现运力资源利用的最大化,似乎有一定道理。这样做还能保障铁路方面的利益,但对其他旅客是不是不公平呢?铁路方面说会兼顾短途旅客需求,在长途票额充足时,根据客流需求变化动态调整票额投放,自动分时段将部分票额转移到沿途各站。但具体怎么做的,不得而知。"秒光"、始发站到终点有票,中短途常得候补的情况倒是屡屡出现。如果中短途一开始根本就不好买票,能不能给大家说清楚,少浪费时间呢?

现在是大数据时代,本人作为一个消费者提出以下售票建议。

首先,分析历年各时期的售票情况,合理安排运力,公开透明地售票。比如始发站到终点站售票多少,其他长途票多少,其他各站点的票多少,提前公布个数据,让出行者心里大致有数,"秒光"之后,尽快根据情况变化继续安排售票,而不是让消费者一直"候补"着。如果中短途一开始不方便售票的话,可否一开始就讲清楚,让大家在确定的时间再来买呢?

其次,可否实行分段售票。比如,第一天至第五天投放全程票,第六天到第十天投放其他长程票,后五天售中短程票。如此一来,既能保障全程出行者的利益,让其他出行者心里有数,至少不用瞎耽误工夫一开始抢票,抢不到票还很焦虑,为了出行,只好加钱买始发站的票。多加钱买全程票,铁路方面固然利益不受损,但恐怕会浪费部分运力、造成出行者不便,同样损害社会整体利益。

总而言之,铁路部门要多想办法,不能再因为火车票的事让出行者焦虑下去了。现在国家正想方设法促消费，而旅游是消费的一个重要领域，铁路部门做好服务，让大家愿意出游，就是为促消费作贡献。如果每次出远门，买个火车票就让人着急上火，人们出游的积极性恐怕要大打折扣。因此，也可以说火车票的事，不是小事，不光影响到群众出游、回家的事，还是事关国家经济发展的大事。

原载2023年9月19日新甘肃客户端《敦煌风》

高铁时代农民工争坐绿皮车说明什么

"高铁太贵了！高铁票一张要200多元，普通车一张只要30多元，坐一趟高铁都够我来回好几趟了！"这是许多农民工的真实想法。春运来临之际，虽然有农民工选择高铁，但更多的农民工却在争坐绿皮车。对于高铁提速带来的便捷，有的农民工表示，"我不缺时间，缺的是钱。"(《新华每日电讯》)

高铁时代来了，但大量农民工争坐绿皮车的现象，仍然耐人寻味。是农民工不喜欢高铁吗？当然不是。高铁宽敞整洁，设施齐全，速度快捷，更能满足现代人对于舒服便捷的需要。但高铁的高端服务是以高昂的票价为基础的，而很多农民工由于收入因素，宁愿挤一些，也愿意选择不大舒服的绿皮车，原因就在这里。

农民工不敢亲近高铁，本质上和穷小子不敢亲近富家小姐的心态没什么区别，"腰里没铜，不敢胡行"，并非不喜欢好东西，实在是口袋里的硬通货决定着人对于商品和服务的态度。所谓的有效需求，总是与收入水平相适应，否则，必然影响到日常生活。

这就说明，高铁建设不是个纯粹的技术问题，而要与社会整体的需求相适应，尤其要照顾到低端消费群体的需求，如果服务过于"贪大求洋"，超过了社会整体的消费需要，必然会出现与需求脱节的状况。以往一些季节甚至春运期间，曾出现过的普通列车一票难求、高铁车厢空空荡荡的现象，正是高端服务供给太多而需求不足的体现，是高铁建设与社会整体需求脱节的体现。

不知道今年是否出现过高铁车厢空荡荡的现象，但农民工争坐绿皮车的现象说明，对列车的低端需求仍然健旺，铁路作为一种公共服务设施，其建设的时候，一定要考虑这部分群体的利益，而不能为了高端而高端，要与群体的需要相适应。

那么，绿皮车是否应当被淘汰，关键不在技术的进步，而要与经济的发展及人们收入的增长速度同步，只有人们的收入与高铁的服务相适应的时候，才是高铁完全普及的时候。农民工对于高铁这种"敬而远之"的态度并非始自当下，而是伴随着铁路的快速发展，每年春运期间，铁路方面都要特意安排绿皮车来满足低收入群体的需要，原因正在这里。

资料显示，到2014年春运，"四纵"高铁干线全部通车、高铁运营里程突破1万公里，高铁网络逐步走向成熟与完善。也许在未来，高铁将完全成为铁路运输的主力，在春运中扮演越来越重要的角色，但农民工争坐绿皮车的现象，说明绿皮车消费仍然没有过时，尽管设施较差、速度较慢、拥挤不堪，但它是否应当淡出人们的视线，仍然需要观察和讨论。高铁的发展与服务的不断高端化，不能与大众的需求脱节，而要让市场在资源配置中起决定性作用，如果忽视各种消费群体的需求，必然损害社会的整体利益。

原载2014年1月29日《西部商报》

高速超时要罚　高速堵车会赔吗

近日，河北石家庄的高先生因身体不适，夜里10点在服务区睡了一觉，第二天下高速路时被要求缴纳385元的"超时费"。高速路工作人员称，高先生在高速路上停留超过12小时。据调查，中国多地均有对在高速路停留超12小时车辆额外收费的规定。（2012年5月14日中国广播网）

司机在高速公路服务区睡一晚，价格堪比豪华酒店。这并不是说司机睡在服务区的豪华酒店，而是在高速公路停留过长，被罚款了。但这个超时费确实雷人，雷人之处不仅在于罚款数额高昂，还在于多数司机并不知道有这样一个规定。法治社会不再是"刑不可知，威不可测"的时代，一项规定出台实施，昭知天下是必要的程序，如果多数人不知道这个规则，则有"口袋规则"之嫌。

不过，进一步探究就发现，高速超时费并不是新规定，而是早已有之。据2007年《齐鲁晚报》报道：货车司机董师傅拉货从江苏回潍坊，在高速公路高密服务区休息了一晚，结果第二天下高速公路时，被通知行车时间超了11个小时，要加收1125元的超时费。尽管有个别媒体偶尔的报道，但媒体调查却显示，十个司机里有九个不知道高速公路超时费。

为何要出台公路超时费呢？高速公路方面的说法是为了打击个别司机"换卡逃费"。不容否认，换卡逃费现象确实存在，但绝非普遍现象。而且现在高速公路早就实现了信息化，摄像头遍布整个高速网，打击换卡逃费，只要加强监管即可。以收取超时费的办法治理换卡逃费，是一种偷懒的做法，在打击逃费的同时，伤及合法司机的权益。不知道此举打击换卡逃费的效果如何，但毫无疑问，这项措施有逼迫司机疲劳驾驶之嫌。司机的安全行车远比治理逃费现象重要得多，以超时费治理逃费，是管理上的失策。

司机在行车过程中感觉疲劳和身体不适，选择在服务区休息是理性的选择。据了解，国外高速公路服务区常有司机躺在车里静静地睡觉。应当说，对于这种健康的行车方式，应当鼓励才是。如果一边叫司机不要疲劳驾车，一边又要求司机不能在高速公路超时停留，就是催生疲劳驾驶。

收取超时费不仅有害安全，更是于法无据。国务院《收费公路管理条例》第35条明确规定：收费公路经营者不在车辆通行费标准之外加收或者代收任何其他费用；不得强行收取或者以其他不正当手段按车辆收取某一期间的车辆通行费，否则，通行车辆有权拒绝交纳车辆通行费。

虽然各省市都有高速公路超时费规定，但这个规定与国务院的规定相违背是显而易见的，是一项典型的公路乱收费。而且收取这项费用有没有经过价格管理部门的同意？有没有国家相关部门的授权？对这种为了公路管理部门的方便，却将过多的责任强加给司机，危害交通安全的规定，应当尽快取缔。

写到最后，突然想起网友的调侃，车辆在高速路超时要受罚，高速公路堵车造成司机时间的浪费，是不是应赔偿司机误时费呢？这个建议公平合理，权责对等，富有契约精神，高速公路方是不是也考虑一下？

原载2012年5月15日《新华每日电讯》

从九爷家盖瓦房到九爷家买楼房

前一阵，老家九爷的孙子结婚。小伙子是九爷小儿子的孩子，初中毕业后帮家人跑车，算是留在了皋兰老家的山村里，但婚礼是在安宁区一家酒店盛大举行，完全是城市的套路，时尚而热闹。参加者多是老家的乡亲们，喝着喜酒一聊，新郎一家早就搬到兰州市安宁区住了。九爷的大儿子邀我到他家里坐坐，说买了新楼房在酒店附近一个小区里。

九爷的儿子们在城里买了房！感慨之余，蓦然想起初中时的那篇作文《九爷家的瓦房》。

20世纪80年代初，我在皋兰县中心中学读书时写了一篇作文《九爷家的瓦房》，写的是老家开始盖瓦房的事。从前，庄上房屋大多是黄土筑的院墙，土坯砌的房屋，屋顶覆以厚厚的黄泥，雨小不会有事，阴雨绵绵则可能"屋外大下，屋内小下"。修了瓦房，下再大的雨也不担心漏了。九爷家的瓦房，是那几年拆旧立新盖房潮中的一幕。我在文章的结尾写道，"自从十一届三中全会以来，家乡发生了很大的变化……"此后的作文里又多次写到家乡的变化，文末又总要感叹十一届三中全会以来的变化，有同学就开玩笑说，你的作文都成了套路，每次都是"十一届三中全会以来，家乡发生了巨大变化"。这种玩笑此后多次被同学提及，所以三十多年过去，作文里的话及同学间的调侃仍记忆犹新。九爷家盖房时的情景，乡亲们鼓劲的样子，脸上幸福的笑容，也历历在目，记忆犹新，至今难忘。

过去有句刻薄的话说，农民一辈子就为了一院房子。这句话对也不对。自从九爷家盖瓦房那个年代以来，老家的房子隔几年就更新一茬——当初九爷家盖的瓦房，主体还是土坯，只是屋顶铺了青瓦，镶了瓦当和装饰。这在当时已经相当时髦了。此后，从"一砖到顶"，到全院铺红砖，再到屋里屋外铺镶瓷砖，老家的房子越来越有格调，甚至越来越豪华，有些还起了二层小楼，完全是汽车洋房，样样俱全。

从前几代人挤一个院子的情景一去不返，代之而起的是一家三四口住一个大院子。记得20世纪80年代前，家里孩子多的人家总到房子多的人家借宿，其实所谓房子多也不过是二三个人睡一个大炕，匀出一个位置让借宿者睡下而已。只是大家当时习以为常，还感觉一大群人挤在一起睡很热闹。

不过，变化真是天上人间之别。

自从十一届三中全会拉开改革开放的帷幕，四十年过去了，中国的变化真叫大，我老家的变化只是乡村变化的一个侧影。很多山村人家早就出入有车，吃穿不愁，还在城市里买了房，活得越来越有滋味，越来越有尊严。过去老家人总羡慕城里人的生活，感觉住在兰州城的楼房里，就像生活在天堂。

现在，老家开始时兴在兰州城买房，像城里人一样生活。九爷儿子家的楼房，并不是买得最早的，在此之前就有好多人家在城里买了房，还有更多乡亲筹划着在兰州城买房，就像从前在村子里跟风盖房一样。顺便说一句，我们村没有征地拆迁，没有补偿款，房子都是乡亲们用自己勤劳的双手挣下的。

有乡亲抱怨这几年每到过年，村子几乎是半空的，因为大家都住在了西固城，住在了安宁区，当了城里人，虽然乡里的房子都盖得相当漂亮，也只是偶尔回家才住几天。说这话的时候，半像遗憾，半像得意，个中意味大家自己体会吧。还必须强调的是，我们庄上没有留守儿童，没有空巢老人，家家都团团圆圆地住在一起，只是一大家子人一会开车住到了城里，一会住到了乡里。如此而已。

前一阵看到甘肃省首批摘掉贫困县帽子的名单里有皋兰县，实在并不令人意外。这只是国家改革开放以来发展进步的一个侧影，只要继续改革开放，继续搞好咱自己的事，进步和发展还会继续，生活会越来越美好。

原载2018年12月18日中国甘肃网

城市排涝考验"管理洪水"能力

地震灾害未过，南方洪水又来。据新华社北京2008年6月15日电，目前，暴雨洪水已造成受灾人口3800多万人，因灾死亡和失踪200多人，倒塌房屋超过12万间，直接经济损失260亿元。

在天灾面前，人类只能接受挑战。这轮范围广、强度大、历时长的暴雨，不仅造成许多农村地区损失极大，多个城市也成一片泽国。作为文明中心的城市，汇集了大量的人口和财富，相对于乡村来说，洪水让城市的损失更加巨大。

造成城市洪涝的原因，无非外洪和内涝。外洪源于城外防洪设施不够健全，抵御不了洪水；内涝的形成在于城市排水系统无法短时间排干积水。对城市而言，无论是外洪内涝，灾害后果都是一样的。那么，对城市防洪与排涝应当同等重视。

我国的城市防洪标准大多较高，基本以百年一遇建设，但城市排涝标准一般不足10年一遇。随着城市规模的不断扩大，城市排涝建设并没有跟上，从而造成许多城市的暴雨内涝灾害日趋严重。据有关专家指出，我国城市化发展速度十分迅猛，城市规模不断扩大，表现在城市防洪方面有两方面问题要注意，一是随城市扩大，地表不透水面积增加，透水面积缩小。同时由于城区地下水补给减少，加剧地面沉降，排涝困难；二是城市防洪能力脆弱化。越是现代化的城市，对城市洪涝灾害的承受能力越差。城市地下设施，如交通、仓库、商场、管线等大量增加，造成抗洪涝能力较差；维持城市正常运转的生命线系统发达，如电、气、水、油、交通、通讯、信息等网络密布，一处发生故障将产生较大面积的辐射影响。

因此，城市排涝更要提高标准。西方国家从20世纪70年代开展联合研究在城市内实施雨洪调蓄设施的建设。比如日本政府规定，在城市中每开发一公顷土地，应附设500立方米的雨洪调蓄池。在城市中广泛利用公共场所，甚至住宅院落、地下室、地下隧洞等一切可利用的空间调蓄雨洪，减少城市内涝灾害。具体措施包括：降低操场、绿地、公园、花坛、楼间空地的地面高程，一般使其较地面低0.5~1米，在遭遇较大降雨时可蓄滞雨洪，雨后排出，2~3天后恢复正常使用。利用停车场、广场，铺设透水路面或碎石路面，并建有渗水井，使雨水尽快渗入地下。在运动场下修建大型地下水库，并利用高层建筑的地下室作为水库调蓄雨洪。甚至动员有院落的住户修建3立方米的水池将本户雨水贮留，作为庭院绿化和清洗用水。在东京、大阪等特大城市建设地下河，直径10余米，长度数十公里，将低洼地区雨水导入地下河，排入海中。为防止上游雨洪涌入市区，在城市上游侧修建分洪水路，将水直接导至下游，在城市河道狭窄处修筑旁通水道。

总之，随着我国城市化进程的日新月异，在城市建设过程中要加强"洪水管理"能力。洪水无法避免，也是生态循环的过程，那就只有尽量利用它，让它无害化。只有主动地管理它，利用它，做到未雨绸缪，才能有利于保护城市的文明成果不受损失，保护大众的生命财产安全不受损失。

原载2008年6月19日《佛山日报》

让城市"回归"自然

走过国内一些城市，感觉当下的城市是越建越漂亮时尚，街心花园、行道树、花坛将城市装点得郁郁葱葱，赏心悦目。但也有一些细节值得推敲——部分道路绿化带、街心花园、树坑等高于路面，不仅路面上的雨水流不进去，连人行道上的雨水都流不进去，只能人工浇灌。而绿化带或花园的泥土倒是可能随雨水流淌到了路面上，给行人及过往车辆造成不便，对环境造成循环污染，影响城市形象。

也许绿化带、街心花园等高于路面有各种原因，比如地形使然，比如为了景观美化，要营造错落有致的效果等。但如此安排，路面雨水则只能通过下水井流走，城市抗涝压力变大；城市花草树木则不能充分享受天降甘霖，只能靠人工自来水浇灌，费水又费工，增加成本，浪费水资源。而绿化带低于路面的好处是明显的：雨水自然流淌进入绿化带，具有自然灌溉能力，节约水资源及养护成本；暴雨期间，能滞蓄雨水，降低路面淹没深度，保障行人及车辆通行安全，增强城市抗涝能力；泥土不会随雨水进入下水道，造成下水道淤积；雨水渗入土壤进入当地水循环中，平衡城市地下水系。

从某种意义上来讲，绿化带高低的问题就是城市建设是否遵循自然规律的问题。近年来各地提倡的海绵城市，就是要让水在城市中的迁移活动更加"自然"，强调优先利用植草沟、雨水花园、下沉式绿地等"绿色"

措施来组织排放径流雨水，增强城市防涝能力，促进人与自然和谐发展。海绵城市建设要考虑降水的自然循环，在道路、建筑物表面和土壤中最大限度地保留雨水，要求雨水能够通过自然渗透和植被吸纳来达到目的。

住房和城乡建设部2014年10月发布的《海绵城市建设技术指南——低影响开发雨水系统构建（试行）》，对海绵城市建设作出指导。而城市绿化带高于道路，无疑与海绵城市理念相背离，需要我们在未来的城市建设中尽可能顺应自然，对诸如绿化带过高等问题进行一些必要的改进。

不得不说，当下一些城市在建设过程中不考虑自然规律的现象屡屡出现，比如在栽种行道树的时候愿意选择名贵树种，对植物的适应性缺乏考虑，将行道树一夜之间换成银杏等树种，甚至有城市将长江中下游地区的红叶石楠等灌木大规模引进到西部高原城市，结果是一地鸡毛。

这些现象说明，一些城市的管理者和建设者的理念还有待改进之处，需要强化尊重自然规律的意识，牢固树立人与自然和谐共生的理念。

中国式现代化是人与自然和谐共生的现代化。这要求我们无论是建设城市还是兴办企业，无论是修路修桥还是植树种草，都要因地制宜，依照客观规律办事，在每一个环节和细节都极力践行人与自然和谐共生的理念，尊重自然，顺应自然。只有这样的理念深入人心，成为重要准绳，才能在每一件事情上尽可能尊重自然规律，让人与自然真正成为生命共同体，统筹好生产、生活、生态布局，建设人与自然和谐相处、共生共荣的宜居家园，有效提升人民群众生产生活的便利度和幸福感。

原载2023年2月27日新甘肃客户端《敦煌风》

"城市地下管廊"像地铁一样令人期待

作为兰州市首个片区综合管廊项目，七里河区马滩项目从2017年8月开建以来，备受社会关注。2019年8月20日上午，记者随项目施工方中铁二十一局集团有限公司七里河区管廊工程项目部施工人员进入到S183#道路的地下管廊，这里所有的管廊主体施工已经完成，其他后续设备将陆续装置。（据《兰州晨报》）

得知兰州马滩城市地下管廊主体施工已经完成，感觉就像兰州开通地铁一样令人兴奋。兰州媒体以"时尚大片"来表述这段地下综合管廊，可见当地人对这一工程的期待心情。虽然兰州新建成的地下综合管廊只有6.84公里，但这只是一个开始。按照规划，近期（2017年—2020年）新建包括，马滩片区、崔家大滩片区、兰石CBD片区、雁滩片区等在内10个片区的综合管廊，总长113.36公里。这些综合管廊的建设，体现城市建设理念的进步，更体现国内城市对精致宜居城市建设的生动实践。

有句话说，城市让生活更美好。严格说来应当是，美好的城市让生活更美好。如果街道丑陋，天天堵车，污染严重、环境很差，住在这样的城市，除了自叹晦气，恐怕只能自求多福了。退一步说，即使城市绿树成荫，建筑精美，但隔三岔五，马路总像拉链一样被开膛剥肚，不是这条马路拉开一道口子，就是那条街道被围挡起来动手术，尘土飞扬，堵车严重；或者街道之上，一捆一捆的电线充斥人们的视线，连在马路上拍个照也被一道道的电缆影响心情，生活在这样的城市，美好之感恐怕也要打折扣。

不得不说，在过去很长的历史时期，甚至未来很长的时间内，"拉链路"仍将是一些城市民众需要面对的生活。而且每当面对这种现状，仍可能要谈起那些世界名城百余年前就有的城市地下管廊，尤其像巴黎、东京等城市的地下综合管廊。

现在，随着我国经济的进步，"城市地下管廊"建设也越来越得到国家层面的重视，过去一些粗放的建设理念正逐步得以纠偏，包括兰州在内，"城市地下管廊"建设都在逐步进行。随着城市地下管廊建设，城市的排水、电力、热力、通讯、天然气等逐步集中到城市新修建的地下管廊里，方便维护、方便更换、方便厘清城市配套设施，不仅消除城市表面丑陋的线缆蜘蛛网，而且再也不用为了更新设施而挖路刨街，城市开始内外兼修，面子里子共建。就像人的身体一样，内外兼修，才能保养得宜，气色红润。内外兼修的城市，更加精致美丽，和谐宜居。

几年前，兰州的很多街道就线缆入地了，很多"蜘蛛网"都弄到地下去了，城市天际线越来越干净，街道越来越精致美丽。相信随着城市地下综合管廊建设从无到有，从有到多，将彻底告别"拉链大街"，变得越来越精致宜居。这将是未来国内城市建设的一个缩影。城市管理者和民众都早已认识到，也许"城市地下管廊"建设不像地铁那样让民众直接感受益处，但它对精致生活、美好生活的塑造像地铁一样重要。

希望随着精致城市建设的推进，国内城市的"城市地下管廊"不仅会像国内的高速公路里程、高铁里程一样，成为世界第一，而且能够以高质量、高标准，成为百年工程，千年大计，让精致城市助力和谐之城、幸福之城的建设，真正践行城市让生活更美好的理念。

原载2019年8月26日每日甘肃网

斗殴天上　丢人天下

12月17日上午9点，由重庆起飞前往香港的航班上，有乘客发生争执。"原因是前排两名女乘客嫌后排小孩太吵，后排乘客责怪前排座椅影响了他们。"消息称，几名乘客因此在飞机上大打出手，飞机差点因此返航。（2014年12月18日《新安晚报》）

万米高空打架的事，已不是头一回了，一周前，中国乘客因座位及其他小事，以泡面泼空姐，男子叫嚣着炸飞机，女子威胁要跳飞机，致航班中途返航。

这些事，真是把国人的脸都丢尽了，体现出一些人素质过于低下，低得都要让人脸红了，尤其是在国际航班上打架，于万米高空之上，一下子将脸丢到国外去了，丢得天下皆知。

细究这些事件的起因，都是点芝麻绿豆的小事，无非座位呀，要点水呀，而小事居然弄得这些人不顾飞行安全，甚至也不顾自己的安全，要拳脚相向，说明在这些人的心里，根本就没有公共的概念，自私到眼里只有自己的那点小心思，为了这点小意气，连自己的利益都会忘，连自己的命也顾不得了——明明是因小失大，却要大闹不休，这种暴戾之气的背后，非一个"蠢"字了得，也不仅仅是自卑感作祟。平时大家讲的宽容、理解、爱心这些东西，在这些人身上似乎一点影子也没有，被丢得一干二净。

有人提出要严格管理，以刑法中的危害飞行安全来治罪。用法治手段自然会有些效果，但如果教育跟不上，国人整体素质不提高，光靠严格的法律恐怕还不够。提高人的素质不是一两天的事，所谓"十年树木，百年树人"，"吃饱了饭"的中国人何时不在天上打架，能顾全自己的脸面，还得靠国人的集体努力。

原载2014年12月19日《劳动午报》

应尽快查清塌楼"同名门"

2009年6月27日清晨5时30分许，上海"莲花河畔景苑"一栋13层在建住宅楼突然整体倒塌，正在附近地下车库施工的工人中，有5人幸运逃出，一名28岁的安徽籍民工不幸伤重身亡。倒楼事件发生后，开发商上海梅都房地产开发有限公司成为聚焦的重点对象。据报载，梅都地产公司由梅陇镇下属三产企业改制而来，而改制后的这家私营企业，多位股东在闵行区梅陇镇政府任职。

楼塌了，关乎公共利益。这幢楼为什么不结实？据新华社2009年7月3日报道，上海"莲花河畔景苑"在建楼房倒覆事故的主要原因是，楼房北侧在短期内堆土高达10米，南侧正在开挖4.6米深的地下车库基坑，两侧压力差导致过大的水平力，超过了桩基的抗侧能力。

可让人奇怪的是，一连串"疑似政府工作人员"出现在塌楼开发商梅都房地产公司的名单中。根据这些信息可以得知，倒塌楼盘的开发商和承建商是一家人，是利益关联方；楼盘的开发商则是亦官亦商的"红顶商人"。虽然这些信息还没有得到确认，但是，这些名字指向的大约是同一批人，不可能纯属巧合。

在现实生活中，这样的事并不令人意外。虽然国家早就明令禁止国家工作人员经商办企业，但许多官员仍然通过各种方法进入市场领域，参股企业就是方式之一。在矿山开发、房地产开发及娱乐行业，官员参股并不鲜见，是一种久已存在的现象。只是官员有时入实股，有时是吃干股，总之是权力和资本相互勾结强者通吃的游戏。只是不知道梅陇镇的这些官员是以何种形式入股的？是只代表他个人，还是身后还有什么人？

也许在没有发生塌楼事件前，这些事就不是什么秘密，而是人所共知的事实，只是这些人手握权力，其身后也许还有靠山，许多人只好视而不见，也就没人管罢了。这些"秘密"，工商、税务等部门在登记时肯定会了解，但谁会管呢？也许周围的群众早都知道，但大家早就习以为常。

官员参股经商办企业的危害，大家其实都清楚，就是容易造成权钱勾结，让市场环境不公平；会造成以权谋私，让制度失效，危及公共利益。在这起事件中，征地事务所、镇政府、镇资产管理公司等似乎都与房地产开发有一定关联，那么，这些官员股东会不会在土地买卖、房地产建设中以权谋私，自然会引人猜想，他们的存在会不会让政府的监管失效？更是令人产生联想。因此，对于"同名门"应当尽快查清，从中寻找大楼倒塌的真正原因，这也是公众当下的期待。

近年来房地产开发领域是腐化高发地带，如果"同名门"被确证属实，那应当好好查一下国内房地产开发商的老底，看看有多少官员参股房地产开发领域，这事关市场的公平和我们的房子是否结实。如果不能将这些是非弄清，也许盖好的房子还会倒塌。

原载2009年7月5日《光明日报》

一户欠费　全楼陪冻

　　其他楼已经供暖了，但呼和浩特市曙光街储备局宿舍2号楼还没有供热，供热公司说是有1户居民拖欠公司两年取暖费，要收回这户居民的取暖费才能给这栋楼供热。(《北方新报》10月21日)

　　一户欠费，全楼挨冻，这是典型的霸王条款，多年来却在一些地方通行无阻，不少供热企业都如此操作，似乎理所当然。这种做法的初衷可能是，邻里之间可以通过熟人之间的压力，相互督促，保证暖气费的正常交纳。这在过去计划经济时期，许多小区都是同一单位员工居住的情况下，是有一定作用，毕竟整楼住户彼此熟悉，一户不交费全楼都挨冻，这户人家肯定遭人白眼，声誉肯定大受影响。但在当下的城市生活中，许多人虽然住在一幢楼里，却鸡犬之声相闻，老死不相往来，让这样的一群人相互保证交纳费用，既不现实，也不合理。

　　单个用户和供热单位之间，才是真正的合同关系，用户支付取暖费，供热公司提供暖气。而且，这种合同通过事实上的用热行为和交费行为，成为一个不成文的协议。而一个小区或者一幢楼与供热公司之间，一般情况下并无协议，即使有此协议，也并不意味着一户不交费全楼就挨冻是合理的，因为用户之间彼此并无督促交费的义务，在许多情况下用户之间也不可能达成这种协议，只不过是用热企业单方面宣布的条款罢了。

　　平心而论，现在收取供热费是一个非常麻烦的事情，许多地方都存在拖欠供热费的问题。但对这些问题要具体问题具体分析，欠费原因中，有些是用户生活困难交不起，有些是用户耍赖，有些是企业供热不足，用户不满意造成，但无论如何，都应当通过合法合理的途径解决。对于真正无赖的欠费用户，供热企业可以拆除供暖设施，或者通过司法途径追交欠款，而不能采取"连坐"的方式，因个别人的错误惩罚众人。

另外，供热企业还可以推进技术改造，采取分户采暖。供热企业是社会公用企业，推动这些措施是职责所在，也是自身利益所在，而且改造供热方式，于己于人两利。政府也应当推动供热企业和小区进行供暖设施改造，从而减少纠纷。

原载2009年10月21日 －《中国青年报》

只涨不降的热价

"煤价暴涨，供热价暴涨；煤价暴跌，供热价却不跌。"2009年10月19日，兰州市民洪维一纸申请交到市物价局，要求召开燃煤供热"降价听证会"。以个人名义申请召开听证会，这在甘肃还没有先例。

去年底，兰州市供热办以"煤炭价格在2008年暴涨，由原每吨250元上涨到550元，涨幅达120%"为由，向市物价局提出调整燃煤供热价格的申请。经过听证、论证，市物价局宣布居民供热价由每月每平方米2.8元调至4.2元，上调幅度达50%。目前，兰州煤炭最高价较去年底下降了130~150元，降幅至少达到24%。根据商品价格和国家有关煤炭价格联动机制的有关要求，热力出厂价格与煤炭到厂价格变化超过10%后，相应调整热力出厂价格。在这种情况下，供热价格有很大下调空间，而兰州市仍然执行去年调整后的价格，显然不合理。

不过，多少年来，公用产品价格总是只涨不降，无论水价还是热价都一再以成本上升提出涨价申请，且每每得到听证会的支持。当然，对公用产品价格进行听证非常必要，问题是，在成本上升时有企业提出涨价申请，成本下降时，却无人提出降价申请，市民个体能不能申请价格听证，并无规定，消费者如何启动价格听证会，也无规定，似乎申请价格调整只是企业的权利，可企业是不会主动申请降价的。

10月13日，河南驻马店市城区煤炭价格回落，企业成本下降，供热价格通过听证会下降了30%。兰州市也应完善听证制度，在成本发生规定幅度变动的情况下，由企业或者消费者代表启动涨价或降价程序，制订出合理的价格。

原载2009年第40期《三联生活周刊》

靠提高房租逐客涉嫌歧视

2008年5月27日上午，东莞市第十二次党代会对《东莞市委市政府领导班子贯彻落实科学发展观情况分析报告》（讨论稿）进行了评议和表决。转移低素质劳动力、优化人口结构也是报告关注的重点之一。《报告》提出，要以提高出租屋租住和经营成本的经济手段推动新莞人回乡创业。（5月28日《南方都市报》）

新莞人能在东莞生活下去，一定是东莞的企业或其他单位需要新莞人的劳动，是东莞当地和新莞人双方合作、彼此需要的结果。如果说这些新莞人都是低素质劳动力，也只能表明东莞需要低素质劳动者，东莞的产业和"低素质劳动力"之间有着相互协调的关系，是双方都需要的结果，而不是新莞人强赖在东莞人身上。

如果东莞的产业哪天不再需要新莞人，只有要东莞的高素质劳动力能满足当地的发展，新莞人自然会离开。须知，劳动力作为生产要素，无论素质如何，都是和资本一样，是"逐水草而居"的，哪里能带来更大的利益，哪里就会成为他们的家园，他们就会生活在哪里。现在东莞市却以提高新莞人房租的手段逼他们离开，说白了，就是户籍制度之外的另一种制度性歧视。

建议东莞当地政府能按经济规律办事，不要对生产要素的自由流动进行不当的行政干预。其实，劳动者素质的升级，完全可以通过产业的升级来实现，如果满街都是低成本、简单加工的小作坊，必然只能吸引低素质劳动者。如果高附加值的高科技产业大量存在，那么高素质人才必然会被吸引来，那时，没有用武之地的人自然会离开，根本用不着提高房租。

原载2008年5月30日《新京报》

修脚工获政府津贴是鼓励民间创造性

修脚工王建生30多年前参加工作时，怎么也没想到，自己有朝一日能享受到与"文化人"一样的待遇。昨天，北京市91名技师与77名专家学者一同获得了政府特殊津贴，站在这一行列中的还有厨师、摄影师、营业员、餐厅服务员、特快专递分拣员⋯⋯据了解，政府特殊津贴面向技师这在全国尚属首次。(6月13日《北京日报》)

在社会通常的意识中，获得政府津贴者都是做出突出贡献的专家、学者等知识分子，自从政府特殊津贴制度1990年实施以来，政府津贴的对象基本上是高级人才。向高级人才发放津贴，体现政府对广大知识分子的关心、尊重和爱护，这是非常必要的。一个社会的强盛和进步，取决于知识分子的创造性，尊重知识尊重人才，就是尊重进步的推动者，就是孵化社会的创造性，这是健康社会必须具备的品质。

但人才在社会中不仅仅指高级知识分子，还应当包括在各个领域有突出建树的精英，许多在普通岗位上做出特殊贡献的人才。正是不同层次的人才组合起来，才形成人才的完整群体。普通而身怀绝技的人才对于社会来讲，就像高级人才一样，同样不可或缺。这就好比一个企业里，仅仅有一流的产品设计者还不够，还必须有强大的执行团队，有良好的技术人员、工艺师、销售人员，还有蓝领技师，才能生产出精美的产品。没有执行层精湛的技艺，要想生产出一流的产品是不可想象的。而执行层面的拔尖者，可以让设计更加完善，产品生产得更加完美。只有社会中不断有技艺精湛的人涌现出来，带动相关领域技艺的更新换代，社会才能真正性地、整体性地取得进步。

世界上的创造性人才不仅仅存在于科学家等高级人才群体中，还存在于基层实践者当中。一些伟大的发明创造，并不一定来自于科学家的书斋，而可能来自于普通技工的生产实践活动，来自于他们满是油渍的双手。比如瓦特之于蒸汽机，哈格里夫斯之于珍妮纺织机。瓦特最初不过是个主修自行车、有点手艺的技工，后来通过自己的手艺和对机械的痴迷，蒸汽机才得以发明。哈格里夫斯则是英国曼彻斯特兼做木工的织工，他在修理织机的过程中偶然发现妻子珍妮的纺车翻倒，触发灵感，才发明了珍妮纺织机。

瓦特和哈格里夫斯最初不过是最普通领域里的技工，就像那些厨师、摄影师、修脚工一样，只是在技工领域里比较出类拔萃。正是这些基层技工的创造性思维、基层技工的创造性实践，工业文明开始了，世界天翻地覆，历史翻开了新的一页。技工瓦特和哈格里夫斯，成为推动这一历史进程的"第一动力"。工业文明的兴起，瓦特所代表的民间性创造功不可没。

优秀的修脚工在这个意义上，正和瓦特一样伟大，它象征着创新型社会，不仅需要书斋里的创造性思维，更需要实践第一线的创造性思维。只有科学和技艺相结合，才会产生完整的创新系统，才会有整体的科学与技术进步。

原载2009年6月15日天津网—《每日新报》

齐齐哈尔降水价很具启发性

就在国内多个城市水价上调的背景下，黑龙江省齐齐哈尔市从今年11月起，水价由年初的每吨4.2元调至3元。供水企业亏空费用由市政府负担。据测算，这个"窟窿"每月在百万元左右。(11月24日《人民日报》)

从新闻中得知，齐齐哈尔降下来的1.2元，属于预收的二次加压泵房建设资金。这就是说，现在当地自来水公司每月亏空的百万元里，主要部分应当是二次加压泵房的建设资金。是政府出资解决了建设二次加压泵站的费用，水价才降了下来。

建设二次加压水泵属于投资性支出，一次建设，可永久使用。既然是投资，其成本是不是应当完全摊在市民头上，值得商榷，何况是预收性质的。现在政府将这笔钱掏了，只要二次加压泵房建成，这笔成本将不复存在，那么，终究有一天，这笔每月百万元的亏空将会消失，不应当再出现在自来水公司的账目上，政府财政也不应再补贴这笔费用，自来水价格不应当再因这个理由而涨价，这是可以期待的结局。

不知道其他城市的供水价格里，是不是也存在这种预收性质的二次加压泵房建设资金？我想大约是存在的。如果有这个成本项目，这笔费用是不是可以一直收，应当打个问号。是不是其他地方政府也学齐齐哈尔的做法，将这笔费用由财政负担，也并非不可以讨论。无论如何，类似这样的费用，不应当永远成为水价的组成部分，而应当在投资完成、成本完全收回后不再收取。

同样垄断经营的自来水公司，在建设过程中有多少类似的预收性费用，应当一边建设一边清理，而不能永远收取，只要合理的供水网络建成并收回了成本，这些预收成本就应当取消。而在当初收这笔费用时候，需要花费多少，应当一笔笔报给消费者，而不能稀里糊涂地收取，这应当成为公用企业的习惯。自来水经营比电信、石油行业更具垄断性，要让其成本降下来，更需要公开透明的制度来遏制不合理成本的存在。齐齐哈尔降水价的事，正从一个方面给社会提了个醒。

原载2009年11月25日《济南时报》

"落叶成景"体现政府与市民良性互动

虽然还没到银杏的最佳观赏时间，但秋风乍起，路边银杏树上的叶子已开始慢慢变黄。记者从成都市城管局获悉，今年除去年的12条街道和6个街心花园银杏叶只拣不扫外，有条件的中心城区都可实行这一做法。（2010年11月4日《成都商报》）

走在落叶满地的街道上，踩着层层落叶，俯仰天地，看黄叶缓缓落下，对于都市人来讲，自然别有一番滋味在心头。这种特有的秋冬韵味，通常只有到了乡村才能体会，但因成都相关部门的善政，这幅浪漫的画面得以保留。

美好不光来于自然和季节，还来自市民和政府的良性互动。

去年，有网友发帖，希望保留金黄色银杏落叶不扫，立即引来众多网友跟帖支持。成都市城管局为此举行新闻发布会，公布了《银杏等落叶人性化管理措施》。

银杏落叶成景观，正是市民和政府之间良性沟通的象征，这一事件，一方面表达市民对家园建设有真诚的表达愿意，另一方面，体现出政府善于听取民意、汲取民意。两者琴瑟相和，落叶美景就得以保留。

这件事情还说明，公共政策的制订，只要多听取民众的意见，尊重民众的表达权和建议权，肯定会得到更多人的支持，在执行过程中，就会激发民众的积极性，许多有建设性意见会产生出来，促进社会管理更加完善。

好政策都是充分尊重民意的结果。

其实无论城市还是乡村，都是民众的城市和民众的乡村，民众才是真正的主人。只有多听听主人们的意见，政策才更具合理性，才更合乎民众的需要，政策制订出来后，才能得到更多人的支持和认可。

成都的落叶街景，不仅让人感觉美好浪漫，更令人深思回味。

原载2010年11月8日 —《徐州日报》

汽车"三包"要再狠一点

2011年9月21日，质检总局发布《家用汽车产品修理、更换、退货责任规定（征求意见稿）》。意见稿明确，产品售出30天有问题可免费退车。而在整车"三包"有效期内，因严重安全性能故障累计进行了2次修理仍未排除或又出现新的故障的，消费者可选择退货、更换或修理。（9月22日《新京报》）

虽然到2010年，中国汽车产、销量双双超过1800万辆，成为全球第一大汽车市场，但由于"三包"制度的缺失，汽车质量投诉恐怕也是世界第一。据中国消费者协会公布的数据显示，2010年，汽车行业投诉量同比上升51.1%，创历史新高。

汽车"三包"为何历六年而难以出台呢？原因据说有三：一是经销商和厂家对于责任承担没能达成妥协；二是一些基础制度没有建立，比如汽车三包的先决条件是对车进行检测，权威检测机构则尚未建立；三是由哪个权威部门来监督执行？

这些问题当然很重要，但并不是问题的根本所在。经销商和厂方没有对责任承担达成妥协，显然不是阻碍"三包"制度出台的重要因素，除非制度制定者被商家利益给绑架了，屁股完全坐在商家一边。建立检测机构和规定监督者恐怕也并非特别困难，关键在于态度。如果规则制定者总是要呵护商家的利益，"三包"规则就只好一再难产。

其实汽车"三包"规则不应当依赖于检测之类的技术性规定，比如在美国，新车维修超过四次可无条件退款。以美国加州为例，在新车购买之后的180天或行驶里程达到18000英里之前，车辆存在不足以致命的质量问题，消费者在原厂或经销商处经过四次以上维修仍无法解决问题时，可以要求汽车企业无条件退款或更换新品，汽车企业不得拒绝。

而此次的草案规定，"因严重安全性能故障累计进行了2次修理仍未排除或又出现新的故障的，"这样的规定，自然太偏向商家一边了。国内汽车"三包"制度制定，应当借鉴人家的好经验，而且一定要本着方便消费者维权的原则，不能一再照顾原本就非常强势的汽车商的利益。只有出台这样的规定，才能保障消费者利益，并促使汽车生产者改进技术，生产出更加安全的汽车。

原载2011年9月23日《长江商报》

不能每个清明节都思考"死不起"

近日，民政部一零一研究所、中国社科院社会科学文献出版社联合发布《殡葬绿皮书：中国殡葬事业发展报告（2014—2015）》。绿皮书中提到，北京市区居民中等殡葬消费的公墓消费占整个殡葬消费的87.5%，公墓消费较高。目前，北京地区的殡葬消费平均达到42837元，而市区居民达80000元。（3月26日《北京青年报》）

中国人有慎终追远的传统，对逝者的身后事进行合理的安排，是人们的基本需要。但当下的殡葬行业，总是让人感叹"死不起"，这显然不正常。

调查显示，在北京，即使在通州、昌平等远郊区，普通的成品墓"市场最低价"也基本维持在3万元左右，隔着一条潮白河的北京墓地是临近河北墓地的三倍。"坟地产"暴利早就远超房地产，成为增加大众生活成本的源头之一。一些墓地不仅价格高昂，使用权却只有20年，又远少于房地产用地70年使用权，使用期过后必须续费，如果不续费，就有被移出的风险。真是一朝买墓地，终身须投资，后人不投资，骨灰洒满地。续费风波，在一些地方已经有了，今后会不会更多呢？

另外，骨灰盒暴利，殡葬服务暴利，都增加人们的生存压力，减损着人们的幸福感。都说人是天地之精华，日月之灵长，要在这大地上诗意地栖居，死后也要诗意地安眠。死，被中国人形容为长眠。诗人说"死去何足道，托体同山阿"。要安心地长眠，就得有一方土地，就得有灵魂长远托体的山阿。

但现实里高昂的"坟地产"，昂贵的骨灰盒，需要永远续费的墓地，都在打扰逝者灵魂的安宁，即使长眠地下，还担心被人"拆迁"，还可能担心后人为续费而经历难肠事，这哪里还有什么诗意的栖居，更何谈诗意的长眠？

清明节，在大家都缅怀先人、思考死亡意义的时刻，总要思考"死不起"，而且年年如此，这无论如何都是不寻常的。

无论"坟地产"有多少存在的理由，无论天价骨灰盒要养活多少人，当它对多数普通人生活造成不可承受之重，这样的现实就必须改变。对于殡葬暴利，简单地归结为垄断暴利并没有多少意义，将墓价持续上涨的主要原因归结为土地资源稀缺、土地价格过高，更不是根本目的所在。

相关部门应当听见民间的呼声，合理规划公墓，找出解决之道，让所有人都能有尊严地生，也能有尊严地死。在高福利国家，国民从生到死都能享受免费的公共服务，我们并不奢望免费地接受从生到死的服务，就算是市场化运作，也应当让大家承受合理的、不影响正常生活的价格，购买到墓地和殡葬服务，从而让死者能永远地安眠，永远不再被打扰，这应当是能够做到的吧？

原载2015年3月27日《西部商报》

进一步消除大班额

2月25日，是兰州市中小学开学上课第一天。五里铺小学五年级（5）班的学生於楷钧所在班级的几位同学与其他班级的同学，组建了新五年级（7）班。他们班的人数也由原来的70人减少到57人。一个班65人是教育部明确的超大班额人数的下限。城关区教育局为了消除超大班额，对全区104个超过65人班级进行分班。（2月26日《兰州日报》）

超大班额因学生数量庞大，空间拥挤，不利于学生学习和身心健康。对于老师来讲，增大维持课堂秩序的难度，增加作业批改量，减少对学生的提问和关注度，最终会影响到授课质量和教学效果。

兰州市城关区全面消除大额班的努力，无疑回应了民众期待，相信很多人都打心眼里想点赞一声。而对于那些调班的学生和家长而言，只要师资力量与其他班级相当，分班过程公平公正，相信也会满意。

点赞之余，仍然希望班额在未来能小些、再小些、更小些。57人的班额，仍然偏大。根据教育部的规定，中小学36-45人为正常班额，46-55人为偏大班额，56-65人为大班额，66人以上为超大班额。对此，我们一定要有清醒的认知，需要继续努力。

对于超大班额产生的根源，社会早有共识，一是城市化的发展，随父母进城的孩子增多，加剧了城镇学校大班额的形成。与此相对应的是，乡村学校生源减少，面临空洞化，需要撤并。二是教育资源分配不均衡，教学质量存在差异。这不光表现为城乡教育的差异，也表现为同城之内的校际差异。这些差异有现实原因，也有历史因素，比如曾经一度大办特办的重点校等，对于教育资源不均衡具有负面激励作用，成为大班额、超大班额长期难以消肿的诱因。

未来要继续消除大班额，仍然得从这些病灶入手。首先，对于义务教育要有超前规划的意识，城乡教育要统筹规划。城市化是不可阻挡的潮流，学校等基础教育设施的建设要超前规划，乡村学校该撤并要及时撤并，对于撤并之后富余出来的经费、师资，要及时投入到城镇学校的建设当中。同时，还要考虑到二孩政策之后的影响。当下二孩政策的实施尚未影响到小学教育的大班额，但对幼儿教育恐怕已经产生影响。如果学校建设跟不上趟，二孩政策带来的超大班额恐将不可避免。

其次，要努力实现教育资源均等化，不仅城市内的教育应当均等，城乡教育、区域教育也要尽量均等。教育资源的不均衡，导致学生向教学资源相对富足的学校过度集中，势必形成越来越多的超大班额。教育发展失衡是影响社会未来的大事，不仅导致教育权利不平等，还因为这种不平等导致未来机会的不平等、发展权利的不平等，进而影响整个社会的公平公正。好在国家有关部门早就意识到了这个问题，已明确了消除大班额的工作任务和时间表、路线图，到2020年基本消除56人以上大班额。现在，超大班额已然消除，接下来，就到了消除大班额的时候。

原载2019年3月1日甘肃日报

"瞒豹"如何不再

2021年又出新词——"瞒豹"。

最近，浙江杭州野生动物世界的三只金钱豹逃了，目前两只被捕回，还有一只在逃。

但现在大家都知道了，豹子不是刚刚丢，4月19日就丢了，已20多天。责任方隐瞒了此事，没向政府相关部门报告，也没向社会告知，甚至当地有人发现了豹子，向其求证时还坚持"辟谣"。如此一来，瞒报就发生了，"瞒豹"一词就诞生了。

瞒报、"瞒豹"，一语双关，形象生动。

丢豹，威胁大众安全，让社会恐慌。尤其杭州这样的大都市，丢了几只豹，得有多少人生活在恐惧之中，无论逛街、逛公园、爬山，还是待在家里，都感觉不放心。因此，丢豹子后最理智合法的做法就是抓紧上报，提醒大众提高警惕，动员社会各界共同寻找。及时、如实上报，是企业的责任，更是法律制度的要求。

但这家企业却决定"瞒豹"，为什么呢？

据了解，丢豹后杭州野生动物世界法定代表人、总经理张某全召集公司管理层进行商议，认为若如实对外公布、上报主管部门将严重影响野生动物世界"五一"期间营业，故决定隐瞒不报，并私下自行开展搜捕。

这是企业的算盘：事发时距离"五一"小长假只有10天，如果上报，将会影响人们游园的积极性，也许还要闭园整顿，损失肯定不小。有人估算，该园区今年"五一"假期营收超过了1700万元。

可是这些，与群众的生命安全相比，又算得了什么？

而这家企业却选择了利益，放弃了对大众安全的守护和对制度的维护，甚至在主动破坏法律制度。

如果说豹子跑丢，说明企业管理存在漏洞，"瞒豹"则是对法律制度的无视与破坏。这样的行事逻辑说明这家企业对于法律制度的态度，更从另一个角度说明丢豹的漏洞何以存在了。

不得不说，"瞒豹"一词虽然刚刚诞生，瞒报行为却是久已有之，"瞒豹"一词的诞生，不仅是对此次事件的表达，更是对此类现象长期存在的另类表达。

有人说，"瞒报猛于豹"。

因此，当务之急，是一边寻豹，一边补牢。亡羊须补牢，亡豹更须补牢。找到丢失的豹，重新关进笼子非常重要；扎牢制度的笼子，将"瞒豹"行为关进笼子，使其不再发生，更加重要。

对瞒报者当严惩，并通过严惩，警示社会，让"瞒豹"者长记性，不敢再突破制度的笼子。只有法律有了刚性，人们都以法律为底线，豹子才会被关牢，"瞒豹"行为才被关进结实的笼子，企业才会依法经营，不敢见利忘义，唯利是图，社会公众的生命安全才会更有保障。

原载2021年5月11日新甘肃客户端《敦煌风》

科教观察

收获过往　播种未来

鲲鹏之志，挥毫纸间。

2023年6月7日，高考时间到来。每一年的此刻都牵动人心、举世瞩目——高考，既是为国抢才的重要渠道，也是万千考生作出人生抉择的关键时刻。

全天下的家长们此刻一定"人同此心、心同此理"，有着触动灵魂般的共同感受和愿望，希望高考公平公正，希望孩子们加油鼓劲，取得良好成绩。且让我们以人世间最朴素真挚的语言，对莘莘学子说上几句心里话，以表达最深切的祝愿。

希望孩子们沉着思考，认真答题。庄稼已经成熟了，此刻只需紧盯麦行，挥动镰刀。无论是饱满的麦穗还是秕谷，都要颗粒归仓。身处考场的你，请快速答卷，经过十多年的训练，各种知识点一定像成熟的麦穗，只需"挥动镰刀"、摇动笔杆，就一定能书写出意料之中的答案。

十年寒窗是从播种到收获的漫长过程。小学、初中、高中，你们一路走来，从最简单的拼音、数字学起，如今已掌握了各类基础知识，能写锦绣文章，能解复杂方程，能用物理、化学、政治的原理、定律分析自然和社会现象。

十年寒窗还是艰辛漫长的成长历程。这一历程比自然界各类生物的成长更辛苦、更耗费精力。在漫长的成长历程中，你吸收了多少养分，付出了多少努力，花费了多少苦功，都要在此刻逐一汇总和检验，看看谁的麦粒更饱满，谁学到的知识更多更透彻，谁具备了向更高层级学习的能力和基础。此刻的你们要尽量展示自身实力，将最优秀的自己呈现出来，接受国家和社会的选择，同时选择自己未来成长的方向。这是双向奔赴的选择，需要沉着、冷静、认真、坦然地面对。

高考绝不是一锤定终身，只是人生道路选择的开始。高考之后，根据考试成绩，你们要选择自己喜欢的大学和专业，有人能上知名大学，有人只能上普通大学，这都是大家多年来努力奋斗的收获，其间付出了多少汗水和努力，有多么坚定的意志和自我约束力，都在此刻得以真实呈现，最终休现在考试成绩上。但无论结果如何，大家都要平静接受。如若心有不甘，对结果不满意，也不必过分懊恼，更不必徒然悲叹——只有奋起直追，方有改写命运的可能。

在未来的学习中，要紧盯目标，坚定意志，继续努力，才能扭转自身不足，重塑理想之路。需要强调的是，一个人学习能力的爆发，时间有早晚，有人中学就爆发了，有人到大学才真正爆发。因此，只要不放弃目标，不放弃努力，不放弃理想，则一切都来得及；只要能自我约束，珍惜光阴，发愤图强，则一切皆有可能。学习从来都是马拉松式的奔跑，拼的是耐力，比的是意志。只有目标明确、意志坚定的人，才会达到更加光辉灿烂的顶点。

高考是选择努力方向的时刻。国家和社会的未来，取决于青年人的奋斗和努力。我们需要攻克各种先进"芯片"，攻克科学和技术的短板，为中国制造和中国创造去占领创新创造的制高点，为了中国式现代化的实现，每个青年都应胸怀梦想，坚韧不拔，学好本领，发光发热。年轻人只有让自己变得更优秀，才能真正成为未来社会的主人翁、接班人。

心中有梦，眼中有光。请继续加油，答好笔下的答卷！请坚定理想信念，以青春之我答好未来人生的答卷。

走出考场的你们，请将目光继续瞄准地平线，向着自己选择的人生目标进发，向着最好的自己努力，向着国家和社会需要的方向勇敢出发。

迎战高考，拥抱理想。

一切未来，皆为可期。

原载2023年6月6日新甘肃客户端《敦煌风》

六一　孩子需要特殊礼物

　　我女儿3岁多，本来"五一"后要上幼儿园，但由于手足口病流行，没敢送去。其实她不知道这些，不知道疫情发生，不知道地震发生，不知道灾区有小朋友被埋在废墟下，她只知道玩呀笑呀，还有她的小目的达不到时就哭呀闹呀。作为一个父亲，虽然女儿不懂事，但我和那些灾区孩子的父母的心情和想法一样，知道孩子们需要什么，在六一儿童节，面对孩子们纯真的笑脸，世界应当承诺些什么。如果这些承诺逐渐做到，那将是给孩子们的最好的节日礼物。

　　其实这只是一个最低要求，即起码要保障孩子们的生命健康权，我们希望孩子能坐在坚固的教室里。做到这一点，首先要结束对教育的欠账，在资金上保证能建得起坚固的教学楼。同时，对于已经存在的教学楼，无论地处灾区还是位于其他地方，都要尽快组织力量进行检查，重新评估，存在问题的要尽快加固，保证孩子能在安全的地方学习。其次，还要有制度的保障。孩子们不光该有坚固的教学楼，还应该有坚固的宿舍，即使有天灾，也不会有人祸，不再首当其冲地成为牺牲品。

　　在这个大灾后的"六一"，看着千千万万如花的纯真笑脸，想想那些含苞早逝的生命、千万家庭悲伤的泪水，政府有必要给予这样一个承诺：

短期内先加固教学楼，从长远要加固制度。这种对孩子们的承诺，就是对中国未来的承诺。

原载2008年第20期《三联生活周刊》

还孩子快乐童年　许社会乐观未来

六一儿童节来了，送孩子什么样的礼物成为许多家长关心的话题。有人说，现在的孩子什么都不缺，就是缺一个快乐的童年。在儿童节，我们不能只让孩子快乐一天，而是应呼吁全社会还孩子快乐的童年。

中国青年报社会调查中心近日通过民意中国网和题客网，对11754人进行的一项调查显示，53.2%的受访者认为现在孩子没有自己的童年快乐；其中11.3%的人认为现在的孩子比起自己更没有童年。受访者中，孩子家长占57.5%。（2012年5月31日《中国青年报》）

看了媒体的调查，通过对现实的体认，感觉这个呼吁非常必要。我女儿是一年级学生，几天前老师安排写一篇如何过六一的文章。她在这篇《梦想六一》的短文里写道："六一节马上就要到了！这是我上小学的第一个儿童节，我感觉到非常快乐。在这个欢乐的日子里，我想和同学们一起去西部欢乐园，一起吃肯德基，还想给同学们演奏钢琴曲，想和许多同学一起玩拔河，玩背靠背送气球的游戏。还要给同学们拍照片，和许多同学一起，留下美好的成长瞬间。"

女儿的六一梦想基本上都是玩，包括给同学弹钢琴曲，吃肯德基，都是她玩乐的一部分。她幼小心灵中对于自己节日的梦想都是与玩耍联系在一起，根本没有提到读书和学习。

我并不为她"少无大志"而失望，并对她想玩的渴望表示充分的理解。

自从她进入盼望已久的小学，基本上就失去了玩耍的时间，除了假期和周末能玩两三个小时，几乎都在学习中度过，白天在学校读书，放学就练琴和写作业，周末还要练习舞蹈。几乎每天晚上，作业都要写到十点以后。这样的生活家长都感觉到不耐烦，何况一个才七岁的孩子。

好多次她都在感叹，要是不上学就好了，要是不写作业就好了。曾经盼望的学校已经成为她心中的负担。也许每个孩子上学后都会表现出不想上学的愿望，但功课太多无疑是造成孩子不想上学的最重要因素。似乎无穷无尽的功课和学习，已经让孩子产生心理负担，让童年的快乐打折。据中青报的调查，导致孩子们不快乐的因素中，"业余时间都在学习、补课"者占71.1%，排在首位。

孩子缺少童年的乐趣会带来哪些后果呢？调查显示，获选率最高的三项依次是"不利于身心健康与人格健全"（70.1%）、"容易产生厌学情绪，不利于未来发展"（68.5%）、"缺乏好奇心和活力"（60.1%）。其他还有"容易变得一味顺从而不愿独立思考"（57.6%）、"长大后容易沉迷网络"（50.3%）等。

这只是普通大众的认知，而与这种认知可以相互印证的是教育进展国际评估组织的调查：在21个被调查国家中，中国孩子的计算能力排名第一，想象力排名倒数第一，创造力排名倒数第五。

可见，一味地将孩子绑在书桌前，不仅让孩子们失去童年的乐趣，还不利于社会的未来。现代社会的进步，有赖于人们创造性的劳动，无论国家间的竞争还是企业之间的竞争，都是如此。而创造力的基础是想象力，国内孩子想象力倒数第一与创造力倒数第一，正生动地体现了二者的关联。是不是国内科学技术和产业方面的创造性不足也与此相关呢？这需要整个社会深刻地思考。

学习本是一个探索世界、充满乐趣的过程，但功利化的应试教育，唯成绩论的取才之道，让学习成为令人厌烦的事。那么，还孩子一个快乐的童年，不仅是给孩子更多玩耍的机会，更是许社会一个乐观的未来。要让未来的主人翁成为有创造性的公民，成为有责任感的人，就要给他们宽松的成长环境，让孩子们能轻松快乐地学习，轻松快乐地游戏。而要做到这些，家长、学校、社会、政府无疑都有极大的责任。

原载2012年5月31日新民网

让雷锋精神在我们的时代发扬光大

　　学雷锋，树新风。这是多年来人们耳熟能详的一句话。每年的三月，社会都会举办各种纪念活动，宣传雷锋精神。但是，年轻一代对于雷锋精神所蕴含的价值还是缺乏深刻的认识和体会。许多人的理解停留于"学雷锋做好事"这一层次。的确，雷锋生前做好事无数，无私奉献做好事也是其精神的内核之一，但这并非雷锋精神的全部。雷锋精神是什么？其精神内涵是什么？如何让雷锋精神在诞生将近五十年后仍能很好地继承和发扬光大？这是每一个雷锋精神继承者都必然要搞清楚的问题，这样才能更好地追随这位先行者的脚步，与他的崇高精神无限地接近。

　　雷锋精神的内涵非常丰富，包括无私奉献精神、"钉子精神"、"螺丝钉精神"、勤俭节约、艰苦奋斗等等。无私奉献，就是愿意尽可能地服务他人，方便他人。常说的"学雷锋做好事"，正是其无私奉献精神的生动诠释；"钉子精神"，就是要像钉子一样刻苦学习和钻研业务，尽量挤出时间学习，补己之不足；"螺丝钉精神"就是愿意在平凡岗位上踏实工作，刻苦钻研，像一颗螺丝钉一样，干一行爱一行。

　　事实上，雷锋身上所体现的，正是千百年来人们一直追求的一种精神：为他人无私奉献，像钉子一样勤奋钻研，像螺丝钉一样敬业爱岗，这在人类历史的任何年代都不会过时，崇高而又平凡，只要每一个人愿意做，愿意努力，都可以做到。

完善的市场经济，一方面要求人们通过市场为自身的聪明才智寻找出路，获取财富，实现自我，另一方面，还要通过道德情操，克服市场制度本身的天然性不足，让财富和才智运用到更加高尚的目的，这样的市场制度才更加完善，更加有益于人的生存，更利于社会的发展。在当下的市场经济条件下，雷锋精神仍然具有非常深刻的内涵，对于社会仍然具有很大的启发性意义，完全应当成为人们道德情操的组成部分。

雷锋精神并没有走远，他和时代所需要的精神有着很大的贴近性和接近性，雷锋式的人物在当下的时代仍然需要，而且无论过去还是现在，在我们的身边都并不少见，如郭明义、陈贤妹、吴菊萍，还有千千万万能在日常生活中对他人献出爱心的人。雷锋身上体现的无私奉献精神，在这些人身上都得到了生动的体现，只是需要更加努力地发扬光大。今天学习雷锋精神，就是结合时代的特点，让他身上的一些美好品质争相为大众所效仿。

无私奉献，就是要求每一个在发展自己的同时，内心要有他人，要能够力所能及地帮助他人，这正是现代慈善的真义所在，那些办希望小学的人，帮助贫困学生的人，那些看到他人受难就伸出援助之手的人，都是在为人民服务，都是在无私奉献，因此，雷锋精神在当下的时代，完全就是热心公益、乐于助人、扶贫济困、见义勇为、善待他人的代名词。

还有干一行爱一行的螺丝钉精神，对每个人来讲也同样适用，各行各业的每一个人，如果都能敬业爱岗，立足本职，恪尽职守，钻研业务，都能像雷锋一样将工作做到尽善尽美，这本身就是一种了不起的精神境界，既是对自己负责，也是对他人负责。

干一行，爱一行，就不会做对不起他人的事，就不会做问题食品，就会用良知来做事，诚实守信，就会像爱护自己的生命一样来爱护行业的发展，让自己所从事的行业得到良性发展。干一行爱一行，就会恪尽职责，执法者公正执法，监督者勇于监督，守法者尊法守法，让社会上的邪恶之事没有容身之所。

这些事情，实际上平凡而具体，就在你我的身边和手边，每一个人都能够做到，也应当做到，只要像雷锋那样敬业，那样有一种认真劲儿，具有对他人的爱心，许多事情都可以做到尽善尽美，社会就会在这种精神的照耀下，更加美好。

让雷锋精神在这个时代发扬光大！

原载2012年3月5日人民网

国旗下偷换演讲稿的"书生意气"

2012年4月9日上午，江苏省启东市汇龙中学举行升国旗仪式时，一名高二学生在国旗下发表讲话，将之前老师"把关"过的演讲稿，悄悄换成另外一篇抨击教育制度的文章。该校领导称，学校认为这名同学的演讲"言论不当，用词过激"，已对其进行批评教育，但不会对其进行处分（4月11日《扬子晚报》）。

领袖诗云：恰同学少年，风华正茂；书生意气，挥斥方遒。青少年时期，正是求学的黄金期，也是思想最活跃的时期，在这个时期，对人生、社会、世界都产生许多不同的看法，做出一些叛逆之举，非常正常。

江成博同学将国旗下的演讲稿换成批评当下教育体制的稿件，正体现了年轻人的青春活力和独立思考的能力。尽管从常理来看，这种做法不合时宜，选错了地方，毕竟将一个德育教育课变成批评性演讲，是对教育权威的挑战，也是对教学秩序的挑战，过于叛逆，但这种挑战和叛逆基本无害，还能引起学校和社会的思考，只要小心引导，还可以启动讨论问题的风气。

应当说，这种独立思考的能力和敢讲真话的行为是难能可贵的，值得肯定和鼓励。在国旗下勇敢地讲真话，大声讲出自己的想法，不正是一堂生动的德育课吗？这比经过老师把关的演讲稿要生动得多，也真诚得多，更能启发更多同学的思考能力。相信许多人都会想到，学校组织的国旗下演讲会讲出什么样的作品，对于这种表演性质的演讲，想来不听也罢。

小江同学说，"我们不是机器，即使是机器，学校也不该把我们当成追求升学率的工具！"这些话讲得多么真实，不难体现出青少年学生独立思考的能力。在培养现代公民这一重大课题上，学校有着重大的责任。但多年来，中学阶段的学生大都忙着被填鸭，学校很少对学生进行独立思考能力的培养，这对于青少年的成长无疑是有害的，对于公民社会的形成也是不利的，对一个国家创新能力的培养更是不利。

让孩子们成为有独立思想的人，像小江同学这样的叛逆行为是可以鼓励的，也应当能够接受。好在这所学校对他只是做了批评，并没有难为他，这样的处理是合适的。

原载2012年4月12日《北京晚报》

对"文理分科"宜大胆讨论小心取舍

教育部日前发布了《国家中长期教育改革和发展规划纲要》，就20个问题公开向社会征求意见，"高中取消文理分科的必要性和可行性"也被列入其中，引起各方舆论关注。记者带着这一问题对贵阳的学生、老师以及一些"重量级"的"过来人"进行了调查，大家在该问题上或赞成或反对，交锋甚为激烈。（据2009年2月11日《贵州都市报》报道）

对于取消文理分科的讨论，在互联网上也非常激烈。赞成者认为，进行通识教育，让国民有良好的人文背景，更有助于提高国民素质和创造性思维的培养，还举出爱因斯坦等大科学家都具备良好的人文素养为例；而反对者以当代社会的专业化分工为主要论据，指出专业人才的培养才是社会发展的大势所趋。两种观点各有道理，难分伯仲。

教育关乎社会未来，有什么样的教育，就培养出什么样的国民，就塑造出什么样的社会。那么，对于教育改革这样的大事，并非全体国民同意就好，并非认同者众观点就对。让大众参与进行讨论，意在汲取民间智慧，彰显尊重民意，而并非要求取得共识。一般国民对于教育问题本身没有专业背景，不见得有多少见识，许多学生更是站在自身利害关系和喜好的立场上谈问题，观点难免粗浅偏颇，更有许多人不过姑妄言之，其观点的建设性价值只能存疑。那么，对教改问题的讨论，关键在于大胆讨论，小心取舍。

这种取舍不意味着由教育部的官员决定就行，而应当首先问计于各领域的专家学者，尤其要问计于教育界人士，问计于历史的成功经验，问计于教育发达国家的经验，应当先由学术界研究比较各国文理分科教育的得失，拿出可供选择的方案，再向公众说明这些方案的优劣，然后再由全民选择和讨论。只有确定了理性科学的教改方向，弄清了各种教育理念的优劣，进行了纵向和横向的多重比较，才有可能找到我国教育的症结所在，从而找到补救之路。可以确定的是，对于确定学生学什么，如何塑造的大问题上，应当多听些专家学者的意见。

教改不应当完全排除群众意见，但对于各种观点要学会取舍，要有科学的选择机制。对民意的尊重，应当体现在对教育资源的分配上，而不一定是教育内容的选择上。

原载2009年2月12日《贵州都市报》

期待联考真正进入"战国时代"

2010年，清华大学牵头的7校联考被网民戏称为"华约"，以北京大学为首的7校联考被称为"北约"。两个"联考同盟"展开竞争，对于报考这些高校的学生来说是个好消息——一次考试的成绩可同时获得7所学校的认可，将大幅降低考试成本，节约大量时间和精力。

如果自主招生是对高校统一招生传统制度的"解构"，有利于高校招到有培养价值的人才，也有利于考生选择更加合意的学校，那么，联考则是对自主招生不足的补充。高考统招，有些像包办婚姻，僵化，唯分数是举，照顾不到学生的个性化需求。而自主招生，有些像自由恋爱，学生和学校面对面相互选择，当然很容易使双方满意。但考生一所高校一所高校地接受自主招生，成本高昂，还浪费大量时间和精力，对考生和学校来讲，都浪费巨大。在这个时候，联考出现了。它像一个相亲会，克服了自主招生的缺陷，对高校和考生都带来了便利。

有人质疑联考是"集团化操作、生源垄断"，我对此不敢苟同。高校招生，希望选择到最优秀的考生，考生希望选择到最合意的学校。参不参加联考，自主权在学生，高校竞争的加剧，只会为学生带来更多的选择。自从2002年教育部首批批准22所高校进行自主招生试点以来，截至去年国内已经有80所高校加入自主招生选拔录取试点的行列，且各高校自主招生5%的比例也在逐年扩大。现在，有些高校自主招生的比例已经超过30%，复旦大学和上海交通大学两校自主招生录取的考生数量还达到了招生总人数的一半。在这种情况下，联考的出现，只会对自主招生有利。如果其他高校认为以北京大学、清华大学为首的联考有垄断之嫌，也可以联系同类学校组成联考，只要考生认可你们的教育水平，垄断自然消失。其中的关键，是这之外的高校，必须认真提高自己的教学水平。从这个意义上说，"北约""华约"的出现，是一件大好事。至于现在联考出现一些不完善的地方，比如去年"五校联考"时出现的考试时间"超长"、考试内容"超纲"，这些都可以在不断实践中完善，而这些只是联考的小缺点，无伤大节。

联考一旦进入"战国时代"，正是自主招生完全实现之时。国人无不萦怀的高考出现重大转变，我鼓掌欢迎且唯恐不及。

原载2010年11月25日《宜春日报》

高考作文引导语文教育直面人生

今年上海的语文高考作文题是《他们》，不少上海学生在作文里表现出的开阔视角、尖锐笔触大大出乎阅卷老师的意料。而今年高考作文在阅卷的宽容度上也大大增加，对于考生作文中所涉及的敏感尖锐问题，如弗洛伊德性学论、理发店小姐现象等，都能获得高分。（2008年6月19日《东方早报》）

如果直面现实、关注人生的文字能获得高分，那么，学子们将会更加客观真实的理解社会，并学会用真实的感觉来进行表达；反之，如果得高分者都是唱着高调、迎合政治正确的文字，那么，虚假的文风自然大行其道。

以我的理解，语文教学除了教学生会读会写，掌握语法文法外，最大的功能应当是培养学生的感受力和想象力，让学生通过文字来感受社会，感受人生，塑造他们的人文精神及关怀社会的能力。美好的文章提升人的精神层面，让人萌生悲天悯人的情怀，塑造个人看待世界的视角和态度。

但在孩子成长的历程中，很多世俗而实际的目的会影响孩子们对待语文的态度。在当下的应试教育体制下，孩子们十年寒窗严格训练的目的就是要用分数决定未来，而这种选择其实决定和引导着学生们对语文的态度。如果脱离生活的、政治正确的作文成为高分的典范，那么，学生们一定会将这样的文章奉为硅臬，他们的审美能力也会受此影响，就像传统社会里的士子们一样，在八股文空洞的内容里耗费生命。

好文章从来都是人的真实感受的产物，所谓"情动于中而形于言"，就是要表达出人对社会、对人生、对世界的最真实感受。相同的风物在不同人眼里感受是不同的，这不仅是表达方式的不同，更是立意、境界的不同。汶川地震后，诗家辈出，但在这些诗作中，既有像"做鬼也幸福"这样的虚浮诗文，更有《孩子，请牵着妈妈的手》这样催人泪下的作品。两种不同的文风，表达出不同的文学观。

在这个意义上看高考作文中以《他们》为代表的清新之作，这些作文能得高分，将引导学生们告别虚浮的文字，塑造关怀社会的求实文风，从而培养学生用最真实的感受力来表达社会，关爱人生，表现生活。

原载2008年6月20日《长江商报》《郑州晚报》

高考考体育关注啥问题

山东近日出台新规，从2012年开始，在高考录取中充分体现学生体质健康、参加体育活动和体育课成绩的状况。业内人士表示，体育成绩纳入高考对学生体质的提高将有大的促进。但也有人担心，高考体育考什么，学生就重点练什么，会造成新的"体育应试"。

将体育成绩纳入高考录取，意在通过高考指挥棒的引导，促使学生和学校重视体育课，从而增强学生体质，出发点是好的。当下国内学生体质越来越差是一个不争的现实，教育部曾对7岁~22岁城乡男女学生进行的体质健康监测显示，学生体质继续呈下降趋势，有的地区学生身体素质甚至已经降到了20年来的最低水平。

学生体质为何越来越差？原因是多方面的，但其中最重要的原因，恐怕与学校教育重文化课轻体育课的风气有关，无论教育主管部门、学校、家长、教师还是学生，都普遍存在以文化课成绩好坏评价学生及教学质量的倾向，其中最为重要的是，学生都以能上好学校为第一目标，初中生要争取考到好高中，高中生要争取考取好大学，在高考指挥棒的挥舞下，以文化课成绩论英雄是一种常态。在这样的背景下，将体育成绩纳入高考，无疑很有意义。

高考考什么，学生就练什么，也没什么不好，只要安排得科学合理，有利于增强学生体质。就怕学校不重视，这种安排流于形式。只有制订良好的落实举措，引导学生和学校重视体育课，而不是为了高考而应付差事，这才是至关重要的。

体育成绩纳入高考，我们最应当关注的是如何保障考试公平公正的问题：一要避免学生体育课成绩变得像高考加分项目那样混乱；二是保障学校客观公正地评价学生的体育课成绩。对于学校来讲，为了升学率，肯定希望学生成绩越高越好，学生体育成绩不好，学校也可能让其合格。因此，指望学校客观公正地评价学生的体育成绩并不现实。那么，如何客观地评价体育成绩，才是一个难题——需要在文化课考试外，再组织一个体育统考，制订严格的评价标准，还要避免有人为了考大学而组织公关活动。

因此，建议将体育成绩纳入高考，应当着眼于提高学生身体素质，将其作为录取成绩。只有学生体育成绩达标，才可参加录取，体育成绩不达标，即使文化课成绩达标，也不能录取。

原载2011年4月20日《教师报》

"夺刀少年"单独高考开了好头

2014年6月7日，宜春市综治委已正式授予"夺刀少年"柳艳兵"见义勇为先进个人"荣誉称号。江西省教育厅证实，教育部对柳艳兵及其同学易政勇的行为表示赞赏，并表示待他们身体康复后，将为他们组织单独考试。（新华网6月8日）

少年勇斗歹徒，受伤后无法参加高考，整个社会在交口称赞之余，总是替他感到些许遗憾。有人希望能够保送他们上大学，还举出可以保送的理由——2008年汶川大地震中舍己救人的申龙、王佳明、欧阳宇航、张博四少年，分别被保送进北京大学、清华大学等高等学府；2009年，被评为全国抗震救灾小英雄的德阳东汽中学女生马小凤和"可乐男孩"薛枭，也分别被免试保送到复旦大学和上海财经大学。2010年，在玉树地震中连救4人的小英雄尕玛朋措被保送进清华大学。

而一些高校也向柳艳兵伸出了橄榄枝，比如南昌大学和宜春学院两所高校，打算在政策允许的情况下助其圆大学梦。南昌大学提出了两种援助途径：一是校方在对柳艳兵高中期间的学习情况进行综合考核，报教育主管部门批准后，予以录取；另一种是等到柳艳兵身体条件允许，校方可为其单独组织考试，并经教育主管部门批准后录取。两条途径都将尊重柳艳兵本人的选择。

高校的做法无疑更加理性，既要对见义勇为者进行褒奖，也要寻求制度的合法性。而教育部允许为两位见义勇为者单独考试，则无疑既契合了大众的期待，又兼顾了制度公平，比直接免试入学更为妥帖。一方面减少见义勇为者"被照顾"的色彩，另一方面让考试制度保持了统一性和公平性。据报道，夺刀少年柳艳兵是一个品学兼优的少年，如果他能通过单独考试取得良好的成绩，自然可以选择更多优秀的、自己所心仪的大学，同时减少不必要的社会争议。

其实，各地对见义勇为早就有政策性鼓励。此前，国内多数省份均已出台高考新政，见义勇为者将享受10~20分的高考加分奖励。当然，高考加分主要针对见义勇为没有耽误考试的学子，对于因见义勇为耽误了考试的学子没有给出解决办法。此番教育部打破常规，为"夺刀少年"单独组织考试，就属于给出了解决办法。

希望这个先例能逐步形成制度，但凡未来参与救灾和见义勇为而耽误了高考的学子，就可循此例进行考试。也许有人担心单独高考内容与正式高考不同，对其他考生不公平。权且不论这种担心是否多余，这世界上哪里有绝对的公平呢？只要激发了社会正能量，弘扬了社会正气，又能选择出德才兼备的人才，这样的政策补充，对社会来讲就是必要的。

原载2014年6月9日《济南日报》

大学生破冰救人　让冬天很温暖

　　近日，河西学院3位大学生湖中破冰救人的事迹引来网上网下一片赞誉。

　　2021年11月27日下午5时51分，河西走廊寒风凛冽，张掖当地最低气温零下9℃，一对年龄分别是9岁和5岁的小姐妹在河西学院明理湖滑冰玩耍时，冰层断裂，姐姐落水，妹妹吓哭。危急关头，路过湖畔的3位大学生冲上前去，救出了孩子。

　　看了新闻视频，惊心动魄之余，本人注意到了一些细节：3位学生分属河西学院3个院系，也非同时路过湖边，却在看到有人落水后，不约而同、毫不犹豫地冲将上去。最先冲上去的土木工程学院赵宏瑜，将5岁的孩子抱到岸上后，与护理学院李斌一道去救9岁的孩子，先在冰上小心匍匐，继而冰层塌陷，二人掉进近乎没颈的水中，仍然奋不顾身继续救人。二人合力将孩子推上冰面后，一边推着孩子往湖边挪，一边"挥动"双肘，破冰前行；历史文化与旅游学院张龙科看到情况紧急，蹚水到湖中接应，3人协力，将孩子救上岸。

　　救人者说："当我们把她救出，抱在怀里的时候，我觉得就像抱着我的妹妹一样，心里温暖极了！"

　　当看到他们英勇救人的画面，感觉整个世界温暖极了！

　　寒风凛冽，零下9℃，3位学子联手在湖中破冰救人，大家能够想象到湖水的冰冷刺骨，也会感觉到温暖。而这种温暖，就是人类的美好品质和崇高精神。

也许几位学生在救人的时候，不一定想到什么崇高的字眼，但他们奋不顾身的行为本身，就是对崇高精神的生动解读。

英勇救人，是对他人生命的关爱，彰显了生命至上的原则，践行了以人为本的理念，在我们的时代，则体现为对社会主义核心价值观的有力实践。

3位学子不约而同地加入救人行列，体现了精神上的源头和谱系，值得仔细探寻和思考。有怎样的价值观念，就有怎样的行为。危难时刻显身手，关键时刻冲上去，也是世界观、价值观的自然展现。具体到当代大学生，则有赖于社会和教育的长期浸润、培养和锻造，从而让一些崇高而美好的品质，春风化雨、润物无声般，浸入了他们的血液，成为他们生命的底色，于危急关头，自然显现。

因此，对于这种奋勇救人的崇高精神，社会要大力弘扬。弘扬美好的精神品质，就是营造世界更加美好的精神氛围，如同我们对自然生态的保护，如同我们对大江大河上游源头的涵养，越保护，越醇厚纯洁；越弘扬，越隽永美好。

人民有信仰，国家有力量。新时代的青年们在理想信念的滋养下，将成长为有理想、有道德、有情怀、有担当的时代新人，成为中华民族走向伟大复兴的中流砥柱，在全面建设社会主义现代化国家的新征程中，践行社会主义核心价值观，筑牢信仰之基，提升文明之魂，让我们的社会更加文明、更加美好、更加幸福。

原载2021年12月4日新甘肃客户端《敦煌风》

谁为假的"真文凭"担责

有假的"真文凭"吗？有！湖北上万名中小学教师最近就碰到这种怪事。十年前，他们参加原湖北教育学院声称"国家承认学历"的远程现代教育，取得的本科毕业文凭上标有教育部的文号，却通不过教育部验证，只能在湖北省内通用。（11月19日《人民日报》）

这真是当世奇观，若说它是假的，它在湖北有效；若说它是真的，又无法通过教育部验证，出省就无效。这和过去的"地方粮票"十分相似，但地方粮票是计划经济时期调配食品的手段，其效力和适用范围标注得清清楚楚。

按照规定，学历教育所取得的文凭在全国通用，即使中专学历，也在各地通行无阻。但湖北上万张假的"真文凭"只能在湖北省内有效，这算什么？

校方说当年办学是依湖北省教育厅的文件，招生办学、颁发文凭是有根据的。但当年招生时，他们并没有将文凭只在省内有效的实情告诉学生，这是问题的关键。

这说明当年学校为了招到学生，存在明显的欺诈行为。而如今被曝光后，校方却称"报名的教师应该知道，至少教学站清楚，责任不全在学校"。这种解释明显强词夺理，责任不在学校，那在谁呢？

一万多名教师为了这张文凭，放弃成人高考机会，还花了4000元学费，经历两年学习，现在文凭突然成为"地方粮票"，难道他们只能自认倒霉？

学历关系到一个人的工作、就业以及前程，这样的重大问题，该校却如此作为，其性质和江湖上的诈骗犯有何区别？

假的"真文凭"，暴露出一些地方的教育乱象到了怎样可怕的地步，为了牟利，他们不惜把一万多名教师的命运当儿戏。对此等行径，不能谴责了事，我以为公安部门很有必要介入，依法惩处相关人员以及监管者。

原载2009年11月20日《海峡都市报》

传统戏剧教育要因地制宜

　　教育部将在甘肃省开展京剧进中小学课堂试点工作。甘肃省教育、戏剧专家认为，可以发挥本土优势资源，推广具有本土特色的陇剧、秦腔来传承和弘扬优秀传统文化。

　　记者从甘肃教育部门了解到，甘肃5年前就在课程中有京剧教育计划，但囿于师资等原因，计划一直未能实施。

　　京剧艺术是国粹，推广京剧艺术并让它发扬光大并没有错。但我国传统艺术丰富多彩，传统戏剧很多，比如越剧、川剧、豫剧等，还有咱们甘肃的秦腔、陇剧等地方戏剧，可以说国内各地都有具有地方特色的传统戏剧，这些地方戏剧丰富了我国的戏剧艺术，并成为我国传统文化的组成部分，都应得到传承和保护。因此，教育部门在学校推广传统戏剧教育，不应局限于京剧艺术，而应当因地制宜，根据各地的实际情况为学生安排传统剧目，尤其应优先安排学习具有当地特色的传统戏剧。

　　许多人从小可能就浸染于地方戏剧的氛围中，耳濡目染，深受影响。比如兰州市滨河路一带及一些公园，还有一些茶园子里都有唱秦腔的草台班子，许多人常常能听到很地道的唱腔。还有，在当地农村，许多地方每到过年的时候就会唱大戏，演员都是当地的农民，无论大人还是小孩都会唱上两句，至少都会灌上些耳音。可以说，地方戏剧就扎根于当地人的生活当中。加之当地语言等也与地方戏剧比较接近，因此，学习起来更容易被接受，也更有人文基础。

因此，如果对学生进行传统戏剧艺术的教育，地方戏可谓占尽天时、地利、人和，只要教育部门行动起来，做好规划，让专业艺人进入校园，就会给传统戏剧带来一定的生机，给这些戏剧培养更多粉丝，让地方戏剧得以更好的传承。而如果全国各地只推广京剧，京剧可能会得到一定的普及，但一些地方会因师资等原因而学不到地道的京剧，从而浪费了教育资源，还容易让地方戏剧失去发扬光大的机会，不利于当地传统艺术的传承与文艺的百花齐放。

原载2008年3月14日《未来导报》

如何走出读书少的悖论

尽管半数上海市民一周的阅读时间都在10小时以下，但是八成以上的市民认为，是阅读改变了自己的生活；31％的市民表示，一年读书的数量在5本以下。（2008年2月12日《东方早报》）

这种调查不是第一次搞，去年有关调查机构的一份调查报告表明，有超过半数国人一年也读不了一本书。这说明上海市民的阅读时间及读书的数量均高于国内其他地方。

我国国民图书阅读率连续7年持续走低，2005年以来，开始出现国民阅读率低于50％以上，"每年至少读一本书"的读者总体与识字者总体的比例为48.7％，与全体国民总体的比例则为42.2％。

先哲告诉我们，要彻底改变一个人，读书是最重要的途径；还说，读书是对人格的完善。但现代人一方面认为读书改变了自己的生活，读书是有益的，另一方面则表现为阅读时间变少。

现实表现得如此矛盾——难道人们一方面想通过阅读获益，另一方面又不想付诸行动？一方面想完善人格，另一方面又拒绝完善人格？

在传媒发达、获得资讯的渠道日益丰富的今日，"不读书"有着更加深层次的原因：首先书价太高，让许多人买不起书，一本书一般情况下最便宜也得20元以上，许多高质量的图书还因为印数少而价格更高。高价图书让商家获利的同时，也打击了人们阅读的积极性。

其次，可读的书越来越少。近年来，能静下心来写作的人也越来越少，那种"十年磨一剑"的作家几成珍稀。我曾和本省作协主席聊起当今文坛，他说现在一些作家几个月就能写一本长篇，有些人一年能写出好几部长篇，这样"生产"出来的作品质量可想而知。书店里，除了前辈一些作家的作品及名著有一定质量外，大多是一些文学泡沫，可以读的书少之又少。看书是为了提高自己，如果作品不好，谁会读呢？

再次，当今社会的生存竞争压力很大，而读书主要表现为一种消费行为，有时候还是一件奢侈的事，如果大家终日为生活奔波，哪会有时间和精力去阅读？就算阅读，许多人都是为了考试、出国、评职称等功利性目的，想着读了书一下子派上用场，取得现实的效益。这样的心态下当然不会读那些"无用之书"了。

书是人类进步的阶梯。国人一方面认为读书有用，一方面读书时间又变少，这是非常不正常的现象。因为无论对个人还是国家，要真正改变现状取得进步，无不与每一个国民素质的提高有直接关系，只有国民素质高了，一个国家才能有发展的基础。

要改变这种现状，就必须规范图书市场，让人能买得起书；出版方要改变浮躁的心态，多出有品质的好书；写作者也要改变心态，写出好的作品；有关部门加强图书馆的建设，让大众有获取良好图书的途径。让大众爱上阅读，需要各方努力。

原载2008年2月13日《长江商报》，2月14日《中国新闻出版报》

观看日全食　多些科普少些炒作

　　7月22日，500年一遇的日全食在我国上演。这次天文奇观将主要"照顾"长江沿岸地区，我国东南和华北等地将看到明显的日偏食。盛况在即，天气成了眼下大家最关心的话题。从目前的预报来看，日全食带南北两侧的天气晴好，适合观测；但身处全食带的长江中下游地区，却可能因为阴雨天气错过这次百年奇观。

　　其实无论天气晴好，还是淫雨霏霏，日食都会以自己的规律和节奏照常"上演"，"不为尧存，不为桀亡"，丝毫不在意人们是否会观看。既然看不看日食是人自己的事，日食只会影响人类自己，那么，尽管全食带观看百年奇观会被天气破坏，人们会有些扫兴，但提前为日食到来做些必要的安排，以免到时候手忙脚乱，倒没什么大错。尽管日全食持续时间只有六七分钟，但这几分钟里天空会完全黑暗，如同那些真实的夜晚，确实地说，它就是夜晚，只是在一天时间里，夜晚来了两次。

　　无论天空是否下雨，"天狗"都会照样"食日"。这会对人的心理和生活有什么影响，只有经过才知道。古人对此是迷信的，日食从来都被当成上天的暗示来加以解读。现代科学昌明，将此当成命运暗示恐怕没多少市场。夜晚谁都经历过，只是没有经过几分钟的夜晚罢了。如此想了之后，也就坦然许多。不过，无论会不会发生什么事，提防着些可矣！国务院办公厅特地下发《关于妥善做好应对日全食工作的通知》当然也没错，毕竟

500年才遇这么一次，政府也没多少应对经验，现在未雨绸缪一下，体现一下服务理念，也无不可。

但在国内，自从500年一遇的日全食"路线"确定后，不少城市就开始宣传自己的最佳日食观测点。专家指出，这一说法属误读。还有，据媒体报道，由于日食方向是从西向东，有天文爱好者设想，如果坐飞机从成都等地向东飞，是否可以在飞机上看到更长时间的日食。这一想法使得日食时间段上从成都沿日食带飞行的5个航班一票难求。为了顺应这一逐日热潮，四川航空特地开通了追日航班。这些宣传和做法就太缺乏理性。天文专家指出，月影移动的速度几乎两倍于音速。比如成都食既时间为上午9时11分13秒，上海食既为9时36分48秒，两地相距1600多公里，月影将在25分钟内从成都"抵达"上海，而客机要飞两个多小时。因此，在飞机上最多只能多看十几秒的日全食。

不知道这些宣传的目的是什么，大约是人们的奇思妙想，也可能是商业策划，不过，如此炒作，恐怕没有多少益处，除了增加热闹，还可能误导大众。比如飞机观测，就可能让一些人白花钱。最佳观测点之说，则会让人们都涌到同一个地方，反而造成观看不便。至于有些城市以日全食宣传吸引人们观光，虽然是商业社会的常态，如果过分炒作，也恐非好事——现在全食带都下雨了，从前的炒作恐怕后果不妙。

日食几乎在国内都能看到，从哪个角度观看都是独一无二的视角，因此，用平常心来观看它，似乎更为妥当。媒体最好是带着问天的精神，以科普的角度报道这些事，引导人们将观看日食的过程当成学习天文知识的契机，这样更表示对天地的敬畏，也更具科学精神。问天，需要科学视角，而非浮躁的炒作。如果过分炒作自然奇观，对社会理性的形成并没有多少好处。

原载2009年7月22日《北京青年报》

校车条例"上路"关键在严格执法

2012年4月10日,《校车安全管理条例》全文发布并正式施行。根据条例,高中生未纳入校车服务范围,幼儿入园也以保障幼儿就近入园和由家长接送为原则。《条例》强调将对校车超员从重处罚。校车可在公交专用车道行驶,遇到拥堵可优先通行(4月10日中国网)。

在甘肃正宁校车事故发生不到5个月后,《校车安全管理条例》即正式发布实施。对于条例更好保护孩子们的乘车安全,公众充满期待,但具体效果如何,还有待实践检验。巧合的是,在《条例》实施当天,广东省阳春市传来不幸的消息:4月9日15时50分许,一辆幼儿园校车与货车相撞,事故造成2死15伤。公安部门初步认定该校车存在超载行为。

应当看到,自正宁校车事故之后,各地都加紧了对校车的安全执法行动,重点是超载等违章行为。同时,校车条例制定过程中所提出的一些原则性条款,如优先通行原则,与公交同权原则,不得超越校车原则也都深入人心,成为社会共识。但就在这种形势下,校车事故及校车超载等违法行为仍时有发生,甚至还发生了重大校车安全事故,如,江苏丰县校车事故,广东阳春校车事故。

《校车安全管理条例》的实施,能否让安全形势彻底好转,还需拭目以待。其实,无论给校车以优先通行权也好,让校车本身变得更结实也好,关键要让条例尽快落到实处——有了规矩,却落不到实处,那还是废纸一张。

甘肃正宁校车事故、江苏丰县校车事故、广东阳春校车事故，根本原因都是对车辆管理不到位造成的，一些事故甚至是监管者不作为的恶果。如果平时疏于监管，发现超载或者其他违章行为都是罚些款了事，车辆自然难养成照章行驶的习惯。比如正宁校车事故就是在宽宽的马路上逆向行驶造成的，校车还经过了特殊改装，11座的面包车竟然搭载了76人。

事实上，《校车安全管理条例》出台前，并非完全无法可依。按照当时的校车标准，像正宁校车那样的随意改装也是违规的，但相关部门何曾管理了？《校车安全管理条例》的实施，最重要的是将监管者的责任弄清楚，如果监管不到位，没有一个部门切实负起责任来，校车安全将是一句空话。

校车安全问题，是国内交通管理的一个缩影。国内车辆不光校车不够安全，其他机动车辆同样都不安全，死伤数十人的特大事故时有发生。校车事故不是孤立的存在，只是国内众多车辆事故的组成部分之一。如果国内其他车辆都不安全，却要让校车安全起来，这无疑是在建造空中楼阁。

让校车变得安全，不光是要校车变结实，要给校车特权，还要管理好包括校车在内的所有车辆，要让国内的交通安全形势整体上好起来。

原载2012年4月12日《检察日报》《江淮法治》

对狂热追星应有干预机制

兰州女子唐某因为一个梦而追星13年，最近终于见到梦中明星刘德华，但她68岁的老父亲却在女儿心愿得到实现不久后便跳海自杀，原因是抱怨刘没有单独约见唐某。在这13年当中，唐某不上学，不工作，每天足不出户，专心等待着和梦中偶像见面的一天。而其父母在这些年当中，为了独生女的愿望，卖掉房子，债台高筑。但如今她见到了偶像，并和偶像合了影，按说他们一家该回家了。但其父亲却写下12页的遗书自杀了，遗书中大骂偶像自私，爱女之心至死不渝。

我们不由得想起那句话：可怜天下父母心。这位父亲在生命的最后时刻仍然在抱怨刘德华，在遗书中说："是你刘德华把我逼死的。"按照常理分析，说这样的话是不公平的，也是没有道理的。一个明星，对一个素昧平生的歌迷，并没有必须见的义务。依我之见，造成这起自杀悲剧发生的原因，首先是其女儿唐某偏执的追星行为；其次是唐父自己对女儿教育失当。作为父亲，他没有教育女儿做一个有责任心的、自食其力的人。可以说，正是他对孩子不正确的教育方式和对不正确的价值观的容忍，最终造成他倾家荡产，并在愿望不能完全达成后因失望而自杀的命运。

唐父为了女儿追星自杀了，这既是他个人和其家庭的悲剧，也是社会的悲剧。这样的悲剧自从有了演艺圈就开始存在——1968年，英国摇滚歌星约翰·列侬被疯狂的歌迷开枪打死；日本女影迷因迷恋香港明星成龙，听说成龙要结婚就欲自杀……这许许多多歌迷影迷疯狂的行为一直引起世人的思考：那就是如何正确追星？是什么样的原因让这些人狂热追星？我们的政府和社会对此应当如何引导？这是每一个有良知的人都应想一想的问题。

死者已逝，但唐父的悲剧并没有唤醒女儿的追星梦，悲剧事件并没有打上句号，现在唐家仍声称不领骨灰，要再找机会见刘德华，可见其心灵沉迷有多深。在唐某辍学追星的13年当中，我们的社会对她进行过正确的引导与心理干预吗？我们的社会面对青少年的偏执追星现象，难道就束手无策，一味旁观吗？每一个个人和家庭都不是孤立的原子而与社会无关，在其家人放任她不继续上学完成义务教育之后，政府有关部门、社区等机构都做了什么？如果能够进行及时地引导，使她能像别的孩子一样，健康成长，或者在发现她初一辍学后，对她不接受义务教育的行为进行纠正，要求其继续接受教育，或者对她的心理健康进行检查，如果发现问题就及时救治，同时引导她健康追星，那么，唐父自杀的悲剧大概率是不会发生的。

在当下这个社会，许多事物都会对未成年人的心灵产生不良影响，比如追星，比如网络成瘾。如果社会能对这些少年进行及时引导和心理干预，这个社会将更加和谐，人们的生活将更幸福。这就要求有关部门和社会工作机构转变工作思路，培养相关专家，建立对未成年人心理成长进行干预的机制，如此，像唐某追星的悲哀将会逐渐减少。

原载2007年3月29日《西部商报》

"论文水军"危害更大

近年来，我国科研论文发表数量突飞猛进。最新的媒体数据显示，我国科技人员发表的期刊论文数量，已经超过美国，位居世界第一。然而据统计，这些科研论文的平均引用率排在世界100名开外。真正极好的论文，在中国还是凤毛麟角。（2011年2月10日《中国青年报》）

国内科研论文期刊发表数量世界第一，引用率却在百名开外，其喻义是不言自明的——论文的质量低劣，大多是抄袭的假货或没有价值的重复，否则很难解释这种现状。造假论文本质上和"网络水军"没有区别，无非是通过造假，谋取利益。当然，注水论文获得的利益更加巨大，欺世盗名的能量更大，注水论文的背后是专家学者的职称，是教授、副教授、研究员、副研究员、工程师、博导、硕导等名号，还有科研经费的申请与获得。西安交通大学教授李某某就通过论文抄袭，抄出了个国家科学进步奖，可见抄袭行为是多么严重。而将李某某拉下马来，就花了6名教授两年多时间，又打官司，又到处举报，可见，对于造假，高校等学术机构是个什么态度。

论文造假，当然是急功近利、学风浮躁的结果，只注重数量，而不注重质量，更是造假的主要动力。有了论文就有职称，有了职称就有利益，而且任何职称都要论文，连小学教师评职称都要论文，普通医生评职称也要论文，却不看实践能力，论文造假怎能不成风。这些论文大多是东拼西凑抄来的东西，所谓发表，也不过是购买版面印出来，和企业购买版面发布产品广告的模式如出一辙。有许多发表论文的杂志就靠出卖版面来活着，养了一大批人，都在一个产业链上，只是有些高端些，有些低端些，低端些的抄论文、买版面来搞职称，高端些的搞论文忽悠教授、专家名头，进而忽悠科研经费，虽然不是所有的论文都造假，但确实有很多论文就是如此生产。

"论文水军"的危害是不言而喻的，这些没有价值的东西，除了败坏学术空气，浪费国家对科研的投入，最终将创造的土壤彻底破坏，它比网络水军的危害大多了。

要让论文写作变得实在，就要将论文与职称等利益脱钩，而是让它与实际成果转化挂钩，同时加大对学术造假行为的打击力度，加大对论文产业链的清理，将那些靠出卖版面活着的所谓学术期刊彻底关闭。科研成果需要实证，而不仅仅是论文生产。这个道理西方人几百年前就懂了，而我们的学术界却到现在还做不到。

原载2011年2月16日《中华读书报》

"3 小孩教科书式逃离火场"的启示

　　家中起火，大人不在，势单力孤的小朋友身处险地，该怎么办？ 2020年7月7日上午，家住宁波市余姚凤山街道的成思亿小朋友就给出"标准答案"——"弯腰低姿摸墙捂口鼻"逃生九字诀。在这名9岁小姐姐的带领下，年约7岁的弟弟、妹妹都顺利逃出火场。（据《宁波晚报》）

　　面对火情，几个孩子没有被吓得手足无措，反倒上演教科书式操作。为什么呢？

　　答案其实很简单：学校里学过呀。确切地说，不光学过，而且练过——"学校里以前有消防培训和演习，消防员叔叔和老师都说要'弯腰低姿摸墙捂口鼻'。"因此，当孩子们发现家中天花板着火，马上在浓烟中摸索到卫生间，找到3块毛巾，打湿后捂着口鼻弯腰低姿摸墙走，一路顺着楼梯跑下来了。

　　——是学校的安全教育起了大作用。

　　但这样的安全教育是不是所有孩子都学到了？有统计数据显示，全国5年内共有1624名18岁以下的未成年人在火灾中遇难，占火灾伤亡人总数的18.6%。

　　这说明一些孩子可能没有真正学到。很可能很多大人也没有学到。也许具体的火灾事故情形非常复杂，但一些人没能逃生成功，训练不足，方法不科学，恐怕也是原因之一。有些时候，孩子们根本就是缺乏安全教育。

在这个意义上，宁波这起案例应当带给我们一些启示：

学校的安全教育要重实践。安全教育应理论与实践相结合，要简单实用，至少让孩子们都练习过，而不能将安全教育搞成学知识。就我作为一个家长的经验，一些学校的安全教育许多时候停留在纸面上，无非是网上答些题，口头上讲一讲，实打实的训练似乎偏少。建议当下的安全教育，还是要练起来。如果9岁小姐姐没有亲自练习过，结果如何，真的难以想象。

强调一下：千万不能将安全教育当成知识来学，一定要让孩子们真实地参与进来，亲自体验，亲自操作，亲自实践，这样的安全教育才是有效的，在具体遇到危险的时候，才会有样学样，才会临危不乱，而不至于头脑一片空白，只知道哭喊爹娘，坐等救援。

原载2020年7月10日每日甘肃网

全城寻"耳"是一堂绝好公德课

在宁夏银川市的贴吧、论坛和大街小巷，在网民、群众、媒体、政府部门官微114小时的齐力寻找下，终于将4岁女童的"耳朵"找到，这场爱心接力，不仅为一个外来务工者家庭避免了20多万元的损失，更让小女孩免受再次开颅手术之苦。（11月18日《扬子晚报》）

为4岁女童寻"耳"事件，让人不由得想起几天前在地球另一面的城市旧金山，整个旧金山为了圆一个患有白血病的5岁男孩迈尔斯成为蝙蝠侠的梦想，全城总动员，让整个城市在15日变成"蝙蝠侠"故事中的哥谭市。

银川寻耳与旧金山圆梦，同样感天动地，汇集爱心。东西方的城市几乎在同一时刻展示爱心，让人感觉到人世间的温暖和美好，也感知到爱心的普世性。一个城市帮孩子寻耳，一个城市帮助孩子圆梦，虽然银川全城找耳事件没有旧金山全城参演蝙蝠侠闹得动静大，但爱心的价值是相同的，体现出的善意是同样的，都是人类天性的自然流露。

不可忽视的是，在爱心事件进展的同时，在国内其他城市也发生过老人因为没有人给让座而大骂女孩"没素质"，并强坐女孩身上的事；还有老人摔倒，却要求爱心人士赔偿、诬赖好人的事，至于此前有老人跌倒而无人帮扶、有人受到侵害却无人施以援手，各种失信失德现象的层出不穷，都让我们明白，社会道德建设的必要性。

阳光就在那里，只是雾霾暂时笼罩了而已；善意就在心里，只是被匆忙的表情掩盖了而已。这一事件不仅是吹向社会的正能量，还是对社会公德意识的训练和培植，一边拯救，一边浸润，让社会在这一刻联系得更加紧密。

原载2013年11月19日《扬子晚报》

谨防职业资格证沦为牟利工具

2010年11月20日，甘肃省国家职业资格全国统一鉴定考试开考。记者了解到，甘肃省将向国家申请将牛肉拉面、临夏砖雕等具有"甘肃特色"的职业，逐步纳入国家职业资格全国统一鉴定考试中，让这些人一证"闯"全国。（11月21日《兰州晨报》）

甘肃欲申请将牛肉拉面师等"甘肃特色"职业纳入全国职业资格统考，也许对劳动者和企业都可以提供一定的方便。但将牛肉拉面师纳入全国统考，应当避免职业资格证变成职业准入的必要条件——没有资格证，就不能从事牛肉拉面工作；饭馆不具备规定数量获得资格证的拉面师就不得营业等等。牛肉拉面师可以纳入职业资格考试，但只能作为从业者职业水平的证明，而不能将其作为进入牛肉面行业的限制，有些人没有证但技术很好，只要牛肉面馆愿意聘用，相关部门不能限制。总之，对人才的评价，应走市场化路线，只要能为企业创造效益，企业就会使用，资格证不过是一张纸罢了。

之所以提出这一点，是因为现实中，一些原本就没必要进行职业限制的行业也被相关部门要求持证上岗，比如商场营业员等职业在一些地方就要求考取职业资格证才能上岗，如果商场聘用没有职业资格证的营销人员，则可能被就业主管部门处罚。

职业分为就业限制类职业和普通职业，所谓就业限制类职业，就是职业准入必须达到一定条件，比如医生、驾驶员、律师、会计师等，这类职业有些对公共安全、服务对象安全或从业者人身安全有潜在危险；有些还需要具备特殊信誉，比如会计师职业，虽然对公共安全、从业者人身安全不具有危险性，但对经济社会稳定或公众利益有较大影响。限制类职业从业人员需要经过专门学习培训，掌握必要的专业知识和技能。

职业资格制度主要应当针对限制类职业，因为其本质上是一种行政许可，是对公民权利的限制制度，是维护公共安全和社会稳定的重要手段。但包括拉面师、营业员之类的职业，只是普通职业，对公共安全和社会稳定并无大害。如果将职业资格证当成从业的条件，除了增加劳动者负担，还给企业用人增加不必要的麻烦。

现在职业资格证泛滥，对企业和劳动者的服务功能并没有增强，却成为一些机构谋取利益的工具，一些部门热衷职业资格考试，其实是把职业资格证培训当成一个产业，用来攫取经济利益，一些机构还利用行政手段为谋取利益服务，扭曲了职业资格存在的价值。对牛肉面之类的职业，即使组织职业资格证考试，也应当报考自由，不能进行强迫，更不能作为从业条件，否则就会沦为一些机构敛财的工具。

原载2010年11月23日《沈阳日报》

法治视角

严格执行是对法典最大的尊重

最近通过的民法典，对于每个国民来说都是一件大事，因为它是保障个人权益的一个法治基础。相对于过去民事方面的立法，它更加完备，更契合时代，更加有利于调整当下的各种民事关系，是推进国家治理体系和治理能力现代化的集中体现。因此，民法典甫一通过就引来了一片欢呼声，人们相信它的实施，将塑造出一个民众权利更有保障的新时代。

法律的力量，在于实施。要让民众权利更有保障，就需要对一条条写在纸上的法条不折不扣地得以实施和执行。这就需要政府执法部门、司法机构、各类民事主体都积极行动起来，对社会生活中那些不合乎民法典的做法和行为，及时进行清理和规范，应该主动对照民法典的规定，清理现实中存在的弊端。

比如，《民法典》第九百四十四条规定，物业服务人不得采取停止供电、供水、供热、供燃气等方式催交物业费。《民法典》第二百八十二条规定，建设单位、物业服务企业或者其他管理人等利用业主的共有部分产生的收入，在扣除合理成本之后，属于业主共有。

当下国内很多物业公司为了保护自身的利益，总在拿电费、水费对业主进行挟制。这种收费问题的不规范，正是物业跟业主矛盾的主要根源之一，也是物业公司和业主之间关系不平等的一个根源。

现在民法典通过了，类似的违法行为就应当有所收敛，无论物业公司还是政府管理部门，都要依法规范这类行为。

只有严格落实这些法律，物业公司就可将精力专注于如何提高服务质量，而不会想到以牺牲业主利益来获取利益最大化。作为经营性公司，利益最大化当然没错，但以损害业主利益的方法谋取利益最大化自然不合适，比如说，对物业费用途不进行公示；对于出租或处置小区公共部分获取收益，拒绝向业主进行分配。

现实中为什么物业公司会出现这类乱象？关键在于相关法律没有得到严格执行。很多时候，物业公司就是利用水费、电费的收取权，迫使业主接受其不正当的做法。虽然从前的物权法就规定物业服务人员不得采取停止供电、供水、供热、供燃气等方式催交物业费，但由于复杂的现实原因，时至今日，通过水费、电费这种手段来对付小区业主的做法，仍然在一些地方大行其道。

民法典对现实中此类行为的深刻回应，说明立法者是了解现实的。而且这样的规定在民法典中比比皆是，涉及婚姻、继承、合同、物权等众多领域，如校园贷、高空抛物、个人信息保护等方面，都有直接的回应。

制订完备的民法典，需要通过严格的执行才会获得生命力，才能在现实中扎根，更好地化解社会矛盾，促进社会和谐稳定。现在民法典制定出来了，只有将它实施好，严格执行，才能塑造更加和谐的民事关系。希望政府管理部门要学好用好民法典，执行好民法典，要避免因为现实利益的掣肘，让法律规定虚置化，只有严格地执行，才是对法典的最大尊重，才是对民众权利的最大尊重，才是以人民为中心的最生动体现，才能真正推进国家治理体系和治理能力的现代化。

原载2020年6月2日每日甘肃网

物业拿水电费要挟业主的做法该收起来了

2020年6月9日，兰州九州大道江南明珠小区的众多业主反映，小区业主以物业服务跟不上为由拒交物业费，物业以此限电限水，一次只能充值16.6元钱的水电费，让大家苦不堪言。（6月10日《兰州晚报》）

怎么个苦不堪言呢？"经常洗澡时没水了，吃饭时没电了。"为什么会如此呢？根在物业费纠纷——业主嫌物业服务不到位，拒交物业费；物业公司则祭起了代收水电费的权力。

表面看起来似乎没毛病呀，你不交物业费，还不让人家物业想办法收取吗？限电限水就是一个好办法呀！

问题正出在这儿。

最近通过的《民法典》第944条规定，物业公司不能采取停止供水供电、供热、供燃气等方式催交物业费。还有人说，《民法典》还没有正式实施呀。

其实，不光民法典如此规定，现行《物业管理法》第4章第37条、38条规定，小区内供水、供电、供气、供暖等相关收费应该由服务商直接向用户收取，不得因物业拒绝代收而停止对业主的服务，物业也不得因任何原因私自对某一用户断水断电。

但现实中，很多小区物业就有水电气等费用的代收权。为什么会如此，这需要弄清楚。

法律为什么会这样规定？因为立法者明白，现实中水电气的收费权正在成为物业和小区居民矛盾的一个根源。

那么，现在物业公司以此挟制小区居民，本来就是违法行为，需要相关部门依法治理。而对于很多小区存在的物业公司代收水电费的行为，应尽量取缔，毕竟在移动互联时代，让物业公司收费根本没有必要，居民一部手机上就可以搞定，何必劳驾物业公司？

现实中，很多物业公司不将精力专注于提高服务质量，却总是想方设法通过小区资源利益最大化。比如说违规出租或处置小区公共部分获益，利用小区设施收取广告费。这些收益不对业主公开，更不对业主分配。

物业为什么敢这么做？一是他们是公司，相对于业主处于强势地位；二是他们手握水电费代收权。

既然矛盾的根源是清楚的，物业限制水电的做法是违法的，那么，对这种做法就需要进行规范。首先，物业公司要学好民法典及相关法律，提高服务质量，学会平等协商解决问题，而不是将水电费当成居民的死穴。

其次，希望政府部门执行好民法典，分析这种水电费的代收权为何会跑到物业公司手里面去，并主动对照民法典，对社会生活中不合法行为及时清理和规范。

解决好这些问题，事关民众利益，也事关法律的尊严。

原载2020年6月10日每日甘肃网

撞了豪车可能"倾家荡产"合理不?

"他应该让我,如果撞到他赔不起。"近日,司机孔某驾驶一辆劳斯莱斯在高速上占用应急车道行驶,当其想变道回到正常行车道时,没想到道内正常行驶的车辆并没有给其"让路"。一怒之下,孔某超车后6次恶意别车,险些酿成事故。目前,孔某因寻衅滋事被处以15日行政拘留。(据《现代快报》)

撞了豪车后果超严重,常有新闻报道称,撞豪车后有车主被吓哭,因为赔不起呀。日常生活中,为了避免撞上豪车,一些车主很理性,尽量躲远。

曾有媒体报道,广东蛇口发生一起丰田、劳斯莱斯、凯迪拉克三车连续追尾事故,劳斯莱斯、丰田受损严重,现场交警判断为丰田车全责。丰田车主购买了100万元第三方责任险,再加上交强险,仍然不够赔付劳斯莱斯车主的损失。

在这样的现实背景下,一些豪车司机似乎产生了心理优势,感觉普通车就该让着自己,如果有人不让,就要挑事儿。这种想法不合适,也很危险,就像这起事故中的司机一样。当然,主动挑事儿出了事故,挑事者要自己担责。

不过我今天要讨论的是,正常情况下不小心撞上豪车,由普通车主倾家荡产地赔付,合理吗?

当然有人会说了,损坏人家的东西就该赔偿,自古通理,天经地义,有什么好讨论的？

损坏东西要赔偿，这个道理自然没有问题。但汽车平常是行驶在高风险的马路上，发生碰撞被损坏是高概率事件。正因为如此，车祸发生后就有专门的责任划分规则，谁违反规则，谁不按照规则行驶，就得承担赔偿及其他后果。

但豪车和普通车辆不完全一样，其价格高昂，更加安全结实，对车主生命安全的保护更有利，而且具有强烈的炫耀性价值，能够给车主带来更多精神上的满足感和其他利益，这些好处是普通车辆带不来的。

正因为豪车的这些特点，其利益完全由其车主享受，根据利益与责任相辅相成的原则，谁享受了利益，谁就要承担责任。更直白些说，有人开豪车是为了自身的利益和安全，不是为了路人和普通车主的利益和安全，那么，豪车行驶在马路上的风险，理所应当由豪车司机本人承担，即使普通车辆负全责，赔偿额也应当本着公平原则，有所限制。

现实中，一个小刮擦就让普通车主赔偿数万甚至十多万，甚至倾家荡产，这极端不公平、不合理。对于车辆损坏的赔偿理念，不能完全照搬普通民事财产的规则，应考虑其特殊性，根据谁得益谁付费的原则，制定公平合理的赔付规则和商业保险规则。

也就是说，要公平保护所有车主的利益，对豪车和普通车辆的赔付有所区别，不能完全适用"谁有错谁担责"这种责任划分模式。豪车和普通车辆发生碰撞，除了能够证明是有人恶意损坏对方车辆外，应当制定赔付限额，超过部分，由豪车通过商业保险自行解决。

总之，豪华车主既然要享受豪车所带来的好处，就得承担因此产生的责任。当然，对于恶意损坏豪车和严重违反道路交通安全法的行为，可以不适用赔偿限额原则，比如，故意碰撞豪车、醉驾、毒驾、无证驾驶等行为所造成的车祸，无论对方是不是豪车，都应当要求违法者多赔偿或者全额赔偿。

现实中，很多普通车主对豪车都是敬而远之，这种心态恐怕会助长一些豪华司机的不良心态，那些豪车横冲直撞，速度飞快，与不合理的赔偿规则是不是有一定关系，值得研究。

原载2020年10月20日每日甘肃网

赵 C 胜诉　个人权利得到尊重

江西公民赵 C 不用为名字再烦恼了。2008年6月8日，法院判决，他的姓名符合法律规定，不用改名。此前，因为身份证换证时，姓名太怪遭公安部门拒绝，他于是上诉捍卫自己的姓名权。

公安部门当初拒绝赵 C 的依据是，公安部文件《姓名登记条例（初稿）》规定：姓名不得使用或者含有下列文字、字母、数字、符号。

值得注意的是，这个《条例》只是部门文件，目前还只是初稿，而作为民事基本法律的《民法通则》则明确规定："公民享有姓名权，有权决定、使用和依照规定改变自己的姓名，禁止他人干涉、盗用、假冒。"这意味着赵 C 的名字完全符合法律的规定。法律常识是，任何部门制订的法律文件，都应当合乎基本法律规定，如果与上位法相冲突，则相关条款当然无效。

其实，公安机关之所以拿出这个尚无法律效力的文件来拒绝为公民赵 C 办理身份证，不过是因为英文字母 C 不好输入电脑。只因一个字符就要求公民将法律所支持的名字改掉，是办事人员图方便的简单处理。

赵 C 不惜为了姓名告上法庭，因为这名字是其父的得意之作。姓名寄托着父辈的希望，还有20年生命历史中厚重的生命体验和感情，关于一个人的成长历史和对于人生的感受，意义可谓重大。虽然名字只是一个符号，但他与个体的人血肉相连，不分彼此，代表了公民个人的意愿和权利。

从此层面上理解，赵 C 并非改一个字那么简单，它代表着个人权利。那么，各职能部门理当尊重公民对于姓名权的选择，而不能拒绝。

好在赵 C 获得了法院的支持。其意义是多方面的，最根本的意义就是彰显了对于公民个人权利的尊重，体现出以人为本的价值观念，同时是对公民个体意志自由的肯定。通过案件的审理，还敦促行政机关依法行政，尊重法律，学习以人为本的执政理念——政府的存在，是为大众服务，维护公民的所有合法权益，而不应当只看到部门利益，那种只为自己办事方便的做法，没有法律地位，应当予以摒弃。

原载2008年6月10日《北京晚报》6月17日《武汉晚报》

保健品乱忽悠　监管不能缺位

　　石家庄市食品药品监督管理局公布数据显示，今年一季度，这个局共接到消费者关于保健品方面投诉25件，经营者多利用健康讲座、免费出游等手段，诱导老年人购买高价保健品，且经常存在夸大功效、以保健品代替药品进行虚假广告宣传等问题。（2014年4月8日新华网）

　　在街头发小广告、邀请听讲座、送小礼品、免费体验，通过这些方式，向老年人出售保健品，这已经成为骗取钱财的套路。很多老年人被骗数千甚至上万元，很多案件中被骗老人不止一人，案值多达数十万甚至数百万。而且这类案件都不是一个人在战斗，通常都是团伙作案，就算是打一枪换一个地方，也基本是在光天化日之下、人流密集的场所进行。

　　通过对以往同类案件的梳理，不难发现这类案件具有明显民事欺诈和诈骗罪的构成要件，而且已经存在好多年了。这就让人难以理解：这类活动危害社会多年，还能明目张胆地进行，却没有人进行有效的干预，这是为什么呢？

　　仔细想想，以保健品推销为名的欺诈活动，和非法传销活动有一拼，都存在洗脑、诱导行为，只是传销活动，不仅洗脑，还可能非法拘禁，限制当事人的人身自由，甚至殴打、侵害当事人。非法传销活动早就被宣布为违法行为，在现实中同样屡禁不止，根除不了。保健品欺诈活动猖獗多年，也同样根除不了，相比之下，以保健品来诱惑老年人上当受骗，似乎要文明一些，也体现更多的自愿性质。

多年来，对于保健品欺诈行为难以禁绝的原因，一些职能部门给出的答案是，取证困难，法律存在漏洞等等。但依照职权，食药监局对保健品的真伪负有监管责任，工商部门可依据广告法对产品虚假宣传进行查处，公安部门对于涉嫌诈骗的可依法追究其刑事责任。

涉嫌违法活动的保健品，有的存在明显的质量问题，有些根本就没有取得生产许可证，有些存在明显的虚假宣传行为，加上这些人从经营活动中骗取保证金、打一枪换一个地方等手法，只要相关部门能负起责任来，这类违法活动不应当再有藏身之地。但现实却是，虚假宣传到处都存在，假冒食品也层出不穷，难道这些都是没有法律依据造成的？一些部门为了部门利益，自己发一个红头文件就可以强制推行，想收费就收费，想审批就审批，但对于这些事关民生、困扰民众多年的案件，又总以没有法律依据、证据难寻来说事，难免给人以推诿塞责之嫌。很多假冒产品，很多欺诈行为，新闻记者可以发现，执法部门却发现不了，实在耐人寻味。

既然这类欺诈活动总是以一个套路在活动，那么有关监管部门就该魔高一尺、道高一丈，法律依据不足，就要出台配套措施，证据不足，就要明察暗访。否则就会养虎为患，养蛆成痈。

原载2014年4月10日中工网－《劳动午报》

局长"被财产公示"当作何解

"工资4200元 / 月；隐性工资平均3800元 / 月；房产三套……"近日，一则《湖南省长沙市官员财产公示第一人》的帖子在网络上跟帖成千上万，特别是"隐性工资"和房产两项，很多网民质疑声一片。昨日，帖子"主角"长沙天心区规划局局长张力澄清，此帖并非他本人公示。"此帖明为赞扬，实为恶意攻击。"随后，张力向媒体公示了他的真实家庭财产，成为实际上的长沙官员财产公示第一人。（2010年4月7日《潇湘晨报》）

张局长的家庭财产"被公示"，其反应是被"黑"了，是什么地方得罪了人。在官员家庭财产公示制度尚未建立前，这位局长产生这样的反应完全可以理解。这起事件说明，在对官员的约束机制存在缺失的环境下，财产公示制度也会成为攻击他人的工具，所谓正道不通，歪道丛生。张局长"被公示"，很可能是有人利用大众对财产公示制度的企盼，所进行的一次网络恶搞，其目的恐怕和广西"韩局长"的香艳日记被人公之于网络一样，就是为了"黑"张局长一把。

张局长到底有无问题？为了应对网上"被公示"，他已通过媒体公开了家庭财产：5套房子，两部汽车，还有股票及现金若干。这是不是完全意义上的公开？收入与公开的财产是不是相符？他是不是真的有隐性收入？只要相关部门进行公开透明的调查，自然真相大白，还张局长以公道。

但是，如果财产公示制度不能真正确立，则不能保证其他官员不再成为"被公示"的对象。"被公示"的结果如果查出官员有问题，则非制度之功，而是人际关系相互倾轧之果，即使查出问题，官员也会内心不服——那些没有"被公示"者就干净吗？如果查不出问题，则成为对个别官员的折腾，其人格尊严及心理必然大受影响。在这样的官场环境之下做事，必然人人自危，官员为求自保而自然不敢得罪人，不敢严格执法，不敢勇于任事，只求相安无事。因此，财产"被公示"，不仅是制度不完善的悲哀，还让官场环境复杂化，必然影响公职人员的心理和行为，可谓影响"恶劣"得很。

如何消除这种"恶劣"影响呢？也非禁了帖子就能解决问题，这只是讳疾忌医，最根本的还是要尽快建立严格的官员财产公示制度，让所有官员的财产都公平公正地处于阳光之下。如此一来，清者自清，浊者自浊，有隐性收入的官员自然不容于制度，没问题的官员自然可以挺直腰杆做官，根本不必担心被"黑"，被恶搞，即使被"黑"，被恶搞，只要对公示财产和实际收入进行对照，自然清楚明白。

"官员财产被公示"，回帖百万，质疑纷纭，说明财产公示制度到了该真正制定实行的时候了。只有真正的财产公示制度，才能让所有官员都受到制度的公平对待，才会培养出勇于任事、严于依法办事的官员，而不必担心"冷箭"和"挑事"，官场的竞争环境才会变得公平公正。因此，"官员财产被公示"不妨视作对良好制度的另类呼唤。

原载2010年4月8日《新华每日电讯》

酒驾就拘役是整治马路杀手的好法子

近年来，随着汽车越来越多地进入普通人的生活，醉驾、飙车等现象造成的事故越来越多。有关部门的调查显示，2009年全国查处酒后驾驶案件31.3万起，其中醉酒驾驶4.2万起。相信这些只是被查处的酒驾案件，还有很多人酒驾却侥幸逃脱了，毕竟警察不可能每时每刻都去测司机体内的酒精指数。而酒后驾驶造成的恶性事件更是比比皆是，最近的恶性事件是12月5日河南省洛阳市洛宁县邮政局长谷青阳酒后驾车撞死5名青少年事件，再往前推，则有成都孙伟铭、南京张明宝等等，可以列出一大串名字。

自去年以来全国都在打击酒后驾车，但醉驾致人死伤仍然层出不穷。这种现状说明，现有法律对遏制酒驾没有起到良好的作用。在这一背景之下，"危险驾驶犯罪"被提上立法日程，正是现实的需要，醉驾、飙车等现象"逼"出了这一条款。

此前出台的道路交通安全法，对醉酒后驾驶机动车的处罚非常轻，通常处十五日以下拘留和暂扣三个月以上六个月以下机动车驾驶证，并处五百元以上二千元以下罚款。一年内有醉酒后驾驶机动车的行为，被处罚两次以上的，吊销机动车驾驶证，五年内不得驾驶营运机动车。刑法的交通肇事罪，对发生重大事故，致人重伤、死亡或者使公私财产遭受重大损失的，处3年以下有期徒刑或者拘役。情节特别恶劣才处7年以上有期徒刑。这样的规定，无疑难以遏制酒后驾驶行为，而且交通肇事罪是要发生后果才能治罚，无后果则不治罪。

反观国外对醉驾的处罚，在美国，酒后驾车一经查实即逮捕，并列入个人档案。血液中的酒精含量超过0.1%，则以醉酒驾车论处。如系首次醉酒驾车，除了罚款250~400美元之外，还可判处坐牢6个月。倘若酒后驾车被吊销执照后，仍继续驾车，将罚款500美元或坐牢一年。有的州甚至将醉酒驾车视为"蓄意谋杀"定罪。英国对酗酒开车的初犯驾驶员，吊销驾照1年；在10年内重犯者吊销驾照3年，外加1000英镑罚款；酒后开车发生事故者将终身不能开车。日本对酒驾判刑3年以下、罚金合人民币3.5万元；醉驾判刑5年以下、罚金合人民币7万元。从这些国家的规定可以看出，只要司机喝了酒，即使没有撞人，也会受到严厉处罚。

其实，治理醉驾，并不在于法律规定的刑期有多长，更重要的是，法律对酒驾要零容忍。也就是说，只要醉驾，就要治罪，"酒驾是犯罪"应成现实共识。现在国内将危险驾驶罪写入刑法，规定只要醉驾处以拘役以上处罚，这非常好，对于治理醉驾有很好的遏制作用。经常有人说国内特殊的酒文化造成醉驾泛滥，我看主要是处罚太轻，惯坏了各路醉鬼，让一些人总是心存侥幸，如果酒驾就拘役几个月，许多人在酒杯面前肯定要好好想想。总之，在车时代，用严厉的法律治理酒驾，实在是现实需要，是保障大众安全之必须。

原载2010年12月22日人民网

对"路怒族"引发的暴力当如何反思

2015年5月3日下午，成都的卢女士驾驶车辆准备前往三圣乡，被一红色polo车逼停，并遭到对方男性车主的暴打，致其右肩骨折、脑震荡，身上多处淤青。打人男子随后被周围市民拦下。目前，该男子已被警方控制，受伤的卢女士正在医院接受治疗。（5月4日人民网）

只因一次不经意的变道，却惹得后面车主火冒三丈，竟然逼停车辆，疯狂施暴。这种现象虽令人惊诧，却并不意外。现实中，有人因开车发生口角，向其他司机喷射催泪剂；有人因情绪不佳，要暴打警察；连一些名人也在开车的时候情绪失控：去年年末，相声演员周炜就因为开车与人斗气发生冲突……

对于开车时情绪不佳、容易发怒的现象，"路怒症"这一名词作了很好的概括。据百度百科称，"路怒"一词甚至被收入新版牛津词语大辞典。可见，开车引发的怒火与冲突还真是不少，这一现象几成世界范围内的流行病。

据中科院心理研究所张雨青教授指导的《城市拥堵与司机驾驶焦虑调研》显示：北上广35%的司机称自己属于"路怒族"。还有调查结果显示，56.99%的受访者认为自己是"路怒族"，"路怒族"在人群中的比例基本上随着驾龄的增长而增加。其中，驾龄在10年以上的受访者中，认为自己是"路怒族"的比例最高，达到88.89%，而驾龄在1~5年的受访者中认为自己是"路怒族"的比例最低，为57.14%。为什么会产生"路怒"呢？专家的分析是驾驶中面临的各种压力，比如交通拥堵、恶劣天气、车辆事故、其他司机的野蛮驾驶行为等，都是"路怒"的重要根源。

也许很多人都有这样的经历，开车途中被其他车辆违规"逼"了一下，或者有人随意变道，就会表现得很生气，有的人会追上去，还以颜色，将对方也逼一下，或者直接破口大骂，抱怨对方不会开车。这种现象在城市驾车族中不在少数，甚至一些平时性格温和的人开车后像换了一个人一样，变得满口粗话，在驾车过程中抱怨个不停。国内城市流行的一句话是，"开车得学会抢道"，仿佛不会抢道，就不会开车，就会寸步难行。抢道意识，恐怕是许多道路拥堵的根源，也是"路怒"产生的心理源头之一。

"路怒"正随着国内汽车数量的增长，成为一种流行的心理疾病，在国内的道路上蔓延、传播，这种现象，需要引起管理者和整个社会的关注。像四川成都的这位打人者，也许平时并不是一个多么坏的人，只是因为有人开车变道惊吓了他的孩子，就变得失去理智，要对他人施暴。而这样的人在人群中有多少，值得研究和关注，毕竟为了开车而和人斗气，不仅不利于驾车者身心健康，更不利于交通安全。

"世界如此美妙，你却如此暴躁？""路怒症"和驾驶习惯不好有关，也与过于拥堵的交通环境有关，更与司机自身素质与认知有很大的关系。

每一个驾驶员都要学会自我调节，开车时要学会自我减压，勿将不良情绪带上车，要避免因匆忙而导致不安情绪；开车不要与人吵架，退一步海阔天空。除了个人管理好自己的情绪，管理部门要展开对驾驶员心理的干预，一些国家对驾驶员的心理进行定期检测，对于一些易"路怒"的司机，定期进行心理干预。

总之，"路怒症"不是小事情，需要每个驾车者都有清醒的认知，开车时要学会礼让，尽量遵守交通规则，不抢道争道，同时，交管部门要管理好道路，减少拥堵，消除影响驾车者情绪的因素。只有驾车环境好了，文明驾车者多了，这种毛病存在的土壤就少了，"路怒族"自然就会痊愈吧。

原载2015年5月5日《西部商报》

为何又是"真凶""帮忙"平反冤案

2010年9月6日，失去人身自由3年零4个月的河南周口市鹿邑县村民张振风回到家中。他2007年6月3日因涉嫌入室抢劫、强奸被柘城警方抓获。2008年11月，商丘市中级人民法院一审判处张振风死刑，缓期二年执行。一个月前，张振风案出现重大转机，因其他犯罪行为入狱的王银光被查出是该起强奸、抢劫案的真凶。（9月9日《中国青年报》）

4个月前，河南商丘柘城县人赵作海被无罪释放。时隔4个月，邻县的张振风在柘城县被无罪释放。赵作海和张振风都是被柘城县相关部门"冤枉"的。

赵作海案，司法机关对证据的矛盾之处视而不见，刑讯逼供、屈打成招，硬是将赵作海送进大牢11年。张振风案，公安机关将受害人体内残留的精液进行DNA鉴定，鉴定结论已排除了他的强奸犯罪嫌疑，但该结论竟被办案人员隐匿，愣把他关起来3年多。好在两起冤案都出现了戏剧性的结局，真正的元凶都在落网后主动供出了犯罪事实，让他们的冤屈得以昭雪。这种戏剧性的结局能被赵作海和张振风等人遇到，不能不说是他们的幸运。但这种幸运并不是纠错机制发挥作用的结果，那么，这种幸运让人总感觉到不寒而栗。

商丘柘城县为何连续发生类似冤案？这是不是最后一起？颇令人担忧。而放眼全国，这类案件也不时冒出，佘祥林、聂树斌、广西河池东兰县青年王子发等等。这些人中，有人被判死刑立即执行，命丧黄泉；有人"幸运地"被判了死缓或有期徒刑，保住了性命，但同样遭遇牢狱之灾；有些冤案至今还没有得到纠正，即使真凶落网，也没有被平反昭雪。这些案件都是因为真凶落网而被发现是冤案的，如果真凶不落网，这些人岂不要将牢底坐穿？其他地方还有没有类似冤案？该如何从制度上防止冤案的一再发生？

原载2010年9月10日新华网

谁给了教育局一日签发 167 份调令的权力

近日，湖南省耒阳市教育局一日签发167份调令，将大批农村教师调往市区学校任教，一时间舆论哗然。目前，涉及此事的耒阳市教育局局长王宗江已被衡阳市纪委双规，主管人事的副局长贺洪兴也因为在此次教师调动中收受贿赂被衡阳市检察院决定逮捕。（5月24日《法治日报》）

"突击调动"伴随着"突击腐败"并非个案。2009年8月，河北武安教育局冯云生免职当晚签发百封调令，将百余农村教师调入城市。事后有关部门调查发现，教师调动系冯云生一手操作，他先后8次收受现金共计8.7万元。

这种教育领域里的"突击调动"事件，有两个特点值得关注：一是农村教师想方设法进城背后的问题；二是这类事件往往都伴随着腐败问题。第一个问题实质上是教育公平问题。由于教育投入的不公平，造成教育资源相对不均衡，不仅农村学校的教学质量比城市差，农村教师的待遇也比城市教师差，加之城乡生活质量、生活环境等方面的差距，使农村教师容易患上"思城病"，总要想方设法进城工作。这种现象造成的结果就是农村优秀教师流失，农村教育质量下滑，愿意在农村读书的孩子越来越少。

耒阳市此前对"调动"事件的答复中就提到，"家长不希望自己的孩子输在起跑线上，这就形成了普遍的'择校热'：农村的学生到县城就学，县城的学生往地级市城市就学，地级市城市的学生往省城甚至首都就学。

这在客观上造成了城乡教育发展严重失衡，教育资源急需有效整合，教师资源急需重新合理调整。"这份答复将教师调动的原因归结为城市化和人民群众教育需求的提高，然而，教育资源的整合并非一朝一夕就能完成的，更不能用"突击调动"实现教育资源的均衡。

至于"突击调动"背后的"突击腐败"，归根结底是权力没有得到有效的制约。从耒阳和武安的两起调动事件中可以看出，调动教师的大权集中在教育局主要领导之手，由于对"一把手"决策缺乏有效监管，导致腐败丛生。而这种利用调动工作的权力搞腐败，不仅在教育领域存在，其他领域也有。解决问题的关键是完善人事制度，以制度堵住权钱交易的空间，防止权力"裸奔"。

原载2010年5月25日新华网

习惯性解释不如习惯性执法

  "五一"小长假即将到来。北京市劳动保障部门表示，对于实行标准工时制的劳动者，如果在"五一"等法定节假日加班，加班费应当以不低于日工资基数的3倍支付加班工资，而在5月2日、3日加班应当以公休日加班的标准给予双倍支付工资。

  每到节假日到来前，劳动保障部门常会解释劳动者在法定节假日里加班工资的计算方法，这几乎成为一种"习惯"常态，这种解释给人感觉劳动者和用人单位只在加班工资如何计算上存在分歧，担心劳动者不会计算加班工资而吃亏。然而现实的情况是，这类问题实在是一个细枝末节的问题，在一些地方，权利似乎只是写在纸面上，根本就没有兑现到劳动者身上。有些企业员工根本就不是每周工作40小时，而是每周只能休息一天，甚至一个月只能休息一两天，至于平时随意安排超时加班的现象更是普遍，根本不和劳动者商量，这些企业大多也没有工会组织之类的机构代表劳动者去协商。许多劳动者在就业压力下担心失业，没有维权的动力，因此这些行业的就业者很少有人拍案而起去维权，这使得节假日不安排休息似乎顺理成章，不给加班工资天经地义，一个月安排休息两天则是正常现象，至于众多的节假日放假、加班工资之类，很多劳动者连想都不敢想。而且，这些超时用工的企业有些还存在没有给劳动者购买养老、医疗等保险的现象。

劳动法实施多年，劳动合同法也已经实施几个月，劳动保障部门对这些问题改变了多少？难道发现违法用工的问题就这么难？其实发现这些问题并不难。只要在平时的执法中稍微留意即可，比如在检查时向劳动者打听一下，买了保险没有，节假日休息几天，加班工资如何计算，同时对用工单位账目进行核对往往就能一目了然。问题的关键是很多时候对违法行为视而不见，所谓的执法检查也是大张旗鼓地走过场，在被检查单位转一圈了事。否则这些普遍的违法用工现象的存在就无法解释，执法者的"心盲"才是造成这种现状的根源。

因此，与其在节假日前教劳动者如何计算加班工资，不如真正地走出去，变习惯性的解释为习惯性执法，在日常工作中对违法用工进行打击，切实维护劳动者的合法权益，同时，应当变五一节这个劳动者的节日为维护劳动者权益的日子，集中进行劳动执法宣传活动，让劳动者的权益落到实处。

原载2008年4月27日《人民法院报》

"不好意思执法"是情大于法

《二湘都市报》4日报道，从2007年开始，100多名湖南益阳的农民工被拖欠工资122万元，向雇工方长沙道林建筑工程有限公司讨薪，却被屡次殴打。2009年，两级法院判决施工方向民工支付薪水，但公司老板拒不执行并曾指使人扣押3名法警。对此违法"老赖"，法院于今年3月18日作出拘留15天的裁定，可是一个多月过去仍未执行。有关执行局一局长称，他们与老板认识，不好意思去抓人。

因与违法的老板认识，法院执行局居然就不好意思去执法，这是典型的人情大于法的表现，法律是天下公器，代表公共利益，对法院判决的执行，表面是维护具体权益人的利益，本质上却是对法律秩序的维护，对公共利益的维护。而人情，只是私人之谊，如果司法机关废公益而念私情不执行法律的裁判，就是将人情凌驾于法律之上，是因私废公。如此做还是将法律赋予的执行权当成私权来用的表现，实在要不得！执法不可因私废公，人情不可大于法，这本是常识，作为法院执行局局长不可能不知道。可是在具体执法过程中，其居然如此高调地把人情凌驾于法律之上，这不能不让人引发联想：执行局局长与欠薪老板的"认识"程度，恐怕不会仅仅是点头之交，也恐怕不会仅仅是普通工作关系——法院执行局和欠薪老板的工作关系是执行人与被执行人的关系，如果没有别的私交，想必难以产生深厚的友谊，也不至会置100多名农民工利益和法律的尊严于不顾。

执法难过人情关的现象，在有的地方是当下司法现实的一个侧影。人情网、关系网不时扭曲着法律的执行，不少判决执行难的背后，恐怕都有人情关系的影子。它让公平正义难以实现，让法律秩序难以维护。而司法是正义之源，是维护社会公正的最后防线，如果正义之源被人情网、关系源污染，结果就是社会对司法机关的失望和不信任。以往，有些讨薪者宁愿去一些机关上访，或者采取不理智的方式讨薪，而不愿到法院打官司维权，恐怕与有的地方的司法执行力不够强不无关系。而如果法院判决不时被人情"打折"，化解矛盾的制度通道不时被关系网壅塞，那社会矛盾又怎么能及时得到有效的化解？

因此，对上述因与违法老板认识就不好意思执法的现象，不能仅仅把其当作个例来看待，而应深刻反思其存在的根源，进而加强严格依法执法的教育和加大对不公正执法问题的整肃力度，以使执法的公信力得以昭彰。

原载2010年5月5日《西安晚报》，5月17日《湖北日报》

严肃驾照考试　减少"马路杀手"

据宁夏吴忠市公安局2012年5月5日通报称，吴忠市同心县宏翔驾驶学校，因其培训的学员丁某肇事造成18死7伤，该驾校被连带追责，停业整顿，肇事学员所持驾照的责任考官也被调离原工作岗位。

驾驶员交通肇事，倒查驾驶员曾接受培训的驾校和考取驾照的考官，是反思事故发生的深层次原因，也是对道路安全和社会大众负责。

近日公安部交管局再次推出多项新措施严格驾驶人没考试发证、上路行驶、教育管理等要求，凡是发生交通死亡事故的，要对司机考试、发证等环节进行责任倒查，发现违法违规发证等问题将严惩。新措施包括培训、考试、执法管理、企业源头监管等环节。

应当看到，这种责任倒查制度非常必要，是对现实中存在的违规行为的具体回应。公安部交管局有关负责人指出，近年来中国机动车和驾驶员的年平均增长率分别为17.3%和12.4%，与此同时，交通安全形势日益严峻，道路交通违章、肇事问题突出，尤其是新驾驶员交通肇事率居高不下，驾驶员整体素质亟待提高。据公安部交管局通报的数字显示，2011年上半年，3年以下驾龄的司机肇事造成1.5万多人死亡，占肇事致死人数的44.4%。其中，1年以下驾龄的司机肇事致死6801人，占肇事致死人数的19.4%。

这种状况说明，当下的驾驶员培训及考试存在着一定问题。近年来，随着汽车进入大众生活，驾驶证考试越来越红火，但一些违规违法行为却从未禁绝，甚至明目张明地存在着：一些驾驶学校存在违规办学现象，学员练车时间难以保证；更为严重的是，一些驾校公然向学员承诺包过，甚至违规收取费用帮助学员收买考官。只要在正常学费之外多交千余元或数千元，在考试时就会受到特殊对待，即使考试中出现差错，也会被睁一眼闭一眼地"放行"。在一些地方，驾校学员之间会公开交流"花钱过"和"自己过"之类的话题。驾照考试中存在的"花钱过"之类的行为，和赤裸裸地买驾照还是有所区别，但仍然会将不合格的学员放过去，造就不合格驾驶员，给交通安全造成隐患。这种违规行为可能涉及驾校、教练、考官。那么，对这些人进行责任倒查，就是减少驾驶员培训过程中的违法渎职和腐败行为。

为了遏制这类违法现象，政府出台了很多约束机制，比如实行驾驶员考试红外线监测，减少考试过程中的人为因素。这些措施有一定效果，但违规行为并未完全杜绝。

人们把技术不高的驾驶员称为"马路杀手"，而驾照考试过程中的违法腐败行为就是在培养"马路杀手"。那么，对于培养"马路杀手"的行为，纪检司法等部门应主动介入，痛下决心整治，这才是对交通安全负责，才是对大众的生命财产安全负责。

原载2012年5月8日《西部商报》

"驾照自考"要上路　法律规则需清障

在近日举行的全国公安机关改革办公室主任座谈会上，相关人员透露，今年内，小型汽车驾驶人自学直考、自主预约考试、异地考试将展开改革试点，学车人只要到驾校把基础学好，其他方面就可以不再到驾校学习。这些试点工作有可能在7月全面铺开。

现在的驾校模式，收费昂贵，易产生腐败，不仅考官和驾校容易勾结，连教练都会利用安排考试和教学的便利对学员吃拿卡要，胡乱收费。如果驾照自学考试和自主预约考试顺利实施，将强化学员自主选择权，有利于促使驾校提高教学质量，提高考试的公正性。

但应当看到，自主预约考试相对容易操作，只要平台建设合理，规则公开透明，则容易达到公平公正。重要的是，预约平台的搭建不能留下容易弄虚作假的"后门"。

驾照自考要真正落到实处，恐怕没有那么容易，还得进行法律法规的清障。虽然公安部公布的《机动车驾驶证申领和使用规定》，只要符合规定的年龄和身体条件，持本人身份证和医疗机构出具的有关身体条件的证明，就可到车管所进行申领驾照的考试。《行政许可法》第54条也规定："赋予公民特定资格的考试，不得组织强制性的资格考试的考前培训。"

但现实中，很多地方都出台了硬性规定，要求报考者必须经过驾校培训才能考试。另外，《道路交通安全法实施条例》第20条规定，"在道路上学习驾驶，应当按照公安机关交通管理部门指定的路线、时间进行。在道路上学习机动车驾驶技能应当使用教练车，在教练员随车指导下进行，与教学无关的人员不得乘坐教练车。"

为了驾照自考制度的落实，必须依照法治的精神，对于阻挡自考制度落实的法律进行修订和清理。尤其是"报考者还必须经过驾校培训"的地方性规定，与上位法严重抵触，必须彻底清理。同时对《道路交通安全法实施条例》第20条规定应尽快修订。如果这条法律仍然存在，那么，学车就必须在指定的道路，在教练的指导下用教练车学习。现实中，只有驾校被允许有合法的教练和教练车，拥有合法的练车场地及道路。

其实，"驾照自考"在许多国家早就存在。在美国等国家，只要通过网上报名预约考试，考过笔试就可以拿到实习驾照，在拥有正式驾照者的指导下，上路学习。实践中，很多人通常会找块宽敞无人的平地，在有驾照者的指导下逐步练习。

因此，驾照自学直考要完全实现，就应当从法律制度上"清障"，让学车者在通过交通法规的考试后，也能找块空地，请有驾照的亲朋或者职业教练陪同练车。只要考试的程序严格科学，照样能培养出合格的驾驶员。

原载2015年4月17日《西部商报》

盼所有侵犯公民信息者都被绳之以法

全国首例侵犯公民信息犯罪案日前在广东宣判，被告人周建平因向骗子非法出售个人信息资料被以非法获取公民个人信息罪判处有期徒刑1年6个月，并处罚金2000元。成为国内被法院以侵犯个人信息安全的新罪名追究刑事责任的第一人。（据2010年1月4日《广州日报》）

现实中，多数人都有被陌生电话骚扰的经历，也遭遇个人信息被泄露的困惑。比如，办完手机号没几天，陌生电话就可能打进来，宣称亲友在外遇到难处，急盼向某账户打款若干；孩子在医院出生没几天，就有保险业务员及儿童摄影城业务员找上门来；买了房子之后，装修公司的电话就不断打来。现在，出卖个人信息的罪犯终于被揪出来了，大家真该庆祝一下了。

不过且慢高兴，仔细一分析就感觉全国首例侵犯公民信息犯罪，并非吹响打击侵害个人信息犯罪的号角，更像一起偶然事件。首先，这起犯罪行为的受害者是当地高级领导及亲属。据了解，周建平是将高级别领导的14份电话清单卖了1.6万元，诈骗集团凭此冒充领导非法敛财83万元。如果不是领导干部因个人信息被泄而受骗，骗子会不会这么快落网？实在是个疑问。

这种说法并非危言耸听。钟南山的笔记本电脑丢失，警方几天内就能破案；丽江挂职副市长王志的手机丢了几小时，警方就能找回。但现实中，一般老百姓被骗被偷，恐怕更多是被白偷白骗。前一阵还有媒体报道，广州多半受害者不愿报案，而不报案的原因就是很多人觉得报案也是白报。

其次，国内绝大多数人个人信息都被侵害过，但在这起案件之前，泄露个人信息者受到过惩治吗？中国青年报社会调查中心2008年所作的一项公众社会调查显示，有88.8％的人表示自己有因为个人信息泄露而遭遇困扰的经历，其中垃圾短信、电话骚扰、垃圾邮件被视为三大"罪魁"。真正的出卖信息者，则是那些能接触公民信息的单位和个人，比如金融、电信、教育、医疗等单位及工作人员。这些真正的泄密者，何曾受到过惩罚？周建平出卖他人电话清单被判刑，但他从哪里获取了电话清单，真正的源头并没有得到惩治。

虽然，该案的审判，并非吹响打击侵害个人信息犯罪的号角，但至少能给那些出卖个人信息者一个警醒。希望所有出卖公民信息的犯罪分子都能尽快被绳之以法。

原载2010年1月5日《重庆晨报》《楚天都市报》《上海商报》

领导醉驾免刑责判决书咋也成"机密"

酒精测试结果超出醉驾标准两倍多，检察院提诉判刑两个月，却被法院以"驾驶距离不远"为由，免究刑责。近日，这一发生在深圳龙岗区坪地街道办领导莫某某身上的故事，成为舆论焦点。近日记者了解到，龙岗区法院至今以"涉密"为由，拒绝公开此案判决书；龙岗区检察院则坚称"免刑"是法官"自由裁量权"，不予抗诉；而莫王松所在的街道办，至今未按党纪和公务员条例作出处理。（2012年6月19日《中国青年报》）

醉驾本应入刑，可深圳龙岗区法院却以驾驶距离不远为由免除莫王松刑责，如此曲解法律，让人感觉司法不公，毕竟多数人醉驾，无论情节轻重都得承担刑责，为何独独这名正科级公务员特殊？

更无语的是，龙岗区法院至今以涉及国家机密和审判秘密为由拒绝公开判决书，为何一起普通的醉驾案也拿"涉及机密"做挡箭牌？对此，中国政法大学法学院副院长何兵教授一针见血地说，所谓"涉密"只是法院的托词。

既然龙岗区法院觉得他们的判决公平公正，为何连判决书都藏着掖着？难道掩盖起来大家就不质疑了？公正的东西，从来不怕被质疑，只有见不得人的勾当才害怕阳光。龙岗区法院至今拒绝公开莫王松的判决书，于法无据，属任意为之。

从报道可知，莫某某职位虽然不高，但能耐似乎不小，醉驾后不仅可以让交警放行自己，而且还能让检察院、法院继续放自己一马。更耐人寻味的一个细节是：记者采访莫王松之前，他已接到龙岗区法院人士的报信，这意味着，他和该法院的关系不同寻常。我们不禁要推测：难道莫王松醉驾被判免刑责，是官场上常见的"官官相护"，还是他和龙岗区法院领导存在不为人知的利益瓜葛，以至后者要冒天下之大不韪，在公众面前上演权大于法的丑剧？

可以说，现在的问题已不是莫王松醉驾该不该免刑责，而是龙岗区法院必须向公众说清楚：如此判案的背后，究竟藏着什么猫腻？

原载2012年6月20日《海峡都市报》

"拾金不昧"又规避风险有何不可

2009年12月8日下午，在汉中门大街5路底站附近，两名小伙子同时发现路边有一沓百元大钞，担心做好事反遭人误解，就没有捡起钱，而是冒雨守在路边等警察。（12月9日《扬子晚报》）

难为两个年轻人了，"拾金不昧"又担心被讹，只好冒雨等待警察来接收钱款。以前的一首儿歌里唱道：我在马路边捡到一分钱，把它交到警察叔叔手里面。在当下这个时代，一分钱可以直接捡起来交给警察叔叔，但如果是一大叠钱，就最好别捡起来，而要打电话等警察叔叔亲自来捡。这是生活教给人们的经验。生活一再提醒人们，不光股市有风险，入市须谨慎，做好事同样有风险，伸手须谨慎。

南京小伙彭宇伸手扶老太太被告上法庭后，伸手扶跌倒老人的人们谨慎多了。而"豆饼老人"拾金不昧成为被告的事在不久前也发生了，人们怎会不变得谨慎？

有了这样的生活经验，两个小伙的谨慎态度不难理解。现在，老人倒地无人扶的现象在许多地方已经发生过，但还有不少人在扶倒地老人时，都要找到见证人才肯援手，这样的行善者虽然看起来"私心"重了些，却也更理性。谁让我们这个社会不那么诚信呢？比起抱怨社会不够诚信而不敢行善，在证人注视下行善更值得称道。而捡钱者打电话叫警察亲自来"拾金"，与找到证人再扶倒地老人一样，都可以视作更加理性的行善者，这样的行善者更加难能可贵，毕竟好心无好报的事自古就存在，"农夫与蛇"的寓言自古流传，那么，做好事而能趋利避害，更值得称道。做好事也应保留证据，善行既可完成，自身还不受损失，实在令人敬重。

善行从来就是有代价的，并非举手之劳即可成就，有些时候行善者会遇到大麻烦，大的善行还可能让行善者"舍生取义"，小的善行可能让行善者赔上时间和金钱。那么，在行善的过程中，能够利用规则来保护自己，则善莫大焉。

其实，行善者付出了时间和精力，在实际操作过程中，受益人给予一些回报才是正当的，这对现代生活更有意义。这两名青年拾金不昧，在法律上叫无因管理，他们淋了雨还付出了时间，在许多国家，失主应当给予一定比例的报酬，以对善行所付出的成本进行弥补。如果能这样，善行虽然有风险，有成本，但只要合乎规则地行善，还可以得到酬劳，则更能激发行善者的热情，即使行善很麻烦，也会让人们争相行善，对弘扬正气更有好处。

原载2009年12月10日千龙网

善心也需要契约保障

几年前，一部反映发廊妹生活的电视纪录片《姐妹》在全国各地热播。此后，片子主人公章桦开始关心需要帮助的人。两年前，她开始关注衢州小姑娘小双（化名），并为她筹到了10万元捐款。但让章桦想不到的是，2008年初，小双把她告上了法庭，要她退还9万元捐款。（据《浙江法制报》）

从这起纠纷产生的原因看，章桦帮助小双找到10万元后，却将善款置于自己的监控之下，而当小双因现实原因更换医院时，她担心钱款不能完全用于医疗而拒绝将善款交给小双的家人。且不说爱心大使直接监控善款的方式是否妥当，仔细分析就会发现，是陌生人之间的不信任导致了矛盾的产生。

陌生人之间的合作是现代社会的特点，但这种合作关系通常建立在契约之上，与传统社会熟人之间的信任关系不同。无论是生意关系，劳动关系，还是爱心的赠与关系，都建立在这种"游戏规则"之上。章桦后来其实已经意识到了这一问题，她后悔没有从一开始就与对方签合同。如果用合同将双方的权利义务写清楚，虽然麻烦一些，有点照章办事的冷冰冰的文牍主义，但一切都清清楚楚、明明白白，反倒更容易保障人与人之间的信任关系。

另外，除了契约之外，必须建立起一些制度性措施来对具体事务进行操作，让爱心大使脱离善款监控者的角色，比如对于民间自发成立的援助资金，可以建立起正当合法的机构来进行操作，并在现实中逐渐完善操作模式。

原载2008年3月28日《经济参考报》

《消法》修订要力争为消费者扩权

2013年4月23日，《消费者权益保护法》修正案草案首次提交全国人大。据了解，非现场购物将被赋予"后悔权"，冲动网购后不满意可在7天内退货；买汽车、电脑、冰箱等耐用商品出现问题，拟由经营者举证"自证清白"；欺诈消费的惩罚性赔偿额度，拟由原来的双倍提升到3倍。（4月24日《新华每日电讯》）

《消法》的修订，应当为消费者"扩权"。找出过去消费者权益保护方面的不足和漏洞，用法律的形式予以完善，才能破解过去消费者权益难以维护的法律困境，从而更好地维护消费者利益，促进国内各行业提高服务质量。

相信很多人已经觉察到，现行消法在消费者权益保护上存在诸多不足，对消费者权利范围的界定已比较落后，尤其是随着营销方式变化以及网络经济出现，一些消费者权益受损之后在现行消法中已经找不到法律支持。

比如，现行消法中关于举证责任规定的缺失，造成消费者在消费纠纷中处于弱者地位，特别是高额的商品检测费用往往超过纠纷商品本身的价值，造成举证困难，使消费者难以维权。再比如，行政执法中的多头管理问题、缺陷商品退出市场的禁令、缺陷商品强制召回制度、集团诉讼的程序缺失等，这许许多多的法律困境在现实中时常出现，有待修订法律来一一回应。

已经提交全国人大的《消法》草案，在个人信息保护、完善"三包"规定、加大对欺诈行为的惩罚力度三方面，作出了修改。与此同时，它赋予消费者一定程度的"后悔权"，惩罚性条款拟调整为"1+2"赔偿，并拟设立一个500元的赔偿数额下限，对公益诉讼要进行细化等。

这些修订都非常必要，其中"后悔权"的引入，在网络消费时代将非常必要。"后悔权"也称"冷静期"，相当于无因退货。但这项权利不应当仅限于网购，应当引入更多的消费领域，比如房地产、汽车大件商品的消费中，这在许多国家早已是一种现实。

在《消法》的修改上，步子可以迈得更大些，不能缩手缩脚，过多照顾企业和商家的利益。比如，草案目前并没有写入"惩罚性赔偿上不封顶"原则，虽然对侵害消费者利益的罚则是将原有赔偿上限——双倍调高至3倍，这从一定程度上加重了企业的成本，但恐怕还不足以督促生产者强化产品质量的积极性。成熟市场经济国家的经验告诉我们，只有对生产者管理得非常严格，才可能促使企业提高产品质量，而"惩罚性赔偿上不封顶"就是非常有效的利器。

还有，虽然当前法律已经赋予消费者组织的公益诉讼制度，但在现实中仍然没有被激活，有必要进一步明确和细化。从前，消费者遇到类似三聚氰胺、苏丹红这种受害面大的群体事件，因为法律的缺失，难以用公益消费这种集团诉讼的方式来解决问题，无疑不利于消费者利益的保护。如果这个制度被激活，由消协代表受害的不特定的多数消费者，替他们打官司，就可以彻底解决消费者"为了追回一只鸡、必须杀掉一头牛"的维权困境。

总之，对消费者权益的保护，要更加立足现实，多听取消费者的声音，对现实存在的矛盾不能回避，更不能被利益集团所束缚，只有如此，才能制订出维护消费者权益的良法。

原载2013年4月25日《新华每日电讯》

员工休年假一定影响企业效益吗

暑期临近尾声，在山东一家商业银行网点做柜员的赵兆，休年假的申请被单位驳回了，"我们网点小，只有两名柜员，一人休假就意味着同事要替班或从其他网点借人顶班，领导没批。"赵兆的经历，也是不少无法享受带薪休假的职工的真实写照。（《工人日报》8月28日）

带薪休假引发社会关注，本不是个新鲜事。2008年1月起施行的《职工带薪年休假条例》明确，单位应当保证职工享受年休假，职工在年休假期间享受与正常工作期间相同的工资收入。但是，这项职工权益在现实中并没有完全落到实处。

人社部在2020年9月18日对十三届全国人大三次会议建议的答复中介绍，近三年人社部开展的60个城市人力资源和社会保障基本情况调查数据显示，所在单位实行带薪年休假制度（不含可放寒暑假的单位）且具备休假条件（工作满1年）的职工中，能够享受带薪年休假的人数比例为60%左右。特别是对一些中小型民营企业从业者来说，当他们连正常的周末双休都难以享受，加班更是家常便饭，这时，讲带薪休假似乎有些奢侈。

一些单位为何无法落实带薪休假？一是监管不到位，执法的刚性不够，违法成本太低，让一些单位缺乏落实这一制度的动力；二是落实带薪休假制度会增加企业的用人成本，影响单位效益；三是一些职工出于保住岗位、担心影响收入和职级晋升等考虑，不敢休、不愿休。

对此，执法者、监管者要行动起来，积极展开调查研究，严格执法，维护劳动者的正当权利。只要执法有刚性、敢于动真碰硬，对于有能力落实相关制度而"装聋作哑"的企业进行处罚，将用人单位落实带薪休假制度的情况纳入行政监督和诚信考核体系，一些单位保障劳动者权益的意识就会随之提升。当然，不同单位面临的现实境况有所差异，对于确实存在经营困难的企业，可以进行暂缓，一旦有能力之后要对劳动者进行补偿。

同时，劳动者要强化自我维权意识，及时通过各类渠道维护自身权益。比如，可以积极向劳动监察部门投诉，或通过新闻媒体、司法等途径维权。在这个过程中，工会要发挥自身作用，通过集体协商和法律监督机制，为劳动者维权保驾护航。

此外，企业的管理观念要与时俱进，不能再抱着固有偏见不放，认为员工休年假只会影响企业效益。做任何事情都应张弛有度，事实上，给予劳动者适当的休息时间，使其调整到最佳状态，反而有助于增加其工作积极性，提升其对企业的认同感和归属感，从而更好地为企业创造效益。

全面落实带薪休假制度，不仅有助于维护劳动者休息休假的权利，还对促进旅游和消费发挥着重要作用。将相关制度尽快落到实处，避免其成为"纸上权益"，是广大职工和社会各界普遍的愿望。

原载2023年8月30日《中国青年报》客户端

奶企添加三胺时奶协在哪？

据《新快报》报道，中国奶业协会理事王丁棉6日向记者证实，目前国内大概有30万吨的奶粉库存积压，若不能在保质期内及时处理，乳企面临的将是无可挽回的巨大经济损失。中国奶业协会向政府提出了10万吨奶粉收储的建议，目前该意见正在研究中。

众所周知，中国奶业的困境缘于三聚氰胺事件让消费者对国产奶丧失信心。这原本是正常的市场规律——你的东西不让消费者放心，消费者自然不愿意消费。这种困境原本是奶业不自律种下的恶果，如今却总想着让政府为自己解困，这种想法很不厚道。

国家建立储备制度，意在调控市场，平衡余缺，应急备荒，储备对象都是事关国计民生的重要物资，如石油、粮食等。历史证明，无粮不稳，无石油则产业无法维持。但没奶喝，顶多生活质量受损，不可能"无奶不稳"。

再说了，粮食、石油可以长期存在，即使粮食陈化还可以做工业原料，但奶制品长期存放却很难，过了保质期就是垃圾一堆。现在奶制品放在企业库房会变质，造成损失，难道政府收储就不会造成损失？

政府即使花再大代价也非做不可的事，都事关全局利益，而建立奶储备，不过对奶企有利，对全体公众有什么益处？政府有什么理由拿全体纳税人的钱买企业的剩余产品？

须知，奶制品会被企业源源不断生产出来，眼下的剩余产品被储备，如果市场仍不能振兴，还会出现积压，是不是还要政府加大储备呢？如果所有行业的产品出现过剩就要求政府储备，那政府岂不成为积压产品的库房？

当奶企给奶中添加三聚氰胺成为行业规则时，奶业协会在哪？现在，奶业协会却跑出来找政府。这样的奶业协会存在的价值在哪？

原载2009年4月8日《法制晚报》

救灾物资回收有了制度保障

为了加强救灾物资管理，提高救灾物资的回收水平和使用效率，防止救灾物资的浪费，日前，民政部根据国家现行有关政策规定制定出台《救灾物资回收管理暂行办法》（以下简称《办法》），对救灾物资的回收管理和利用作出详细规定。（2008年8月12日中新网）

应当看到，《办法》出台是对我国救灾体系的加固和完善，是对制度漏洞的拾遗补阙，有利于今后更加有效地救灾，保证救灾物资的有效利用。这是今年以来从雪灾到地震等一系列灾情带给社会的进步。

对灾难的抵御，除了灵活高效的反应能力外，更重要的是要有强大的物资后盾，否则所谓的救灾不过是句空话。我国自古以来就是一个灾难频生的国度，地震、海啸、暴雨、洪水、泥石流、雪灾等灾害几乎年年发生。在这种现实之下，各地每年都会将大量物资投入救灾活动，其中包括许多可以重复利用的物资，比如帐篷、活动板房、医疗器械及发电设备等等。如果不能从制度上保障，对一些可重复使用的物资进行回收，必然会造成巨大的社会浪费，还会为一些人提供损公肥私的空间，当下次灾难来临时，必然需要重新购置救灾物资，不但浪费社会财富，还影响救灾的质量。

汶川地震发生之初，许多救灾物资如活动板房、帐篷等都是紧急从各地购买，还有许多是政府要求各地紧急生产的，可见国家平时并没有多少救灾物资储备，这与以前在救灾过程中不重视物资的回收利用有一定关系。

但也应当看到，一些地方政府在救灾物资的回收上已有实践经验，比如浙江等地捐赠地震灾区的物资就是年初雪灾过后回收上来的物资。因此，在汶川地震之后，通过良好的制度对可重复使用物资进行回收，以备将来再次发生灾情时更加及时地进行救灾，很有必要。这也必然会加强救灾的效果，让社会和政府节省许多财富，完善国家的救灾体系。

从这个意义上审视这个新建立的制度，可谓意义重大，它第一次从全局层面提出对可回收物资进行管理的理念，并将可回收救灾物资宣布为国有资产，这会对国家救灾物资的储备和管理起到良好的引导作用。

现在制度建立了，关键是如何保证可回收物资能在日常救灾工作中及时有效地运转起来。现代科技对此提供了良好的技术支撑——只要对每年发生的可回收救灾物资在民政部门统一登记，并在网上及时公布储备和使用情况，这样，各地有多少救灾物资，是什么样的物资，都将清清楚楚，心中有数，一旦有灾情发生，只需从各地调运即可。

原载2008年8月15日《经济参考报》

"剧毒保鲜"因国标缺失你信吗

近日记者来到被媒体曝光的"甲醛白菜"肇始之地山东省青州市东夏镇，调查发现，菜贩对白菜喷洒甲醛保鲜，暴露的只是保鲜剂滥用的冰山一角。据东夏镇史铺村一菜农透露，部分菜农在冬季储存生姜时，使用"六六粉"和"敌敌畏"驱虫保鲜（据2012年5月16日《郑州晚报》）。

"甲醛蔬菜"出现后，舆论一片哗然，因为大家都知道，甲醛是防腐剂，不是添加剂，和食品不搭界，乱添加会损害大众健康。

大众将质疑的目光投向监管者：这样的不合格产品怎么进到了市场？不是有田间到餐桌的严密监管体系吗？不是有肉类蔬菜流通追溯体系吗？

看了5月15日商务部发言人的回应，算是明白了，这位发言人称，由于甲醛目前并不在农药残留检验范围内，其检测尚没有"国标"（据5月16日《新京报》）。

这就是说，没有国标，蔬菜里含不含甲醛检测不出来则顺理成章，言外之意是，监管者该做的都做了，但没有标准，自然就没有责任。那么，"剧毒生姜"呢？也没有国标、不在检测范围吗？稍有常识的人都知道，用甲醛保鲜和剧毒农药保鲜有天壤之别，甲醛的危害小于剧毒农药。据农产品质量安全法第29条规定，对农产品在包装、保鲜、贮存、运输中所使用的保鲜剂、防腐剂、添加剂等材料，应当符合国家有关强制性的技术规范。第33条规定，含有国家禁止使用的农药、兽药或者其他化学物质的不得销售。

剧毒"六六粉"和"敌敌畏"是国家早就明令禁止生产的农药，被拿来给农产品保鲜，恐怕与投毒无异，很可能危及大众的生命，监管者怎么就没有检测出来呢？

无论是"甲醛保鲜"还是"剧毒保鲜"，都在严厉打击的范围，关键是有没有严格执法。能让"剧毒保鲜"、违禁农药大肆流通，本身就说明监管体系的失效和监管者的失职渎职，监管者不从自身找原因，却要推到"国标"缺失上，这种说法怎能服众！

原载2012年5月21日《检察日报》

扫黑除恶越深入　　人民群众越幸福

2019年6月8日，甘肃省临夏市公安局官方微信公众号"临夏市公安局"发布通告，公开征集临夏协和、博爱等六家医院违法犯罪线索及敦促涉案人员投案自首。上述医院在从事医疗经营中，不同程度存在夸大患者病情、虚增医疗项目、肆意加价收费、篡改医疗数据、超范围或无医疗资质人员从事治疗等非法经营活动和寻衅滋事、敲诈勒索、诈骗、强迫交易等违法犯罪行为。目前，公安机关已刑事拘留犯罪嫌疑人25名。

读这则新闻的时候，社区工作人员正利用端午假期在我所在小区动员住户填写有关扫黑除恶的调查表，调查表其中一项就是举报身边的黑恶现象。这段时间以来，身边及国内各种扫黑除恶的消息纷纷传来，让人感觉扫黑除恶像极了一场"大扫除"，正在将社会中存在的坏掉的、腐化的、有害人的成分清理出去，社会正气上升，歪风邪气下降，乾坤越来越清朗，世界越来越美好。

的确，这已经成为人们非常切身的感受，因为过去存在的一些堵心因素正渐次被清理。比如，前几年装修房子，用点儿沙子红砖水泥，搬运点儿建筑材料，小区里的这些业务往往被同一伙人垄断了，如果房东"擅作主张"自己叫几个人搬运，即使叫的人是亲戚朋友，沙子水泥是朋友卖的，都可能惹上麻烦。如果有人想较真，轻则建筑材料难以及时上楼，耽误工期，重则被人打伤，还难以寻求公道。传说中这些人都有人罩着，相当牛气，多数人只好抱着多一事不如少一事的态度，惹不起躲不开只好顺着，但心里郁闷和无奈却是真实的存在。

现在，"沙霸"神奇地消失了，老百姓怎能不扬眉吐气，闷气散尽，心里畅快？环境安全了，人活得更安心更有尊严感。

不光"沙霸"们悄然隐退，不良医院在手术台上加价的把戏也玩不下去了，仗着不知道什么势不给群众办理公积金贷款的地产公司被处理了，套路贷、高利贷都在被个个扫掉，很多影响老百姓正当权益、直接影响人们日常生活的违法现象，都在逐步谢幕，岂不令人快哉？

还有横行乡里、欺压良善、侵吞集体财产、把持基层政权、扰乱破坏农村治安秩序的村霸，过去一个个神气活现，志得意满，现在一个个都被清理出来了。老百姓可以放心地睡觉，安心地生活，公平地享受惠民政策，不用再担心生命安全受威胁，不用再担心遭到不公平对待。

坏人受到惩罚，好人活得更好。曾经一度，坏人为何猖獗，百姓都很清楚，腐败盛行，公权扭曲，给了坏人作恶的空间，培育出黑恶势力生存的土壤。黑恶势力滋生，大多与腐败现象联系紧密，要么是当地官员不作为，要么是坏人头上打了伞，而不光是黑恶人物拳头有多硬，胆子有多大，权力腐化与人性之恶、暴力之恶纠合在一起，黑恶就滋生蔓延开来了。这是古今中外黑恶势力存在的一种普遍规律。

魔高一尺，道高一丈。当下决策者以高度的政治智慧，从历史与现实的高度，精准把握了黑恶势力存在的规律，认清了黑恶势力的现实危害，知行合一，一追到底，不仅有黑扫黑、无黑除恶、无恶治乱，还要"打伞破网""一案三查"，反腐和扫黑除恶同时进行，既要打掉"黑恶"，还要铲除黑恶势力滋生的土壤，斩草除根，除恶务尽。

"大扫除"让庭院干净，清爽宜居。扫黑除恶让乾坤朗朗，风清气正，社会公平公正，人民幸福安康。

原载2019年6月12日每日甘肃网

拔掉高价彩礼病根

小长假，各地迎来一波结婚小高潮的同时，"江西农村彩礼涨到50万元"等相关话题再上热搜。

彩礼属传统习俗，本意是让婚姻郑重和神圣。近年来，一些地方彩礼越来越高，远超当地正常收入水平，成为一些家庭沉重的负担，给婚姻家庭埋下隐患，甚至滋生违法犯罪。婚姻事关人类自身繁衍，事关社会和谐稳定，关系重大，因此彩礼不完全是私人事务，"抵制高额彩礼，倡导文明婚俗"势所必然。但高彩礼有着非常复杂的社会根源，需因地制宜，找出化解之策，需多措并举，长效治理，才能逐步改观。

高彩礼产生的原因大致如下：一是"不抬举、不值钱"。觉得要得彩礼少，女儿出嫁不受男方重视。这种观念如何形成，需要分析研究，但主要还是与一些女子在婆家得不到爱护、地位没有保障有关。现实中，这些因素与家庭暴力、大男子主义等不良家风联系在一起，需要通过提升女性地位，落实男女平等来破除。

二是以彩礼补贴养老费用。依照国内一些农村地区的习俗，父母养老通常由儿子一方负责，女儿出嫁后与娘家联系减少，为父母承担责任较少。这需要人们转变观念，尽可能照顾双方老人，同时完善社会保障制度，在实现老有所依上多下功夫。

三是以彩礼改善家境。这主要是指经济条件不好的家庭，对此需要设法提高这些家庭的收入水平，以共同富裕来逐步化解。

四是为儿子准备彩礼。有些家庭用女儿的彩礼为儿子筹备彩礼，这同样是个现实问题，一方面与这些家庭的经济状况有关，一方面与结婚费用过高有关。当下结婚费用水涨船高，不仅存在天价彩礼，还要买房买车，花费巨大。高彩礼和高结婚费用等因素一起，让一些家庭压力巨大；此外还有嫁女儿需要陪嫁、请客吃饭，攀比心理等等，各种因素相互交织，让彩礼越来越昂贵。

要治理天价彩礼，首先要对上述因素仔细分析，提出有针对性的化解措施。

其次，要想办法限制高彩礼。正如许多地方正在做的，大力推动群众依托红白理事会、道德评议会等基层自治组织，限制高额彩礼，倡导文明简约婚俗风尚。通过树立一批婚事新办简办、"低彩礼"、"零彩礼"典型，激励群众自觉践行文明新风。

再次，用法治思维破除高彩礼。现实中的确存在买卖婚姻、以婚姻谋利等现象，需要用严格的执法和司法来解决。最高人民法院颁布《最高人民法院关于审理涉彩礼纠纷案件适用法律若干问题的规定》为遏制不正当高额彩礼提供了司法支持，当下一些法院正通过具体案例为化解买卖婚姻、攀比之风提供指引。

近年来中央一号文件多次点名"高价彩礼"问题，传递党和国家对这一问题的高度重视和治理决心；民政部在全国共创建各类实验单位1806家，形成了国家、省、市、县层层抓婚俗改革的良好局面；农业农村部等8部门联合印发工作方案，在全国范围内针对高价彩礼、大操大办等农村移风易俗重点领域突出问题开展专项治理。

只有直面现实，多措并举，对错误观念坚决抵制，对违法之举严厉打击，铲除其存在的土壤与病根，才能引导全社会自觉抵制不良婚嫁习俗，刹住高额彩礼之风，弘扬文明婚俗理念。

原载2024年5月9日新甘肃客户端《敦煌风》

附 录

移动互联时代评论的引导作用

移动互联时代，每个人都成为信息的发布者和传播者，互联网上每天产生的各类信息和观点泥沙俱下，靠过去的管控模式已经很难塑造出良好的舆论生态。如何让公众在"信息暗夜"的汪洋大海里分清真伪、辨明航向？实践证明，新闻评论是引导舆论的一个有效手段，在移动互联时代要充分利用新媒体的优势，继续发挥评论的引导功能。

网络评论低层次发展必须终结

传统媒体时代，以报纸评论为代表的新闻评论无可置疑地成为舆论场的排头兵。只要新闻事件发生，引发社会关注，报纸评论总会积极发声，发挥社会减压阀的作用。国内新闻评论的繁荣，肇始于2000年前后的报业市场化，各地党报纷纷创办都市报。那个年代，无论党报和都市报都积极开办时评版，很多报纸有一个甚至三四个版面，有些从周一到周五都有时评版。其中，南方都市报、新京报学习国外报纸的经验，开办社论版和时评专栏，让新闻时评成为公众表达观点和诉求的平台，同时把新闻时评当作市场竞争的主打产品。可以说，在报业兴盛时期，报纸评论在宣传党和政府的中心工作、引领社会思潮、塑造时代风尚等方面发挥了重要作用。

在报业的黄金时代，很多报纸利用互联网来增加影响力，与此同时，互联网凭风借力，发展壮大起来。很多网站开设了论坛和评论频道，组织原创评论，涌现出一批具有一定影响力的时评频道和栏目，如人民网"观点"频道、新华网"新华网评"、湖南红网"红辣椒评论"、东方网"东方网评"等。只有少数网站支付稿酬，稿件质量较高，时效性更强。但国内众多地方性网站的评论频道不付稿费，发表门槛较低，稿件质量参差不齐，只因适应了大众表达欲求井喷的时代需求，具有一定的社会影响力。

必须看到，互联网PC端的时代，新闻评论的主流仍然是报纸评论，各大网站评论频道每天主推的仍然是纸媒评论；许多重大事件发生后，推动舆论发展的主力是报纸新闻及评论。报纸评论在舆论场上依然发挥着定盘星的作用。

网络评论质量不高、形式大于内容的原因是多方面的，关键是多数网站在发展初期囿于经济实力，难以支付稿费，使高质量作者不愿为其供稿。这是互联网发展初期的自然现象。

情绪化泛娱乐化的舆论环境亟待引导

历史发展到移动互联时代，手机等移动端传播和阅读成了时代主流。很多报纸不得不休刊停刊，生存下来的被迫减版。为减少成本，评论版大多被砍掉了，只有少数几家报纸仍然坚持办评论版，新闻评论随着报业式微而大不如从前。

在当下的舆论场上，评论主要以网络形式呈现，有网站评论，有博客、微博、微信、今日头条、知乎等平台的自媒体评论，各种评论以文字、视频等形式呈现。每个人都有麦克风，并不意味着每个人都具有媒介素养。这些网络评论，尤其自媒体言论，参差不齐，大多具备情绪化、泛娱乐化的特点，加之一些商业平台为了流量，放任虚假信息及不负责任言论的传播，让舆论生态复杂异常。理想模式下，观点和信息的自由流动会自动保证舆论生态的健康，但前提是发布者必须具备强烈的责任心和一定的媒介素养，能够确保信息和观点的真实和公正，这显然是不现实的。

纸媒影响力削弱，党网党端等新兴媒体走进舞台中央。要营造健康的舆论环境，就需要新兴媒体扛起责任。但当下各地新兴媒体的评论并没有完全成长起来，无论稿件质量还是影响力都难以与从前的报纸评论相提并论。网站评论发展二十多年，至今仍鲜有真正叫得响的网评栏目，不能不说令人遗憾。

新兴媒体评论须结束灌水，多出精品

新兴媒体如何担负起舆论引导的重任呢？答案是：新兴媒体的评论必须结束灌水，树立精品意识。

党网党端等新兴媒体要在把握移动传播的特点和优势的前提下，承续传统媒体把关者的优势，坚持内容为王，接过传统媒体手里的舆论引导旗帜。具体来讲，就是要将新兴媒体的传播优势和传统媒体的内容进行深度融合与改造，追求独家内容、精品内容，创新写作形式，塑造品牌栏目。高品质、适应网民阅读习惯的内容，才能让人产生长久的阅读期待，从而产生强大的影响力和引导力。

在这方面，国内一些新兴媒体已经走在了前列。比如，脱胎于上海东方早报等传统纸媒的澎湃新闻网，其评论栏目既承继了传统媒体的优良传统，又具有新媒体的传播优势。澎湃社论及澎湃评论，都是对当日新闻事件当日评论，其中社论是对国内重大事件的评论，澎湃评论则动态地对当日发生的其他重大及新鲜热点事件进行评论，很多评论在事件发生后数小时就能上线，既有严格的把关机制，又有互联网的速度优势。

再如，新京报坚持自身优势和特色，除继续办好报纸评论外，还通过新京报网和微信公众号、客户端推出原创评论。据笔者长期观察，新京报每天发布评论稿件多达25条，可以说是全天候地将国内国际事件都"一网打尽"，而且通常在事件发生数小时内就能让新闻评论上网，发挥了强大的舆论引导功能。

此外，成都商报主办的红星新闻去年年底上线评论频道，并拿出"双百万稿酬奖励"，面向全社会征集优质评论产品，奖励有影响力的优秀产品，设立"红星评论年度大奖"。每日甘肃网去年4月对丝路话语评论频道进行了改版，重启评论原创，增加投入，支付稿酬，以期吸引高质量作者队伍提升栏目质量。这些媒体的探索和实践，将逐步改变网络评论长期存在的口水化的倾向，让网络评论展现生机与活力。

借鉴传统媒体评论操作的"基因"

报纸评论的繁荣虽然渐行渐远，但一些理念和操作模式值得新兴媒体借鉴。

一是评论委员会制度。评论委员会由值班编委、编辑部主任、评论编辑、评论员组成，成员每天从媒体上寻找有价值的新闻，经过充分讨论后确定当日重大选题及评论方向，安排评论员或特约评论员撰稿。迅速修改，迅速送审，迅速发布，保证对热点事件及时反应，保证评论的独家、深度和传播效率。世界各大主流媒体都有此制度。

二是注重言论的平衡。世界主流报纸有社论或评论员文章，还有个论或专栏评论，来论或读者来信。三种类型的稿件分别代表媒体、知识分子和一般大众对社会问题的态度，从思想深度和立场上各有侧重，分别代表了不同的利益诉求。当下虽然自媒体兴起，民众拥有表达渠道，但主流媒体仍然要秉承开放理念，为民众表达诉求提供平台，最大限度地凝聚共识，促进社会理性。

三是强化评论员队伍。除自身评论员外，还可以聘请国内优秀评论员及高校、学术机构专家学者为其撰稿，专业化水平相对较高。特别是一些专业问题，需要专业化的解读，比如最近的防疫问题，医疗专家的意见更能触及问题的核心，对解决问题及疫情防控更具建设性。

四是坚持三审制，把好政治关、法律关，保障内容安全。

移动互联时代，新兴媒体理应告别草莽，发奋图强，担起责任，为民众守望，为社会领航。新兴媒体大力发展新闻评论，充分发挥评论的引导作用，就是强化其影响力的一条有效途径。

原载2020年《法治新闻传播》（第五辑）

新媒体时代对新闻作品的
保护需创新著作权规则

新媒体时代，著作权侵权行为也呈现井喷之势。在此类事件中，传统媒体及出版机构成为被侵权重灾区。一些报纸及"两微一端一网"刚策划制作出一组报道，上线没几分钟，就被其他新媒体疯狂复制粘贴，转载得到处都是。有些还被改头换面，以原创的面目出现，不仅不支付任何费用，甚至连被转载媒体的名称和作者署名都一并抹去，严重侵害原创媒体和作者的权益。媒体都是"眼球经济"，对原创作品的随意转载和剽窃，本质上就是不劳而获，必然影响原创者本应收获的关注度和因此而带来的收益。在当下媒体融合的大背景下，这种侵权行为更是令传统媒体雪上加霜。

在著作权保护喊了多年之后的今天，著作权侵权却成为一种随时随地都发生的现象，完全没有了底线。这就不光是版权意识薄弱的问题，而与一些管理体制及理念跟不上时代需要有一定关系，需要立法、执法、行政等多方面创新思维，找准病根，对症下药，进行破解。

首先是新闻作品保护理念跟不上需要。著作权法规定，时事新闻没有著作权，因为时事新闻不具有独创性。在这种理念之下，很多报刊的新闻类作品被轻易地复制转载，变得天经地义。即使对于非时事新闻作品被侵权，在维权时还要花费大量精力区分哪些是时事新闻，哪些是非时事新闻，加高维权成本，让问题复杂化。事实上，这是一条前网络时代的理念和规则，已经越来越不适应网络时代对于新闻机构权益保护的需要。在前网络时代，稿件即使被转载，多数也在稿件发表的第二天或数小时之后发生，而且由于媒体不多，无偿转载并不会对原创者造成特别大的危害和困惑。但在互联网时代，尤其是移动互联时代，转载是分分钟的事，自媒体和商业新媒体无处不在、无孔不入。如果仍然对时事新闻不进行著作权保护，原创媒体和作者一方面将独自承担巨大的生产成本，另一方面却难以实现传播得来的利益，导致权利和利益严重不对等。

客观地说，无论时事新闻作品还是非时事新闻作品，都是媒体和记者辛勤劳作的结果，为此付出了极大的智力和劳力，还要为此支付各种差旅费。即使是时事新闻，各媒体也会各显神通，尽可能以多种角度和思路来呈现，很难说就没有独创性。有些时事新闻有着巨大的传播价值，即使只是一句话的短讯，仅仅具备新闻的五要素，但它可能是媒体和记者费尽千辛万苦、花费巨大代价才挖掘来的。如果对这样的新闻不进行版权保护，媒体和记者的艰苦劳动将无从体现。

转载者不用支付任何费用就可以随意使用，本质和不劳而获有何区别？多年来很多互联网媒体本身并不生产新闻作品，却能够越做越大，以至于要将传统媒体挤出信息传播市场，与时事新闻等作品不受版权保护，从而延伸出一切新闻作品都不受保护的幻觉有一定关系。也许有人说对时事新闻进行著作权保护，不利于公众知情权的实现，担心新闻垄断的发生，影响公共利益。这样的担心在前网络时代也许可能发生，但在现在，这种担心纯属多余。

其次是侵权容易，维权却不易。新业态环境下，侵权是几秒钟的事，有人不用策划、采访、写作、编辑，不用投入大量人力物力，只需要复制粘贴就能炮制出同样的网络版面。和付出相比，他们得到的点击量也许和原创首发者没有太大区别，最终得到的利益可能远远大于原创者。这自然非常不公平，是对权利和义务的严重颠覆。但如果原创者想拿起法律武器维护自身权益，却发现最终的结果是得不偿失，不仅取证困难，诉讼主体认定困难，要想维权成功，往往要付出巨大的财力物力精力。多年来，一些报纸组成著作权维权联盟，试图维护自身权益，结果发现花费数万元进行诉讼，最终只是获赔数百元。既然维权得不偿失，放弃自然更为理性。这也正是现在许多媒体宁愿想办法尽量规避被侵权，面对已经发生的侵权行为睁只眼闭只眼的原因，媒体作为舆论监督的主体尚且因得不偿失要放弃维权，遑论其他著作权主体了。

维权的结果为何如此悲观呢？这就涉及赔偿标准的问题，也牵扯到诉讼程序中存在的一些问题。比如，现行稿酬国家标准仍是1999年国家版权局制定的《出版文字作品报酬规定》，每千字30~100元，多年来并没有根据物价上涨的幅度进行调整，严重脱离现实。虽然著作权法规定可以根据实际损失赔偿，也可以根据对方获利等情况进行索赔，但如此低的稿费标准则可能会影响赔偿额度。赔偿标准低的问题，和新闻出版管理者缺乏市场化意识有关，也与著作权保护对社会创新精神的重要性认识不足有关。

还比如在诉讼程序方面，现在的著作权诉讼多数适用谁主张谁举证原则。而对新媒体侵权案件的举证，耗时费力，往往调查取证的费用就远远大于被侵权案件的标的额。虽然一些司法解释规定，对维权产生的律师、公证等费用赔偿要进行支持，但事实上，很多判决根本做不到这一点，花费数万元只讨到几百元赔偿就是非常明准的证明。

基于当下新闻著作权侵权的现实，立法和司法、行政等机构应当在各自的职权内有所作为，从现实情况出发，将一些制度进行修订。比如，对于时事新闻不享有著作权的问题，应当进行必要的改变，至少应当对网络转载权有所限制。如，可以给时事新闻一定的保护期，具体给予一周或半个月或更长的保护期都可以讨论。在这个保护期内，除非获得原创媒体许可，否则转载即为侵权，需承担巨额赔偿。这样，即使新闻作品没有评论和文学艺术那样的著作权，著作者的其他权益也不能继承，但对原创媒体的劳动会给予必要的保护，让他们获得必要的回报，这是更加公平合理的事，体现对劳动价值的尊重。这既保护了社会公众的知情权，让原创者的利益得到一定的保护，还抵制了不劳而获者。

再比如，对文字作品报酬标准，要根据当下公众收入的变化，适时调整。针对著作权维权得不偿失的情况，要引入惩罚性赔偿制度，让侵权者承担巨大代价——除了对因侵权造成原创者的实际损失得到补偿，还要赔偿因诉讼产生的所有费用。只有法律让侵权成为一件得不偿失的生意，才能有效保护原创媒体的利益，鼓励社会的创新意识。

对于网络平台的转载权，要进一步进行规范，严格落实网络安全法对于实名制的要求，让侵权者难以隐匿。在媒体融合的背景之下，保护好著作权，对于维护传统媒体的发展，规范新媒体，促进社会的良性发展具有多重意义。当下是"双创"时代，全社会都鼓励创新。我们应当认识到，对于知识产权的保护是创新的基础之一。没有良好的知识产权保护体系，必然是山寨横行，抄袭横行，不利于创新，不利于创业。只有保护好内容的生产者，才能保护社会生产文化产品的热情和动力，有利于促进社会主义文化的大繁荣、大发展。

原载2017年第10期《人大研究》

认识新媒体环境　推动防灾减灾工作

在新媒体日益发达的今天，当一个灾害事件发生后，必然会出现真相与谣言的赛跑，且这种赛跑的速度和广度远远超过了传统媒体时代。如何不让谣言跑赢？如何更好地引导群众认识真相？正确认识新媒体环境，充分利用新媒体环境的特点，能够帮助我们更好地推动防灾减灾工作。

2017年8月九寨沟地震发生后，西安、郑州等地部分网友在网上纷纷晒出"地震云"的照片，称"地震云"能够预知地震的发生。此后，有专业媒体很快采访了气象和地震专家，专家们明确指出，气象学上根本没有地震云的说法，地震与天象无关。

这是一个很有意味的现象，当自然灾害发生后，一边是网友通过社交媒体发布对灾害的解释，另一边是专家对其中存在的谬误的廓清。网友的发布，客观上相当于提出问题。专业媒体利用自身优势，通过采访寻找真相，对相关问题做出科学、合理的解释，让科学与常识得以普及，这就压缩了错误观点存在的空间，提高了人们的科学素养和防灾减灾意识，塑造了社会理性。

应当说，这样的互动在过去的历史中是长期存在的，只是在前互联网时代，一边是人们口耳相传的各种消息和说法，一边只有专业媒体和权威部门的解释。在社会发展到移动互联网时代，这种互动更加快捷迅速，如果不能及时纠正，很容易让不科学的东西得到广泛传播，造成不良的社会后果。在移动互联时代，社交媒体空前发达，人人都有发布渠道，似乎人人都能成为"记者"，信息的传播速度获得空前的解放。这是与前互联网时代的根本区别所在。

在没有网络的年代，口耳相传的消息一般传播速度很慢，传播的深度和广度上都无法与互联网时代相提并论。一件事情发生后，在事发地也许造成了很大影响，但如果没有专业媒体的报道，传播的范围非常有限，而且依空间距离的拉远而递减。离事发地越远，人们关注的可能性越小，造成的影响也越小。有些事件即使有媒体报道，造成的影响与当下相比可能要小很多。

但在移动互联网时代，即使专业媒体不报道，通过自媒体的传播，也可能弄得天下皆知。而且自媒体发布源头众多，发布者专业素养不足，很容易让真相变得面目全非，从而让谣言产生的土壤变得丰厚。这也是为什么移动互联网环境下，谣言似乎变得更多的原因。

在前互联网时代，媒体对防灾减灾的作用多是正面的。虽然它和防灾减灾机构、政府之间，目标并不完全一致，存在监督与被监督的关系，但其作用却是稳定的、可预测的。而且在防灾减灾这个大目标上，是完全一致的，只是用不同的方式方法防灾减灾。即使有所谓的监督与被监督关系，也是为了更好地防灾减灾。报纸、电视等专业媒体对防灾减灾的作用有很多：宣传防灾减灾的政策，提高民众防灾减灾意识；发布灾害信息，提醒民众预防灾害；在灾害发生后，动员民众救灾。在互联网时代，专业媒体的这类作用仍然存在，而且得到了强化，其传播速度更广更快，还因为能够和网民、减灾机构互动，传播的深度、广度也是前所未有的。

新媒体时代和传统媒体时代，有一些变化是非常巨大的，对此大家必须有客观清醒的认识。这些变化，有些是正面的、积极的，有些是负面的、消极的。这就要求与防灾减灾有关的各方要趋利避害，适应移动互联时代媒体环境的变化。

新媒体与传统媒体相比有四大特征：一是互动性，新媒体传播过程中，网民与网民之间、网民与媒体之间、网民和政府机构之间、网民和社会机构之间可以实时互动；二是即时性，新媒体具有更加快捷的传播特点，很多事件发生后，很快就可能传遍世界；三是大众性，新媒体形式多样，参与者可以通过多种平台进行交流，比如微博、微信、博客、QQ空间等等，这些平台任何人都可以随意使用，都可以成为发布主体；四是多元性，新媒体不断涌现，内容涵盖面广，表达渠道和内容日趋多元化。新媒体的即时性、交互性、大众性很容易让新媒体超时空，也很容易让事实在传播的过程中失真。

2017年8月4日，中国互联网络信息中心发布第40次《中国互联网络发展状况统计报告》。该报告显示，截至2017年6月，中国网民规模达到7.51亿，占全球网民总数的五分之一，互联网普及率为54.3%，超过全球平均水平4.6个百分点。这就是说，新媒体用户多达7亿多人，而且人人都具有发布渠道，人人都可进行互动，使得传播出来的信息，必然是泥沙俱下。

一方面，互联网的特点使得当下对信息的封锁和垄断成为不可能，有利于信息公开，保障民众的知情权。但另一方面，由于发布渠道众多，且多数发布者不具有专业的媒体素养，不可能在事件发生后有耐心、精力和时间去调查寻求真相，这就使得社交媒体发布的很多信息具有情绪性、直观性、片面性等特点，而且很多网友并不具有专业的采访权，也不可能进行深入的探访。这样就会造成很多信息失真，即使并非有人故意传谣，但因为掌握的信息有限，失真信息得以传播的可能性仍然很大。如果加上有人故意传谣，事件的真相就更加容易走样。当下的时代，各个领域里的谣言似乎更多，原因就在这里。

在这样的背景之下，就更加需要专业媒体进入补位，让真相在专业的报道之下得以呈现。这也就是在新媒体空前发达的当下，传统的专业媒体仍然强大的原因所在。

就防灾减灾来讲，要对新媒体时代的传播特点有清醒的认识。要对社体和传统媒体的作用进行区分，认识其不同作用。当下传统媒体通过媒体的融合，一直在努力利用新媒体技术，比如报纸大都开设了微博、微信及客户端，也制作专门的网站。报纸在其"两微一端"及网站发布的信息，本质上和在纸质媒体发布的信息没有区别，只是传播渠道发生了变化而已。如此一来，传统媒体就具有了新媒体的所有优点，还保持了一直以来就具有的专业性、权威性及公信力，传播迅速，反应及时，而且能够和网民进行互动。政府和防灾减灾机构所主办的新媒体也是如此，所发布的信息也都具有权威性和公信力。

但是在传统专业媒体之外，还有数亿的社交媒体发布者。他们都是传播渠道，具有新媒体的传播特点，但不具有媒介素养，发布的信息不一定客观真实。这就要求我们的政府及防灾减灾机构，利用其长处，避免其短处。

首先，要利用好社交媒体强大的传播力，根据网络传播的特点，制作出有利于传播的政策宣传作品，做好防灾减灾的宣传。社交媒体空前发达，就得利用好它有利的一面，让它为防灾减灾服务。通过制作良好的内容，让网民在参与传播的同时，增强防灾减灾意识。

其次，很多社交媒体具有提供灾害信息的作用。比如地震发生后，一些网民在社交媒体发布的信息，为救援工作提供了一定帮助，哪些地方有灾民需要救援，哪些地方缺乏救灾物资，哪些地方有被困人员，哪些地方道路不通……只要对这些信息收集得当，就会对救灾工作提供一些指引，从而增强救灾工作的目的性和效果。在过去发生的地震灾害和其他灾害中，网民发布的类似信息就为救灾工作提供了帮助。在未来的救灾工作中，需要政府和防灾减灾机构、救援组织专业搜集此类信息，让专业媒体和专家介入，一方面让救灾工作有针对性，提高救援的效果，另一方面，通过对灾难信息的收集，及时发现问题，解决问题，即使有谣言和失真信息传播，也可以及时辟谣，从而让真相得以迅速彰显。

再次，及时回应大众的关切。灾害发生后，各种消息纷至沓来。在这种时候，权威的声音不能缺位，否则，很容易引起大众情绪的动荡，让谣言得以传播。这就要求政府及防灾减灾机构要在信息公开上做得更加到位，要转变观念，转变作风，摒弃前互联网时代的思维和做法，适应新媒体时代的传播特点，将服务工作做到位。否则，权威信息的短暂缺位，都可能造成严重的后果。这种信息的缺位造成不良后果的情形，我们从日本大地震造成核泄漏事件中有所领教，也在一些地方发生爆炸等灾害事件后，因信息缺位引发抢购的事件中有所认识。当然，经过这些年各种灾害的考验，我们的政府和防灾减灾机构在很多方面都有提高，信息公开、救援迅速都是公众能够体会到的。

最后，新媒体对人们善心的动员能力也是传统媒体时代所无法比拟的。当下的新媒体，不仅信息传播快捷，而且在动员大众参与方面也是影响力巨大。一些社交媒体通过自身传播，就可以聚集救灾物资，动员人们奉献爱心，使得民间自发的慈善活动具有了可行性。国内防灾减灾机构可以动员和引导这些民间力量，更好地防灾减灾。

原载2017年12月《中国减灾·下半月》